DAS PAREDES, MEU AMOR,
OS ESCRAVOS NOS CONTEMPLAM

A marca FSC® é a garantia de que a madeira utilizada na fabricação do papel deste livro provém de florestas que foram gerenciadas de maneira ambientalmente correta, socialmente justa e economicamente viável, além de outras fontes de origem controlada.

MARCELO FERRONI

Das paredes, meu amor, os escravos nos contemplam

COMPANHIA DAS LETRAS

Copyright © 2014 by Marcelo Ferroni

Grafia atualizada segundo o Acordo Ortográfico da Língua Portuguesa de 1990, que entrou em vigor no Brasil em 2009.

Capa
Kiko Farkas e André Kavakama/ Máquina Estúdio

Foto de capa
© Robert Polidori 1985

Preparação
Paula Colonelli

Revisão
Thaís Totino Richter
Carmen T. S. Costa

Os personagens e as situações desta obra são reais apenas no universo da ficção; não se referem a pessoas e fatos concretos, e não emitem opinião sobre eles

Dados Internacionais de Catalogação na Publicação (CIP)
(Câmara Brasileira do Livro, SP, Brasil)

Ferroni, Marcelo
  Das paredes, meu amor, os escravos nos contemplam
/ Marcelo Ferroni — 1ª ed. — São Paulo : Companhia
das Letras, 2014.

ISBN 978-85-359-2422-0

  1. Ficção brasileira I. Título.

14-02273   CDD-869.93

Índice para catálogo sistemático:
1. Ficção : Literatura brasileira 869.93

[2014]
Todos os direitos desta edição reservados à
EDITORA SCHWARCZ S.A.
Rua Bandeira Paulista, 702, cj. 32
04532-002 — São Paulo — SP
Telefone: (11) 3707-3500
Fax: (11) 3707-3501
www.companhiadasletras.com.br
www.blogdacompanhia.com.br

a Martha

Como costuma ocorrer comigo em momentos de muita atividade elétrica na atmosfera e de raios crepitantes, tive alucinações.

Vladimir Nabokov, *Lolita*

Conheci Julia Damasceno uma noite no Roppongi, eleito o melhor japonês da cidade por um júri de publicitários, atrizes e celebridades menores, na edição especial de uma revista de variedades. A cozinha era ecologicamente sustentável, propunha a harmonia perfeita entre Ocidente e Oriente, e a garrafa de saquê custava o aluguel da minha quitinete. A luz perolada envolvia a pequena enquanto olhava desinteressada o cardápio, um fundo de música eletrônica martelava suavemente em nossos ouvidos. Garçons mais bem vestidos do que eu se moviam como dançarinos, seus contornos partidos e duplicados através das paredes grossas de aquários azuis. Ela tinha os lábios pintados de vermelho, a pele de seda, os cabelos negros cortados com exatidão acima da nuca. Era magra como uma modelo, talvez anoréxica como uma modelo, e usava uma blusa azul-turquesa de alcinha em cujo decote eu via, enquanto manobrava os palitos de madeira certificada, a forma imperfeita de seus seios.

Passou o jantar quieta, comendo sem vocação e bebendo na

caixinha laqueada, e depois, entre as flores desfeitas de pepino, me observou com leve curiosidade, vencida pelos inumeráveis casos que eu insistia em contar achando graça. Só depois ela riu. Sua risada era brusca e um pouco rude, soluçada, ela engolia lufadas inteiras de ar enquanto ria. Eu havia falado que era escritor. Ela enxugou as lágrimas e olhou meu amigo e sua pequena, em busca de confirmação. Meu amigo acenou que sim, e ela finalmente disse, entre divertida e indignada, Mas você não tem nome de escritor. Meu amigo disse que não, de fato eu não tinha, mas estava a ponto de lançar um livro. Conte a ela.

Limpei os lábios no guardanapo impermeável de tão dourado; meu sorriso foi pleno, apesar de tentar contê-lo. Disse apenas que era um livro de contos, algo em que eu vinha trabalhando fazia dois anos e que seria publicado em não mais de uma semana. Ela perguntou o título. A porrada na boca risonha, eu disse. A porrada na boca risonha e outros contos. Depois me perguntou, acendendo um cigarro, do que se tratava. Eu ergui as sobrancelhas como se fosse impossível explicar-lhe algumas coisas. Ela continuou esperando, não satisfeita. Eu deveria ter me antecipado àquele tipo de pergunta, treinado no espelho, mas era tudo muito recente, e me compliquei para dizer que eram histórias urbanas, com narradores pouco confiáveis, uma espécie de olhar incisivo sobre a sociedade de consumo. Ela deu uma tragada e me observou com uma ponta de dúvida, uma ponta de sarcasmo. Eu quis refazer a frase, mas meu amigo disse que não era nada daquilo. Ele havia lido uns contos, eram bons porque pareciam um filme, e dava para identificar os fatos reais por trás da ficção. Aquela gorda, disse ele, aquele encontro com a menina que era gorda e operou o estômago, aquilo foi quando, mesmo? Eu o interrompi para dizer que Tolstói, quando lhe perguntavam sobre o que eram seus livros, pedia que os lessem. A garota do meu amigo era loira, pequena, ria nervosa e não sabia do que estávamos falando. Julia soltou um jato pensativo de fumaça, me considerou por um momento.

Eu poderia me apaixonar por aqueles movimentos de seus dedinhos vermelhos, de pequenas unhas enfiadas na carne. Meu amigo havia me dito que a garota era um caso clínico, vivia à base de medicamentos restritos. Pouco me importava. Aliás, talvez me estimulasse. Não vou entrar em detalhes sobre meu último relacionamento, tumultuoso, nem de como minha namorada gostava de quebrar copos quando estava nervosa. Eu me via livre, prestes a tomar à força meu lugar como escritor, e bebia com ímpeto. Meus velhos amigos faziam fortuna no mercado financeiro, mas o dinheiro pouco me importava diante do sucesso à minha espera.

Meu amigo pediu o café, acenei para o garçom por duas doses de saquê. Ela disse que eu queria embebedá-la. Depois, que eu não conseguiria, e que os homens eram sempre os mesmos, não a interessavam mais. Me olhou sem piscar, aqueles lábios fosforescentes entreabertos, meu corpo formigou. Apostávamos, segui seu jogo sobre o feltro verde. Raspava meus dentes, deslocava a mandíbula avaliando minhas chances. Fiz então a pergunta que desencadeou a segunda tempestade de riso: quis saber se tinha planos para aquela noite. Ela só parou quando viu que eu falava a sério. Meu amigo e sua pequena vibravam de ansiedade. Ela os olhou mais uma vez, em busca de confirmação, e depois me examinou, tentando ler meu rosto. O garçom encheu nossas caixinhas, e ela voltou a se recostar na cadeira, um leve sorriso no canto dos lábios.

— O último cara que seu amigo me apresentou era um engenheiro, querido, que fugiu por uma farmácia de esquina quando parei o carro na contramão para comprar cigarros.

— Eu posso mais que isso.

Ela acendeu outro cigarro e me fitou sem piscar. Não tinha

planos para aquela noite, disse finalmente, e a segui com a plenitude dos jogadores audazes até um veículo negro e blindado que nos aguardava rugindo do lado de fora, e dali para sua casa, onde me deixou esperando numa larga sala silenciosa nos mais variados tons de salmão enquanto vestia algo mais apropriado para a noite. No andar de cima um homem de voz autoritária cheia de pigarros perguntou se ia sair de novo; ela respondeu irritada que sim. Logo depois ouvi seus saltos estalando nos degraus de mármore. Usava um vestido vaporoso prateado, pernas finas à mostra, e eu pensava: quando contar aos meus amigos, eles não vão acreditar.

Entramos noite adentro num clube que antes fora um galpão abandonado, pessoas exclusivas multiplicando-se na fila que ela logicamente furou. A música rachava minha pele, luzes negras e gaiolas dependuradas do teto, onde fisiculturistas de camiseta apertada se esfregavam uns nos outros. Minhas bochechas dançavam, eu parecia o único que suava, e como suava. Ela passava pelo balcão, onde eu lhe pagava outra vodca martíni, e se lançava de novo entre os afogados na pista.

Me lembro vagamente de vê-la de biquinho rebolando numa fila de garotas simetricamente magras e belas, um clichê publicitário. Depois, ela curvada num sofá de veludo carmesim ajustando os saltos, dois sujeitos em pé ao seu lado apreciando os peitinhos que dançavam no decote. Me lembro de quando balancei numa das gaiolas. Em nenhum momento ela falou comigo. Chateava-se quando eu berrava em sua orelha (Você frequenta muito isso aqui? Muito? Você vai dançar de novo?), e eu não diria que foi por astúcia, antes pelo excesso de álcool, que descobri que finalmente não havia nada a dizer. Puxei-a e apertei sua boca contra a minha, comprimi seus braços, passei a mão por suas costas lisas, deixei-a em seguida se afastar e tomei um gole de vodca apreciando o corpo que era meu.

Acordei na quitinete com o sol e a enxaqueca ardendo nos olhos, a língua um carpete, o corpo de Julia Damasceno afundado ao meu lado nos lençóis floridos. Ela ressonava com uma marca de saliva no travesseiro dobrado. Napoleão, um dos meus gatos, havia acabado de passar sobre ela, e o expulsei com gestos mudos para não acordá-la. Os cabelos encobriam parcialmente os olhos, manchados de rímel. Um dos braços para fora, a penugem descolorida percorria a pele até chegar à mão, onde reparei nos dedos avermelhados. Me sentei e esfreguei o rosto, apalpei os cabelos e só podia supor minha aparência. Olhei-a novamente, com lembranças vagas da madrugada. Seus gemidos abafados pelo travesseiro quando a coloquei de bruços; suas costelas marcadas contra a pele cinzenta como fórmica usada, saltando e retrocedendo com falta de ar. Ela procurava demonstrar prazer. Tentava expressões sensuais e ensaiara se despir aos poucos, mas não conseguia ficar em pé. Tampouco notara meus dedos assustados quando vi a milimétrica calcinha preta cortando seus quadris de menino. Ela parecia impaciente, terminar logo com aquilo, projetava o ventre na minha direção, falava obscenidades, e eu me sentia esmagado, todo o quarto me olhava com escárnio. Ela se retorcia, a calcinha entre meus dedos parecia um elástico de cabelo, ela me chamou com o dedinho curto e eu a escalei como um caminhão que avança sobre um canteiro. Eu fechava os olhos e a cabeceira se erguia, a cama girava como a esteira de um hamster, e o que fizemos tinha ao mesmo tempo um senso de urgência e de frustração.

Ela acordou um pouco depois de mim, e seu rostinho inchado não parecia saber onde estava, nem quem era eu, aquele *sujeito* ali de pé na porta da cozinha, aguardando o café escoar pelo filtro de papel. Espirrou, olhos lacrimejantes, teve um início de ataque quando viu o gato gordo ao pé da cama. Sou alérgica, sou alérgica. Eu o enxotei apressadamente e desta vez o tranquei na área de serviço, onde a gata, Josefina, se lambia. Os lábios ressecados de Julia pareciam colados e, quando me aproximei com o copo quente, ela franziu o nariz com repulsa. Está enjoada? Era final de outubro, a luz filtrada pelas janelas formava esteiras de partículas resplandecentes pelo quarto. Lá embaixo, o trânsito e as buzinas subiam numa massa indistinta de som. Voltei com o copo de café para a cozinha e, de relance, vi-a vasculhar os lençóis atrás da calcinha, pegar o vestido embolado e se cobrir com ele ao levantar apressada em direção ao banheiro.

Quando reapareceu, parecia uma vítima de enchente. O cabelo acumulado em gomos, os olhos fechados. Coloquei uma bermuda para acompanhá-la até o carro, que não sabíamos ao certo onde ela havia estacionado. Ainda perguntei, enquanto passávamos por lojas de moda feminina e locadoras na galeria do térreo, se não gostaria de tomar um café da manhã comigo na padaria. Ela estava confusa, mal ergueu as sobrancelhas para repugnar minha ideia. Saímos da galeria à claridade, ela cerrou os olhos ofendida. Eu esperei até ali e não pude esperar mais: perguntei se poderia ligar, pedi seu número, caminhamos pelo quarteirão e encontramos o carro. Duas rodas sobre a calçada, desconjuntado e de ressaca, um formulário preso ao limpador que ela amassou numa bolinha bem-feita e atirou na sarjeta. Sentou-se no banco de couro, envolvida por ele, buscou os óculos escuros no porta-luvas e parecia um pouco melhor, as mãozinhas presas ao volante como se nunca tivessem saído dali. Bati a porta, ela baixou a janela e ditou os números, impaciente para sair.

O blindado acertou o da frente, o de trás, caiu na rua e saiu em solavancos. Eu precisava de um café forte, um pão na chapa; precisava de papel e caneta para anotar os números que insistiam em se confundir na minha mente, e os rabisquei num guardanapo com alívio. Deixei no balcão a xícara vazia, na saída aspirei o ar da rua como se fosse do campo. Sorri satisfeito. Naquele momento, eu estava no topo do mundo.

Não estava mais tão alto quando decidi telefonar, às sete da noite da terça-feira seguinte. O que posso dizer: meu avô voltara a sentir dores no final de semana, eu e minha mãe passamos o domingo com ele em filas no Hospital do Servidor, primeiro à espera de exames, depois em busca de uma guia de internação. Ele sorria para nos dar força, dizia que dava trabalho à toa, mas quando o colocávamos numa cadeira vaga ele escorria até se moldar a ela, olhos semicerrados para conter o que deviam ser pontadas fulminantes de dor, e tanto eu quanto ela prevíamos o pior. Eu estava inseguro e geralmente me desespero em filas. Minha mãe sabia que eu não era o filho ideal naquele tipo de crise, mas meu irmão mais novo, o veterinário, acabara de ter uma filha, tinha provas a passar na faculdade, não podia deixar Jaboticabal de um dia para o outro. Ele sempre fora mais pragmático, mais *focado*, como dizia mamãe, mas desta vez caberia a mim, que chamavam com alguma condescendência de rebelde, resolver sozinho as questões burocráticas.

Naquela terça-feira eu soubera que haviam decidido cortar mais um trecho do intestino do meu avô. Ele estava muito fraco para a operação, diziam os médicos, quase desidratado, tinham de esperar mais um pouco. Só que ele definhava ao invés de se fortalecer. Vovô dizia que tinha sorte, sempre tivera, pois dividia o quarto com apenas três pacientes. A TV portátil, trazida por um deles, passava o dia ligada em desenhos animados, e eu não conseguia ler. Aliás, como as famílias dos três eram numerosas e assíduas, não conseguia nem me sentar. Pela janela de brises metálicos eu via um trecho cinzento da avenida.

Em casa, tomei um banho longo no chuveiro elétrico de baixa pressão e desperdicei o tempo seguinte andando entre a sala e a cozinha, depois inutilizado na cama olhando o celular. Eu parecia uma colegial. Quando ela atendeu fingi enfado, como se a ligação não tivesse sido feita por mim. Ela tinha a voz arrastada de sono e não me reconheceu. Procurei explicar rapidamente quem eu era, traindo a encenação anterior. Ah, o escritor, disse ela, e respondi com avidez que sim, o escritor, apesar de ser verdade que naqueles dias nada havia mudado e, quando eu ligava ao editor cobrando notícias, ele às vezes atendia e dava um prazo ainda maior para que o livro saísse da gráfica. Estávamos quase no final de outubro, e agora sua previsão era meados de novembro, coisa que o próprio editor desaconselhara antes, por ser muito perto do final do ano.

Julia não pediu notícias do livro. Eu queria dizer tantas coisas a ela, desabafar sobre meu avô e as condições do hospital, queria que ela me ouvisse, e só ouvisse *a mim*, mas, é claro, eu não sabia com quem estava lidando. Pareceu ponderar quando perguntei se faria algo à noite e por fim respondeu que sim, que todas as noites fazia, iria sair com amigos e eu podia vê-la se quisesse.

Cruzei a cidade para encontrá-la. Uma *hostess* negra de cabelo eletrificado me olhou de alto a baixo antes de me deixar entrar. Não entendi o valor da consumação mínima, e quando o fiz me corroí por dentro (tenho de encher logo a cara, pensei). A luz ambiente não favorecia minha camisa gasta. Julia estava sentada no meio de uma mesa comprida, mal me deu atenção quando apareci: trocou risinhos com duas amigas que me olharam como se eu pedisse moedas ao engolir fogo no sinal fechado. Como não havia lugar para mim ali, percorri a mesa até uma das pontas, onde me acomodei num banco instável, frente a um casal que fazia MBA em gestão de marketing e narrava sua viagem de autoconhecimento num pacote para a Índia.

Me dediquei a doses de vodca com rodelas de limão, numa

corrida de obstáculos em que, a cada um que decidia ir embora, eu me aproximava mais dela. Quando finalmente sentei ao seu lado eram quase duas da manhã, e Julia já era a Julia que eu conhecia, com sua risada ofensiva, bebendo descontrolada. Havia um sujeito o tempo todo à sua frente, que só então eu soube ser o primo dela, Felipe — cabelos claros e crespos, olhos de trânsito parado. Ele bebia em goles pequenos que não pareciam afetá-lo. Eu estava acelerado, estávamos todos acelerados, acho, e desfilava minhas histórias, forçava o sorriso dele, mas ele apenas levantava o canto da boca, pensando em outra coisa. Julia disse, Esse cara é escritor, por isso fala assim engraçado. Ele me olhou, mas não discerni interesse. Estava com uma loira pálida e esguia que não parecia se animar com nada e bebia apenas de uma garrafinha d'água. Eu não tenho mais tempo para livros, ele disse. Hoje, toda a informação que precisamos está na internet. Eu ri; ele não. Eu disse, Mas então você deve ser uma pessoa muito informada. Sim, eu me sinto atualizado, mas nossa capacidade de absorver informações é ainda pequena se comparada às crianças de hoje. Julia comia cada palavra murcha que despencava da boca dele. Ele é muito inteligente. Está pensando em estudar mandarim. É a língua do futuro, disse Felipe, deveria ser adotada em escolas públicas. Ela concordou; falou finalmente para mim, Você sabia que um mesmo *anagrama* pode dizer coisas completamente diferentes? Dependendo de como se fala, podemos dizer que um sujeito é cordial, ou que sua mãe é uma puta. Riu como se nos agredisse. Felipe fez uma pose de perfil. A garota ao seu lado bufou, disse que ia para casa, ele se levantou para acompanhá-la. Notei que era bem mais baixo do que ela.

— Já vai? Tão cedo?, disse Julia, perdendo por um momento sua elegância estudada. Ficamos sem assunto diante de cadeiras vazias, e avancei meu rosto contra o seu. Terminamos de novo na quitinete, esfregando-nos aridamente na cama. Depois, com minha cabeça apoiada nos braços, ouvindo Napoleão e Josefina arranhando a porta de serviço trancada, acompanhei o nascer acinzentado do dia enquanto especulava sobre a felicidade em nossa relação.

Não atendeu minha ligação seguinte, não participou do pequeno lançamento promovido pela editora, onde autografei para duas primas, seis amigos e uma tia solteirona de Santos que pegara o ônibus expressamente para me ver. Meu irmão conversava com todos e balançava a filhinha nos braços; meu editor não conhecia ninguém, era invisível como um vaso de portaria. Mamãe teve de sair cedo, ia dormir com meu avô no hospital, onde ele ainda aguardava, depois de mais de um mês, a marcação da cirurgia. Terminei a noite um pouco bêbado, empanturrado, com meus amigos num bar perto dali, onde serviam boas porções de coração de frango. Quando falei de Julia, eles demonstraram interesse morno: em nosso mundo, ela era uma anedota.

Meu avô foi operado na primeira semana de dezembro. Os médicos tiveram de cortar trinta por cento do intestino e supunham que o câncer se espalhara. Um dia cheguei cedo para visitá-lo. Minha mãe havia descido à lanchonete, e ele estava sozinho no quarto. Como a faxineira esfregava o chão de fórmica entre as camas, tive de esperar alguns instantes no corredor, observando-o pela porta aberta. Havia se tornado magro como um saco vazio, afundado nas grades de proteção, os olhos fechados, respirando pela boca. Estava acordado, eu sabia, mas não havia me notado. Sempre que me via, abria um sorriso amplo, como se eu ainda fosse um menino, e ria grosso, procurava disfarçar as dores. Mas ali estava só, e sua pele era apenas um papel ressecado, com manchas queimadas na testa e o punho muito magro, para fora dos lençóis, apertado em esparadrapos e uma sonda. As orelhas e o nariz enormes. Os médicos estavam surpresos com sua resistência.

Naquela noite tenebrosa liguei para Julia e deixei um recado. A quitinete parecia grande sem ela. Eu observava a pilha de tupperwares sujos e pensava em meu livro. Não havia sequer recebido uma nota de lançamento, e o editor parecia se cansar de meus telefonemas diários.

Ela não retornou a ligação naquele dia, e pensei que nunca mais o faria. Quando finalmente reapareceu, na metade de janeiro, muita coisa havia ocorrido e eu me sentia aniquilado. Ouvir sua voz era como um prêmio imerecido, e concordei imediatamente quando ela propôs uma viagem. Não tinha como saber, naquele momento, que ela me levava a um crime, a uma entrevista com mortos, a um duelo.

PARTE 1

Das indignidades

1.

Sonhei com um cassino. As fichas corriam pelos dedos e o feltro era verde como placas de grama numa cova recente. Eu passava muito tempo contemplando as paredes chapiscadas na casa de mamãe, lendo velhos livros de Ian Fleming na cadeira de balanço que fora do avô, para a frente e para trás, o rangido áspero das molas ocupando meu pensamento. Eu abria cada vez menos os jornais atrás de resenhas do livro, havia sido tomado por uma impotência raivosa que entupia a garganta, ganhava corpo quando eu olhava ao acaso um caderno de cultura e não encontrava nada. No dia em que deixei de vê-lo exposto na livraria que frequentava, reclamei de forma amarga com o editor. Brigamos ao telefone; eu talvez tenha dito coisas em excesso. Nas poucas vezes em que saía de casa eu me via nas vitrines, no reflexo dos carros parados. Tentava identificar quem era aquela pessoa e o que fazia. Num acesso de raiva (eu escrevo com raiva) fiz outros três contos que se pareciam em alguma medida com A *porrada na boca risonha e outros contos*. Disse a mamãe que viajaria no final de semana. Ela perguntou com quem, ficou animada, depois se calou num mau pressentimento. Perguntei casualmente, traindo certa ansiedade, se ela não podia me adiantar algum dinheiro para os próximos dias. Ela ficou nervosa, quis saber quanto, ao mesmo tempo disse que sim, enxugou as mãos no pano de prato e saiu na direção do quarto. Esse era outro problema daquele período cinzento; por questões um pouco complicadas que me levaram ao endividamento no cheque especial — prefiro não comentar —, eu estava temporariamente sem cartão nem conta. Como uma criança, dependia de pequenas mesadas de mamãe — ela sempre me dava algo com seu coração apertado.

Ela voltou com notas de cinquenta. Eu as contei e coloquei no bolso. Trezentos reais. Sabia que a pequena era mais cara que isso. Foi por esse motivo que esperei mamãe voltar à cozinha e escapei para a penumbra do quarto. Ali, na gaveta de calcinhas à direita na cômoda (o rangido do móvel assustado), peguei afoito um bolo de notas — mais quatrocentos. Eu havia feito dois textos de orelha para uma pequena editora, me deviam o dinheiro e, mesmo que fosse menos do que eu tomara e não pudesse pagá-la até o mês seguinte, sei que me perdoaria. Nossa despedida foi triste, ainda me lembro de como apertava o pano entre os dedos, parada na soleira da porta enquanto eu tomava o elevador. Eu saía como um criminoso, e a sensação ao ganhar a rua — o vento abafado, a chuva iminente — não me trouxe alívio.

Fiz uma mochila pequena e, após hesitações e miradas pela janela, decidi incluir um exemplar do livro. Escrevi uma dedicatória para Julia, que no final saiu longa e sentimental. Era como eu me sentia naquele início de ano, com a família desfeita e o livro soterrado debaixo de lançamentos mais recentes. Esperava, de alguma forma, que ela me salvasse. Meu amigo rira quando soube que eu ainda a via. O que ela faz?, perguntei. Acho que trabalha na empresa do pai, ele disse. De onde tiram tanto dinheiro? A família está no ramo dos filtros. Filtros de quê? Ele não sabia dizer mais que isso.

Julia havia parado o blindado em frente a uma garagem, o pisca alerta ligado, e me esperava impaciente na calçada, chave pendente na mão. Eram onze da manhã e a claridade era muito forte para ela, protegida por largos óculos negros. Usava um vestidinho preto que deixava aparecer as pernas finas, os joelhos salientes, uma sapatilha também escura. Eu a esperara por duas horas sentado no sofá, acariciando ora Josefina, ora Napoleão, olhando o sol prateado como uma moeda e pensando na incongruência das grandes cidades. Achava que havia desistido de mim. Me aproximei e parei a pouca distância. Arremeti meu rosto na direção do seu: os ruídos da rua eram uma vibração distante, eu via apenas seus óculos, sua penugem desfocada, depois a orelha e os fios do cabelo quando se desviou num movimento brusco para que eu trombasse meus lábios em sua face. Reclamou com a voz rouca que estava exausta, a noite não havia sido leve, fora impossível acordar antes e precisava tirar um cochilo no caminho. Franziu de leve os lábios finos ao me observar de alto a baixo. Perguntou se eu ia acampar. Parecia não ter gostado da bermuda cáqui de bolsos múltiplos, nem das sandálias de borracha que eu comprara para ir ao litoral com a ex-namorada. A camisa de linho branco talvez estivesse um pouco amassada, eu não tivera tempo de deixá-la para mamãe lavar. Peguei a chave que ela me estendia, enfiei a mochila no porta-malas, ao lado de uma mala vermelha rígida de rodinhas, bati o tampo e dei a volta pelo lado do motorista. Ela já havia reclinado o banco do passageiro e suspirava como se a noite mal dormida fosse culpa minha.

Se Julia estivesse de bom humor — não sei se conhecia seu humor — teria rido da minha dificuldade ao entender que o carro era automático. Ela se irritou com minha lentidão nas ruas, com a hesitação em acelerar quando o sinal abria (o blindado farejava meu medo como um cavalo). Na Marginal, ela se ergueu do banco quando me encalacrei atrás de um caminhão de verduras, mandou que eu não ficasse tão perto, que freasse, que saísse dali, que não saísse naquele momento (uma longa buzinada), Saia agora, acelere, *acelere*. Como seu pai não aceitava atrasos, assumiu a direção no primeiro posto de gasolina.

Acendeu um cigarro e se pôs a recuperar o tempo perdido; não sei se posso acrescentar muito mais sobre nossa viagem. Estávamos sóbrios, só os dois naquele carro. Poderíamos ter falado sobre tantas coisas, mas ela se mantinha quieta, e eu não sabia como começar. Ela atendeu duas vezes o telefone, respondeu impaciente que sim, estava na estrada. Acendeu outro cigarro. Encontrei um *Estado de S. Paulo* no banco traseiro e o puxei. Ela pediu que por favor não o tirasse da ordem; seu pai gostava de ler primeiro.

Mal vi as manchetes. Deixei cair alguns cadernos no chão, e notei sua cara de desgosto. Abri o de cultura. Era o que eu fazia sempre que pegava uma edição de sábado, dia em que publicavam artigos sobre livros. Na capa, um fenômeno português que escrevia somente com minúsculas. Dentro, entre poesia, ensaio e outras coisas de pouco interesse, uma resenha morna sobre o romancinho de Mateus J. Duarte. Achei pouco; queria que ele fosse mastigado por um raio e cuspido pelos cães. Jornalistas eram bons demais com os filhinhos de papai. Recolhi de qualquer jeito os cadernos e os joguei de volta ao banco traseiro.

Julia suspirou. Eu perguntei se era verdade que o pai trabalhava na área de filtros. Onde você ouviu isso?, disse ela. Falei que tinha minhas fontes, ela continuou fitando a estrada. Perguntei se trabalhava com ele. Não, querido, não trabalho com ele. Observei a paisagem: um posto de estrada, capim alto, restos de pneus no acostamento, um anúncio de posto de estrada.

— Mas que tipos de filtro? Filtros d'água?

Saímos da rodovia num aclive esburacado, ela acelerou, passamos por uma rua estreita entre casas inacabadas, demolidas. Vi muito em cima um menino em farrapos nos olhando espantado, e pelo retrovisor algo rosa quicando no asfalto, que me pareceu uma chupeta. Falei que na Alemanha isso dava até cadeia. Ela não entendeu. O excesso de velocidade, eu disse.

— Você esteve na Alemanha?, ela perguntou. Falei que não. Então como você sabe? Julia ultrapassou um ônibus sem ver quem vinha no sentido contrário — um Fusca com varas de pesca. Instintivamente recolhi as pernas e ela disse, Não me ponha nervosa.

Havíamos deixado o vilarejo e percorríamos uma estrada sinuosa de pista simples. Olhei de novo a paisagem, composta agora de montes de pasto ralo e terra vermelha. Um vendedor de bananas na beira da estrada. O anúncio de um hotel-fazenda. Era difícil não pensar no meu futuro ao seu lado: viagens a Miami com a família, bajular a sogra, nunca mais fazer orelha para o livro dos outros.

— Faz tempo que a fazenda é de vocês?

Ela acendeu outro cigarro, os movimentos apressados; ficava mais nervosa conforme nos aproximávamos. Falou que sim, era deles por uma eternidade. O pai a havia comprado em ruínas, passara quase vinte anos reformando e ainda faltavam coisas. Em alguns pontos teve de fazer tudo do zero, disse ela; é demorado porque segue à risca os aspectos históricos. Temos até uma restauradora. Você vai ver. Ultrapassou uma caminhonete, o blindado ganhou velocidade ao longo de uma fila de árvores idênticas, que deixavam passar luz e som a intervalos constantes. Salpicos de sol riscaram seus braços, seu rosto. Flutuávamos. Pisou no acelerador, e o carro grudou de novo no asfalto, saiu da cobertura vegetal num leve aclive, alcançamos o topo de um monte careca — o horizonte longínquo era uma cadeia de montanhas, como se a terra estivesse enrugada, escura, com uma faixa de nuvens cor de chumbo prestes a descer a encosta.

Perguntei se era a Serra do Mar. Julia não respondeu; fez uma curva brusca e descemos novamente. Na reta seguinte o blindado começou a perder velocidade, ainda rugindo, e a pequena olhou o retrovisor num segundo, cortou a estrada com violência. Sacudimos numa elevação de terra batida e passamos uma porteira branca. Olhei para o alto, a tempo de ver entre as heras uma placa com o nome de Santo Antônio. Alguns metros adiante descemos entre árvores cerradas. A temperatura subitamente mais baixa. Ela ergueu os óculos para enxergar o caminho.

— A restauradora é da família?, perguntei.

Ela riu indignada com a ideia, puxou fumaça do cigarro. Não, claro que não.

Dois postes caiados de meia altura indicavam uma ponte de tábuas que mal dava espaço ao blindado. A madeira estalou com o peso dos pneus. Abaixo passava um rio escuro, percorrido por pedras redondas como bolhas. Ela mal deixou a ponte, baixou os óculos e acelerou; o carro empinou pelo aclive de terra. A cobertura vegetal começava a rarear, fomos invadidos de novo por cores luminosas, mas algo havia mudado. Estávamos no mesmo lugar, e no entanto em *outro* lugar. A luz perdera a realidade, e no fim de um platô entre árvores a casa cintilava como uma aparição.

Perdi-a de vista quando entramos numa longa alameda, ladeada de cercas brancas e palmeiras imperiais. Um presente de d. Pedro II em 1845 à família original, disse Julia. Ou 1854. Papai nos obrigou a decorar mas eu não lembro. Você sabe, disse ela, essa é uma fazenda histórica.

O casarão reapareceu entre as árvores à nossa esquerda, trechos de cor mostarda, placas negras das janelas, o céu desbotado rebatendo num pedaço de vidro. O carro tremeu num mata-burro, passou outra porteira aberta. Viramos à esquerda, em linha reta na direção da casa, e o caminho era agora formado por largos blocos irregulares de pedra. Passamos uma construção circular, com teto de palha e mesas de madeira, que, segundo Julia, abrigava grupos escolares nos dias de visita. Uma carroça jazia no gramado como peça cenográfica. Ao seu lado, um canhão de ferro fundido — eu me perguntei o que um canhão fazia ali —, logo depois uma âncora, semienterrada no gramado — e me dei conta de que o termo *histórico* se aplicava com bastante amplitude àquela fazenda. Notei, também, que a reconstrução prosseguia a olhos vistos: um pouco antes do casarão, à esquerda, a terra se abria numa pequena piscina de lama. O buraco fora cercado de estacas e tábuas e parecia estar ali havia bastante tempo. Perguntei se a restauradora também fazia escavações. Ela não entendeu. Falei que estava brincando: restauradora, arqueóloga, ela poderia fazer jornada dupla. Julia disse que no futuro aquilo seria uma escada de acesso do estacionamento de visitantes à casa; as crianças *não aguentavam* dar toda a volta a pé pela estrada. Mas dependiam do caseiro para terminar a obra, e o caseiro não costumava correr com nada.

O caminho se abriu num pátio de pedra, onde Julia estacionou entre outros blindados. Puxou o freio de mão, girou a chave. Silêncio abafado. Ela disse, Eu sei que você gosta de brincar, mas por favor finja interesse quando papai falar da fazenda. Ele valoriza muito o trabalho que está sendo feito aqui.

Abriu a porta e largou a ponta do cigarro no chão. Soprou a última fumaça antes de descer.

— Ah, e por favor, não diga ao meu pai que eu fumo.

Desci do carro com um formigamento no corpo, estiquei os braços. Os ouvidos entupidos pelo fim da viagem. Fazia um calor parado, a cobertura vegetal amenizava os raios de sol.

Olhei para o alto, algumas nuvens começavam a surgir como borbulhas de um rio poluído. Observei a casa entre as árvores. A parede subia em dois andares, recoberta em parte por unhas-de--gato cor de petróleo, recortada por janelas compridas no alto, menores e gradeadas no térreo. À direita, Julia seguiu por uma garagem. Esperei que me chamasse, não chamou. Cruzou com um sujeito baixo e troncudo, pele parda e camiseta musgo apertada, que mexeu todas as rugas do rosto para esboçar um sorriso de pedra, e seguiu na minha direção. Acenou com um fiapo de sorriso, limpou as mãos na calça antes de abrir a porta traseira e retirar a mala de Julia como se estivesse vazia. Os cabelos crespos e rentes eram acinzentados, quase brancos nas têmporas, e a testa larga coberta de gotículas de suor. Esperou que eu pegasse minha mochila e bateu o porta-malas, voltou na direção da garagem e eu o segui.

O ar ali era frio e úmido, tropecei no escuro em latas de tinta e sacos de cimento, depois em cimento seco sobre o piso. Quanto descuido, pensei. Cuidado, disse o caseiro, saindo da garagem para a sala seguinte. Ele se referia a um desnível na passagem, que não vi.

Saí em um aposento amplo, de móveis escuros e piso de cerâmica encerada, iluminado pelo brilho pálido de duas portas abertas para fora: uma à frente, cerca de vinte metros adiante, e outra num vestíbulo de pedra à minha esquerda. Supus que o vestíbulo servisse de entrada aos visitantes e me aproximei. Respirei fundo, estava de novo sozinho. As peças respiravam atentas, esperavam que eu me aproximasse sem no entanto me chamar. Em mesinhas laterais, filtros caseiros e quadrados, que eu me lembrava de quando criança. Atlantis, o símbolo de uma sereia transpassada por um golfinho, cheiros familiares, aperto no coração. Eu era como o explorador anacrônico de H. G. Wells, maravilhado com peças de seu cotidiano num museu futuro. Acima, dois pôsteres de papel desbotado sobre telas de compensado — em um deles, a vista aérea (vastas superfícies encristadas de zinco) de uma fábrica numa periferia desolada; em outro, dois sujeitos de cabelos esféricos e cavanhaques semelhantes, um em primeiro plano de braços cruzados, determinado, o segundo fitando a câmera logo atrás, um pouco curvado, linha de montagem de peças leitosas ao fundo. Na prateleira da parede oposta, meia dúzia de placas douradas com inscrições escurecidas e duas estatuetas aladas de latão oxidado. No centro do cômodo, sobre uma mesa larga de madeira, a maquete de uma espécie de fábrica em corte, com torres e filamentos, um ambicioso projeto construído ou apenas imaginado.

Chinelos arrastados pela cerâmica, eu me voltei para a sala, e da outra porta iluminada vinha uma mulher baixa, com passos pesados até onde eu estava. Usava um maiô escuro, que achatava os seios largos, e canga estampada presa à cintura. Os cabelos negros molhados, penteados para trás, a pele bronzeada com algumas sardas — ela chegou mais perto, e a boca era a mesma, ainda que mais escura, e a expressão violenta, irônica, a mesma —, uma Julia pré-histórica. Seus olhos verdes reptilianos brilharam como um cartão de visita. Ela olhou o vestíbulo, nada havia sido tocado, depois me examinou. Falei que minha mãe tivera um daqueles, e apontei o filtro do meio.

Ela olhou as caixinhas empoeiradas. Não me espanta. Sua mãe e mais seis milhões de pessoas, querido. O filtro residencial mais vendido da Brasfil. Método revolucionário de purificação por ozônio, pela primeira vez um produto acessível à classe C. Uma campanha em escala nacional para que a família brasileira abandonasse os filtros de barro. Por esses aparelhos já passaram mais de duzentos bilhões de litros d'água. O equivalente a um Tietê dando catorze voltas na Terra.

— Impressionante.

— Papai gosta de estatísticas.

Olhamos de novo os artefatos. Ela apontou com o queixo a prateleira dos troféus. Recebemos todos os certificados importantes da área — ISO 9001:2008, ASME, NR-13. Você tem um cigarro? Eu mataria por um cigarro. Deu mais dois passos para dentro e apontou a foto da fábrica. Estamos em praticamente todas as áreas do mercado. Microfiltração, ultrafiltração, osmose reversa. Indicou a maquete no centro da sala. Estações de tratamento de efluentes e reuso da água, pesquisa de ponta. Filtros industriais, filtros para a rede pública. Algumas linhas hospitalares, outras residenciais, mas não é nosso forte.

— Impressionante.

— Líderes no mercado em praticamente todas as áreas. Não podemos fumar dentro de casa. Ele sente o cheiro à distância. Você é o namoradinho de Julia?

Fiz um movimento dúbio. Perguntei se as crianças em excursão começavam pelos filtros. Ela riu, inclinou de leve o rosto como se aquilo a tornasse desejável. Não, querido, as crianças entram por cima, pela porta principal. Você ainda não subiu? Julia não mostrou as salas históricas? Quando ela disse ontem que *também* traria alguém, nós desconfiamos. Dissemos que... Bem, não interessa o que dissemos.

Quis saber meu nome. Falou que era Ana, a irmã mais velha. Comentei que seus conhecimentos eram formidáveis, perguntei se trabalhava com o pai. Ela riu com desdém. Claro que não. Pensei que Julia tivesse falado de mim. Eu disse que sim, talvez, não me lembrava. Perguntei onde estava Julia. Ela abriu outro sorriso. Ah, você a perdeu? Deve ter subido, papai está lá em cima, eu levo você.

Cruzamos o aposento amplo e mal iluminado. Minhas sandálias rangiam no piso encerado. O pé-direito baixo, vigas escuras. Mesa de sinuca, com tacos enfileirados na parede mais próxima. Um sofá e quatro poltronas verde-azeitona ao redor de uma mesinha de centro com revistas velhas e um samovar. Uma lareira na parede de pedra, logo acima duas canecas coloridas e a cabeça espantada de um javali, dentes tortos e tufos de pelo no revestimento doente. Me perguntei de onde haviam tirado tudo aquilo. À esquerda, um pouco antes da porta iluminada, uma escada de madeira levava ao andar superior.

Segui seus quadris oscilantes até a sala de cima, que supus ser a copa: clareada por dois janelões, cerâmica azul até a metade das paredes, mesa rústica com uma fruteira, panelas de latão penduradas. De uma porta fechada à minha frente, provavelmente a cozinha, vinham pratos batendo, conversa insistente, o chiado circular de uma panela de pressão. Ana me mandou deixar a mochila ali, sobre a mesa, e cruzou uma porta à direita. Eu a segui temendo que sumisse como Julia, demorei a me dar conta da dimensão do aposento em que estávamos: a sala de jantar, em tons de ouro e de madeira, com as paredes pintadas de cenas campestres, o teto alto e branco com as sancas trabalhadas em arabescos dourados. À minha esquerda, fachos de luz prateada se lançavam de quatro janelas e uma porta central, que davam para uma espécie de jardim interno. Um lustre de cristal descia até a metade sobre a mesa de dezesseis lugares. Um andaime escuro, entre as duas primeiras janelas, interrompia com violência a sucessão das pinturas na parede, que inicialmente me pareceram um pouco pueris: falsas colunas gregas envolvidas de heras, vasos com frutas, sombras na tentativa fútil de lhes dar um efeito tridimensional. Meu olhar seguiu os canos de ferro até o alto, onde três tábuas formavam a base para alguém trabalhar ali, deitado, refazendo os ornamentos no teto.

Ana me vira parado e disse, Nossa restauradora é muito lenta, está há uma eternidade aqui. Às vezes acho que faz de propósito, quer viver às nossas custas. Passamos entre o andaime e a mesa e seguimos em linha reta a uma porta na outra extremidade. Pelo menos quase nunca a vemos, disse ela. Perguntei por quê. Você não sabe? Para um serviço desse tipo, é preciso trabalhar à noite, sem a interferência da luz natural. Ah, aqui está sua namorada, disse, aproximando-se da porta aberta.

Julia estava de perfil (seu perfil alongado, levemente recurvo) e veio até nós. A irmã a tomou pela mão. Você deve cuidar melhor das suas coisas. As duas me fitaram com uma risadinha conjunta. Ana disse, como se sussurrasse, querendo ser ouvida: Depois alguém o pega e você reclama. Julia me olhou com uma ponta de interesse (admito, tenho atributos que atraem as mulheres) e deu um sorriso que eu viria a descobrir ser seu sorriso sóbrio: os cantos dos lábios levemente arqueados, olhos com alguma graça pálida. Da sala, um homem pigarreou, sua voz rouca e autoritária me fez lembrar uma noite distante. Eu as segui para dentro.

2.

Devo começar pelo pai. Que me fitou com olhos de fogo onde espectros gritavam, olhos afundados e ainda vivos no corpo ressecado. Havia sido um homem alto; agora estava curvado e se arrastava com uma bengala. O rosto ocre, manchado, a careca avançava por quase toda a cabeça. Lóbulos gordos; um cavanhaque chumbo-amarronzado continha a boca violeta, cujos lábios brilhavam com indecência. Arfava sobre a bengala, as pernas tremendo, o esforço enorme que fazia para mostrar domínio sobre o corpo. Ana pedira que o pai se sentasse, ele chiou e a expulsou com um gesto de mão. Ainda me olhando mandou que me servissem algo. Havia dois sujeitos com ele naquele escritório. Um deles, careca com óculos de armação dourada, parecia agitado e se levantou da poltrona de couro negro à minha frente, contornou-a e se agachou diante de um minibar de rodinhas entre dois janelões. Perguntou o que eu queria. O velho pigarreou de novo e quis saber se a estrada estava cheia. Respondi que não. Eu havia me afundado numa das poltronas, observava o gordinho diante de mim, pescando uma garrafa no bar. O velho em seguida perguntou se houvera algum acidente na estrada. Falei também que não. Julia saíra com a irmã por um corredor lateral ao jardim interno, disse que voltaria num instante mas o instante já havia passado. Cruzei as pernas com incômodo. O terceiro homem estava apoiado na estante, ao lado de uma enorme TV retangular desligada, e me fitava com ironia. Tinha uma vaga elegância latina, com os cabelos negros penteados com gel e olhos fundos entre manchas cor de berinjela. Usava uma camisa polo para dentro da calça de sarja, mocassins que mostravam a pele delicada dos pés. O velho falou de novo: O senhor dirige muito lentamente? Falei que Julia dirigira. O sujeito da estante riu, balançou a cabeça. Eu olhei ao redor para não ter de olhar para ele. Em algum momento distante aquele aposento fora um escritório, mas as prateleiras haviam sido despojadas dos livros, com exceção das estantes atrás de mim, que circundavam a porta, com lombadas fragmentadas de cor creme e caramelo, soldadas umas às outras pela ação do tempo. A face dos janelões e a parede à minha direita eram desprovidas de estantes, e recobertas até a metade por um papel escuro, listrado. À direita, um quadro de moldura dourada puxava minha atenção; mas o velho também me atraía, e me voltei a ele. Comentei que a casa era impressionante e soei como um idiota: o velho continuava a me fitar. O careca deu a volta pela poltrona e me ofereceu a bebida, que girei nas mãos e emborquei nos lábios. Uísque com gelo, qualidade irregular. Ele em seguida perguntou se o velho bebia alguma coisa. Você sabe o que eu bebo, falou o velho, contrariado. Vá lá, sirva logo.

O careca se curvou de novo no minibar. Puxou outro copo de uísque, uma garrafa de guaraná.

— É só o que me deixam tomar, disse o velho, para ninguém.

— O senhor logo vai estar bom de novo, disse o da estante. E depois, para mim: você estuda com Julia?

Respondi que não.

— Ele também não tem cara de ser do clube, disse o velho. Você é sócio do clube?

Balancei negativamente a cabeça. Sou escritor.

Olhos arregalados, alguma indignação. Escritor?, gritou o velho, enquanto recebia o copo borbulhante com gelo. Escritor de quê? De contos, falei. De ficção?

— Contos. De ficção.

— Como chama o livro?

— A porrada na boca risonha. E outros contos.

— Como?

— A porrada na boca risonha e outros contos.

— Mauro, você ouviu falar desse livro?

O da estante balançou a cabeça. Dr. Ricardo, disse ele, eu só leio biografias.

— Faz você muito bem.

— Gosto de aprender com a história de grandes empreendedores. Ensinam sobre liderança.

— Faz você muito bem — e para mim: o senhor devia escrever biografias.

— Ninguém mais tem tempo de ler ficção hoje em dia, prosseguiu Mauro.

O careca havia voltado a se sentar e perguntou meu nome. Eu lhe disse num sussurro. Como?, disse ele, inclinando-se na poltrona. Eu repeti. Você conhece?, disse o velho. O careca negou com a cabeça. Mauro ria.

— Dr. Ricardo, isso não me parece nome de escritor.

O velho riu. Começou devagar, numa tosse, e a seguir a boca se abriu como se fosse desencaixar. Terminou com outra tosse, molhada, que o recurvou na bengala.

— O senhor não devia rir tanto, disse o careca. O velho se endireitou e limpou a boca com o lenço amarfanhado que tirou do bolso da calça.

— Biografias, sr. Marica... Maricante... o senhor deveria escrever biografias.

— Mariconda. Humberto Mariconda.

— Como?

Ele e Mauro riram de novo. Eu me calei enquanto o velho limpava a boca. Tomei outro gole de uísque, observei finalmente o quadro à minha direita, logo acima de um sofá também negro. Um nobre de boca pequena e enrugada, olhos estreitos fitando-me com desdém. Barba arruivada traçada ao longo do queixo comprido. Seu rosto leitoso iluminado no fundo negro, mãos cruzadas sobre o colo, craqueladas, dedos longos e femininos. Entre o rosto e as mãos brilhava na lapela escura uma medalha em forma de estrela, branca e lilás. Belo quadro, eu disse, para que não rissem mais de mim.

— Ah, sim, esse quadro..., disse o velho.

Mauro parecia inquieto. Desencostou da prateleira e disse que ia chamar Isabel, ou ela não saía do banho. O velho acenou que sim, sem muita atenção. O careca se apoiou nos braços da poltrona, esperava uma chance de se levantar, acompanhou com os olhos a partida de Mauro. O velho o fitou.

— Está com pressa por quê?

O gordinho pensou. Disse que precisava levar as coisas para baixo, e apontou com o queixo a estante ao lado da tv, para o que pareciam armas históricas.

— Mas não há pressa! Fique *aqui*. E para mim: este que nos observa, senhor... sr. Humberto, é Christiano Corrêa de Avellar. O senhor, que é escritor, talvez tenha ouvido falar dele.

Acenei que não; o velho, dedo tremente apontado à pintura, se aproximou mais dois passos com a ajuda da bengala.

— Um exemplo, sr. Humberto, um exemplo. É o homem que tornou isso possível (girou a mão ao redor da sala). O senhor deve se perguntar que medalha é essa em seu peito. Ora, sr. Humberto, é a Ordem da Rosa, outorgada pelo próprio Pedro II. E o quadro foi pintado por ninguém menos que Victor Barandier, um dos retratistas mais requisitados de seu tempo. Talvez o senhor tenha ouvido falar *dele*? Comprimi os lábios, olhei o teto como se o nome soasse familiar. O velho disse, Corrêa de Avellar foi um dos mais importantes produtores de café do vale do Paraíba nos anos 1850. Chegou a ter quatrocentos escravos, aqui e em outras propriedades. Seu inventário fala em ouro, prata, diamantes, apólices da dívida pública. Em Bananal, tinha um casarão de dezesseis janelas. Dezesseis janelas, veja o senhor... é hoje o Museu Estadual do Café, mas o senhor sabe como são os governos, está tudo destruído, arruinado.

Expressei meu desagrado com os governos. O careca havia travado o olhar na mesa de centro e respirou fundo.

— Dezesseis janelas, repetiu dr. Ricardo. O senhor sabe como essa família começou, sr. Humberto? Do *nada*. Começou do nada. O pai de Christiano, ao pisar no Brasil, era um pobre coitado. Um imigrante de Trás-os-Montes, a região mais atrasada de Portugal. Eu estive lá. O senhor já esteve? Não? Faz bem. É como se o homem não tivesse descido das árvores. Um horror. Eu vejo a história do pai de Christiano Corrêa de Avellar, dr. Humberto, como uma fábula. Uma história de sucesso. Eu me lembro da história do meu *próprio* pai. Também era português, tampouco tinha onde cair morto. Veio para cá em busca de oportunidades e tentou de tudo, até vender livros de porta em porta ele vendeu. Ele, meu pai, que era semianalfabeto.

Eu disse que tudo aquilo era impressionante. Vozinhas soaram da sala de jantar, dei um gole de uísque com mais ímpeto, confiante de que seria resgatado. Julia apenas apareceu pela porta e logo entendeu *tudo*. Eu e o careca como estátuas, o velho em pé entre nós mirando o quadro. Ela havia trocado de roupa, colocado algo mais leve. Ela disse: Humberto (me chamou pelo

39

nome!), e olhou de novo o pai. Estou na piscina; se quiser, apareça. Meu coração fragmentado. Eu falei que podia ir naquele momento, mas o velho disse que estava me contando do quadro e que eu já desceria. E você não demore para o almoço, ouviu? Sua mãe fica nervosa com atrasos, você sabe como é sua mãe. Ela concordou sorridente, as mãozinhas para trás da cintura, ouvi a voz de Ana pedindo que fosse logo, acompanhei o som de seus pés sumirem pela sala.

— Vidigal de Avellar era o nome do pai de Christiano, sr. Humberto. Chegou ao Brasil no final do século XVIII, tinha dezesseis anos, sem família nem dinheiro. Esteve primeiro em São João del Rei, Minas Gerais, como tantos outros imigrantes, atraído pelas histórias que circulavam em Portugal sobre a corrida do ouro. Como o senhor deve saber (o senhor, que é escritor), lá ele só encontrou pobreza e morte. O apogeu do ciclo do ouro havia terminado, era tudo controlado pela Coroa ou por uns poucos donos de concessão. Um ambiente violento. Os inconfidentes haviam sido deportados, mortos ou, pior, esquartejados. Um imigrante recém-chegado, sem malícia ou conhecimentos práticos, tinha poucas chances de sobreviver. O que Vidigal fez? Ele se curvou? Não. Ele *não* se curvou, dr. Humberto; ele se *adaptou* à situação. Se Mauro estivesse aqui, ele poderia falar sobre esses empreendedores de sucesso, que transformam suor em ouro. Mauro gosta de ler sobre isso — Felipe também, disse o careca. O velho não o ouviu. — Em São João del Rei, Vidigal se encontrou no comércio. Foi primeiro um mascate, revendendo couro e sela do Rio Grande do Sul. Em poucos anos, mudou-se para São Tomé das Letras, onde viu que podia abrir o próprio negócio. Precisava de fundos e se casou com a filha de um comerciante de rendas. Chamava-se Eduarda Teles e tinha mais de trinta anos. O senhor sabe, com essa idade, antigamente... a família já havia desistido de um casamento digno.

— Era uma balzaquiana daqueles livros de Dumas, disse o careca.

Dr. Ricardo continuou: Vidigal não conseguiu abrir o próprio negócio, mas com o dote comprou um cavalo. Aproveitou o ramo do sogro, aproveitou sua experiência como mascate, e começou por aí, viajando de fazenda em fazenda, vendendo rendas. A sociedade brasileira mudava com rapidez espantosa, e Vidigal percebeu uma oportunidade (era um homem à frente do seu tempo): não só as mulheres; os donos de terra também queriam se vestir com o requinte da cidade grande. Um primo de Portugal, um alfaiate, veio trabalhar com ele. O negócio cresceu. Chamou outro primo e passou a vender cigarreiras, joias, relógios. É preciso reconhecer as oportunidades, e ele então...

Coçou o queixo, perdido na narrativa, mirou o quadro em busca de inspiração. Não importa, disse. Em 1806 Vidigal deu uma nova guinada em sua carreira. Não queria servir os fazendeiros, e sim *se tornar* um deles. Adquiriu um pedaço de terra, ao sul de São Tomé das Letras. Comprou outro cavalo. Começou a plantar anil e trigo. Estávamos em 1810, Vidigal começou a se interessar pelo crescente negócio do café. Comprou mais terras. Dona Eduarda, a quem ninguém dava mais nada, finalmente engravidou. Aqui começa a saga desse vencedor — apontou para o quadro —, ainda no útero da mãe, quando teve o primeiro contato com o *ouro negro*, como dizem por aí. O café.

Uma empregada apareceu na soleira e esperou que dr. Ricardo a notasse. Ela pigarreou, chamou-o com voz rouca. Eu a vi de perfil, curvada. Cabelo de palha puxado para trás num rabo de cavalo, nariz adunco. Me fitou e depois estacionou os olhos nos pés do velho. Falou de novo, e o velho resmungou. O quê? Ela quer saber como o senhor quer o seu peixe, disse o careca.

— Peixe? Que peixe? Pergunte à minha mulher. Não sei

por que você pergunta isso para mim. Depois, quando ela ia saindo: Levou a mala do jovem aqui?

A moça sussurrou que sim. Levou para onde? *Como?* O quarto amarelo? Ela sussurrou que sim senhor. Apertava a borda da camiseta. Ele se virou para o careca: Coloquei o *salsichão* no quarto azul (o careca riu subalternamente). Cada um que minha filha traz, ela... olhou para mim, disse: não você, e tossiu como se a garganta se desfizesse.

— Eugênio, por que você não mostra o quarto ao rapaz?

O careca se levantou, sorriu desta vez como um comissário de bordo. Foi até a estante, equilibrou duas pistolas antigas debaixo do braço, um revólver prateado, uma caixa de munição. O velho: Vire essas coisas pra lá. Não estão carregadas, disse Eugênio, e pediu a seguir a chavinha. O velho tirou um molho do bolso e começou a apertá-lo com os dedos grossos. A chavinha, a chavinha, o senhor já vai ter sua chavinha. — Quer ajuda? — Não, aqui está a maldita chavinha.

Na soleira, o careca me olhou para que eu o seguisse. Dei o último gole do uísque, senti a barriga em erupção, a sala girou ao me colocar em pé. O velho me fitou com aqueles olhos radiativos. As sobrancelhas se acomodaram numa posição inquisitiva, curiosa. Ele parecia querer dizer algo, os lábios estalaram, continuou a me considerar. Olhos um pouco mais humanos, mais opacos, quando senti uma ponta triste de sorriso entre o final roxo dos lábios e a barba, um pouco como Julia fazia. Algo tentava brotar à força naqueles olhos.

— Quando você vir minha filha, você...

O chamado de Eugênio foi um estrondo, dr. Ricardo pareceu envergonhado. Depois olhou meus pés, inquieto com minhas sandálias. O momento se fora. Deu as costas e se moveu muito lentamente até uma das poltronas, conforme deixávamos a sala.

3.

A criada espaçava talheres de prata sobre a toalha de renda, me olhou de soslaio. Eugênio ergueu o joelho por um momento para voltar a se equilibrar, certificou-se de que eu o seguia e passou entre a mesa e o andaime. Em vez de seguir reto para a copa, foi até o fim da sala e virou à esquerda, a uma passagem no final da parede. Esperou eu me aproximar e disse baixo, para que a empregada não ouvisse, Tio Ricardo anda muito abatido, às vezes fica sentimental. A seguir mudou o tom de voz, mais otimista: Mas está melhorando a olhos vistos, você não acha? E acrescentou, Seu interesse em recontar a história da casa apenas mostra como ele aos poucos volta a ter o gênio incansável de sempre.

Comentei que sim, ele parecia melhor. E sim, a história era muito interessante.

— Ele não contou nem a metade. Gosto de pensar em Christiano Avellar como um dos homens mais esclarecidos de seu tempo. Um visionário, mesmo.

Entramos num corredor escuro e largo, com as paredes pintadas até a metade imitando azulejos azuis e brancos, com infinitos sultões de turbante e suas concubinas. Acima dos azulejos falsos, mais pássaros e frutas em *trompe-l'oeil*.

— Foi presidente da Sociedade para a Promoção da Civilização e Indústria de Bananal. Fundador do *Diário Bananalense*. Sacerdote da Estrela do Oriente, loja maçônica baseada no rito escocês. Ele se interessava pela agricultura, por questões escravistas, pela medicina — a homeopatia, para ser mais específico. Um homem guiado pela ciência e pela razão. Visionário, como já disse. É claro, ele e o filho pagaram o preço.

O corredor levou a uma sala de madeira escura, o vestíbulo de entrada, que mesmo com a porta e as janelas abertas permanecia na penumbra. Sensação de morbidez que meu intestino acusou nas tábuas carcomidas, no relógio de pêndulo imóvel, no jarro de cerâmica solitário de uma mesinha no centro da sala. Então é aqui que fica a parte realmente histórica, eu disse. Ele concordou. O cômodo à esquerda do corredor foi adaptado para uma sala de jogos, disse ele, mas fica fechado para visitação. Ele virou ao outro lado, a uma extensão de pouca profundidade, onde as paredes brancas haviam sido tomadas de gravuras e, logo à nossa frente, jazia uma larga mesa com tampo de vidro. Depositou as armas numa cadeira estofada e pescou a chave do bolso. Aqui, disse ele, é onde tio Ricardo guarda os objetos mais preciosos. Indicou com os olhos a parede à esquerda, onde três papéis de carta vincados haviam sido enquadrados lado a lado num retângulo de vidro.

— A única carta assinada por Christiano Corrêa de Avellar; uma absoluta raridade.

Eu me aproximei com os olhos apertados, tentando decifrar aquelas letras rebuscadas no papel pardacento. Perguntei o que queriam dizer. É um documento histórico, disse ele.

44

— Sim, isso eu sei, respondi com alguma irritação.

Ele pensava em outra coisa. Perguntou se fazia tempo que eu saía com Julia. Respondi que não, fingindo prestar atenção nos papéis emoldurados. Por que você pergunta?

— Ela é uma menina muito especial.

A chavinha brilhava em sua mão peluda. Avançou até a mesa e a inseriu na fechadura do tampo de vidro. Ergueu-o com ambas as mãos, parecia pesado. Eu me coloquei ao seu lado e, braços para trás, me inclinei em direção ao veludo azul-escuro. Uma caneta-tinteiro de prata; um chicote enrolado como uma cobra, com múltiplas pontas cortantes; uma cigarreira dourada; dois tomos grossos, de capa negra, comidos nas beiradas; uma mancha mais escura no veludo, onde ele cuidadosamente colocou o revólver prateado, de calibre pequeno, cabo de madrepérola. Aquilo não era o principal. No centro da mesa havia uma espécie de caderno contábil, aberto nas primeiras páginas, letrinhas miúdas ocupando seis colunas riscadas em cada folha.

— A relação dos empregados?, perguntei.

— A relação dos escravos.

Me debrucei ainda mais. Ele também, com preocupação indisfarçada, como se eu fosse babar nas páginas. Adelaide, quarenta e cinco anos, crioula, casada costureira; Ambrosina, vinte anos, benguela, casada, cozinheira; Angélica, oito anos, mina, solteira; Augusta, um ano e meio, crioula, idem. Balbina, dois anos; Bernarda, quinze, roceira. Brandina, quatro; Caetana, um.

Voltei a me erguer, um pouco assombrado. Tudo de época, disse Eugênio, aliviado de poder baixar o tampo. Falei: Mas nem tudo é histórico, certo? O que você quer dizer com isso?, perguntou. Veja aqui, essa cigarreira, por exemplo; minha tia-avó tinha uma igual. Eugênio avaliou o objeto. E esse revólver, falei, que você acabou de guardar...

— Ah, é, de fato, é um Castclo calibre 32. Cabo original.

Estava aqui na casa quando tio Ricardo a comprou. Ele disse que devia ser dos donos anteriores, a arma é mais recente, você tem razão. Anos 1930 ou 1940. Você sabia que funciona perfeitamente? Estávamos justamente experimentando. Eu conheço um armeiro, ele...

Perguntei: Se a arma é recente, o que está fazendo aí?

Ele pareceu em dúvida, como se eu quisesse pegá-lo em contradição. Eu *queria* pegá-lo em contradição. Respondeu tateante: Como eu disse, estava nessa casa, então tio Ricardo quis guardá-la. O mesmo vale para a caneta, ali. Já a cigarreira é da nossa família; do meu bisavô.

— O caderno de escravos era dele também?

— O caderno? Não... o que você quer dizer com isso? O caderno tio Ricardo comprou de um antiquário no Rio, custou uma fortuna. É *realmente* um documento de época.

Apontou então para o chicote. Mas essa belezinha, disse ele, essa belezinha é exatamente o tipo de arma que talvez tenha sido usado pelos feitores dessa fazenda. Rabo de tatu, eles chamavam. Às vezes bacalhau, por conta da origem dos feitores: os portugueses eram os mais terríveis. Tecnologia rústica, poderosíssima. Lacerava a pele com uma só chibatada; ninguém ia fingir doença ou tentar escapar com uma ameaça dessa.

Pegou a caixa de munição da cadeira e abriu uma gaveta destrancada abaixo do tampo. Se a parte superior era o palco, aquilo era a coxia. Uma lâmpada correu na diagonal, parou ao encostar num pacote fechado com doze velas; fita-crepe; elásticos antigos, colados à madeira; moedas, clipes; duas chaves de fenda; uma extensão mal enrolada. Abriu espaço para a munição, bateu de volta a gaveta, certificou-se de que tinha trancado o tampo de vidro e enfiou a chavinha no bolso.

— E esses livros?, perguntei, indicando os dois volumes sob o vidro.

— Ah, esses sim, estavam aqui desde o início.

Me inclinei e tentei ler a lombada de um deles. Eugênio disse que eram livros de ciência; os manuais de medicina da fazenda. Você sabe, os doutores faziam apenas visitas de tempos em tempos, e em casos mais graves. Nunca para os escravos, que costumavam adoecer por qualquer coisa. O senhor de engenho tinha de saber como tratá-los. Tio Ricardo vive dizendo, Christiano Avellar era um progressista. Um homem à frente de seu tempo. Ele só tratava os escravos com base na homeopatia. O primeiro livro é um manual homeopático, o *Mappa synoptico*. O segundo é um livro mais tradicional: o *Dicionário de medicina doméstica e popular*, de Langgaard, muito usado na primeira metade do século XIX. Era o guia da família. Tio Ricardo gosta de dizer que dona Maria Tereza não era muito favorável às novidades do marido.

— Vejo que você é um adepto da homeopatia.

Ele pareceu pensar.

— A memória da água.

Esperamos com solenidade enquanto suas palavras se dissolviam no ar empoeirado. Depois tive de lembrá-lo que deveria me mostrar o quarto em que eu ficaria. Claro, ele disse. Pegou as duas pistolas sobre a cadeira e caminhou de volta ao vestíbulo. A parede à direita era aparentemente contínua, pintada com uma cena de caça em paisagem bucólica. Notei no entanto um retângulo recortado no mural, que Eugênio pressionou para abrir. A porta avançou para uma antecâmara escura. Não se preocupe, disse ele, esse quarto não é aberto ao público.

Me deixou ali, falou que ia guardar as armas lá embaixo e tomar um banho rápido antes do almoço. Fechei a porta atrás de mim e atravessei a pequena antessala antes de chegar ao quarto. Era revestido de papel amarelo, as colchas dourado-escuro. Ficava numa das pontas da casa, os janelões faziam tudo reluzir.

Havia duas camas de solteiro, a primeira arrumada com dois travesseiros gordos, a faixa de um lençol imaculadamente liso. Na altura dos pés, um jogo de toalhas dobradas. Sobre uma poltrona perto da primeira janela, haviam colocado minha mochila. Me dei conta de que a mala vermelha não estava lá.

Permaneci em silêncio, em pé no mesmo lugar. O vento sacudiu de leve as cortinas de renda, varreu o quarto sem capacidade de amenizar o calor. Pássaros voaram num rasante, suas manchas negras cortando as janelas. Quando o ar parou, ouvi risadinhas abafadas vindas de fora. Pensei que mesmo naquela casa cheia eu continuava sozinho. Fui até uma das janelas na parede oposta, me apoiei no peitoril de madeira. O sol ardeu meus olhos; um gramado verde-anil descia num declive ondulante até a piscina. Contei cinco pessoas, mais o caseiro voltando pela grama com a cabeça baixa e a bandeja vazia. A pequena estava ali, seus membros frágeis e translúcidos, sentada numa espreguiçadeira com seu vestidinho leve. Podiam me ver na janela? Provavelmente sim. Alguém dava braçadas na piscina, e o barulho da água rasgada chegava até meus ouvidos. Senti o calor grudar em mim, vi os galhos das árvores mais próximas oscilarem com esforço. Se o tempo continuar assim, vai ser difícil dormir, pensei.

A risada grossa de Ana (eles realmente se divertiam) me fez baixar o vidro, o rangido do caixilho correndo pela madeira antiga. Eu preferia não ouvir a algazarra da qual eu não fazia parte. O calor subiu e se irradiou, flutuou no ar em suspenso, mas agora que eu havia começado a fechar as janelas iria até o final. Me dirigi à seguinte. Outro pássaro passou chiando, eu instintivamente me protegi, depois baixei o vidro com esforço.

Voltei para a cama com vergonha de minha própria vitória, deitei com as mãos cruzadas na cabeça. Com o pé, empurrei as toalhas para o chão. Fechei os olhos e senti uma leve sonolência da bebida, a barriga um buraco aberto de fome. Um pássaro cantou. Era tudo mole e dormente na casa, fechei as pálpebras. Novas gargalhadas intermitentes me impediram de relaxar. Me virei de lado, olhando as janelas fechadas; foi tudo muito rápido. Um baque opaco, seguido do barulho de ovos quebrados, e saltei da cama alarmado, olhando a janela que eu acabara de fechar, o desenho de uma tênue estrela vermelho-ferrugem circundada de raios prateados. Me apressei até lá; subi de novo a janela, e embaixo, no caminho de cimento, um dos pássaros negros se revolvia possuído. Tremeu com violência, parou com as asas estendidas. Do alto eu via o filete de sangue do bico, gotinhas escuras, absorvidas pelo cimento poroso.

4.

Percorri primeiro a cozinha, onde uma empregada mais velha, com cara de roedor, me observou inquisitiva enquanto eu bebia um copo d'água. A outra, a mortiça, me fitava com ironia. Minha cara devia dizer que fizera algo de errado, eu sabia que em pouco tempo iriam descobrir a marca no vidro. Tive a sensação de que a partir dali as coisas descambariam vertiginosamente. Cruzei a copa e desci ao porão, onde passei pelas poltronas verde-azeitona e virei à direita, em direção à porta que levava à piscina. Atravessei uma saleta com um bar, poucas bebidas de rótulos desbotados nas prateleiras, bancos feitos de antigos galões de latão, encimados por almofadas cor de vinho. No balcão, ao lado de um barril de cachaça artesanal, uma caixa de sapato aberta com algodões, uma escova, flanela suja e sobre o tampo as duas pistolas de Eugênio. O som de chuveiro em alguma daquelas portas fechadas. Peguei uma das armas como um ladrão — a barriga formigava: não precisava entender de armamentos para saber que aquilo tinha seu valor, apesar dos maus-tratos do tempo. Pesada, o cano duplo adamascado, cães recurvos nas laterais. O cabo era de madeira escura, arredondada, e avançava por baixo até bem depois do gatilho duplo. Na caixa de sapatos um recipiente plástico, de onde pesquei uma esfera de chumbo entre tantas outras. Sopesei-a, coloquei-a de volta com um estalo de metal. Alisei a superfície fria dos canos. WOGDON, LONDON. Pousei-a com solenidade ao lado da irmã gêmea.

Segui na direção da luz ofuscante sem pensar muito mais. Pisei na faixa estreita de cimento, meus olhos se viraram para o pássaro negro, um pouco à esquerda, a penugem tremendo na brisa. Empurrei o corpo mais para dentro da cerca viva, tentei não pensar na má fortuna daquela morte. Avancei para o gramado; pontas de capim espetavam meus tornozelos. O sol apertava minha nuca, mosquinhas saltaram do verde desbotado.

Ouvi as risadas e curvei os ombros enquanto caminhava. Tentei me endireitar, enfiei as mãos nos bolsos, derrotado. Os risos cessaram e avancei ao piso reluzente de granito cor de areia — eu olhava só o granito. Depois foi pior. Julia, sentada de perfil na espreguiçadeira com seus óculos escuros, tinha o corpo virado para o primo que eu conhecera no final do ano, e de novo absorvia suas palavras, não importava quais. As primeiras nuvens cinzentas, de bordas fosforescentes, despontavam sobre o casarão.

Agora, na mesa do almoço, sentados segundo o desígnio do velho, Julia continuava longe de mim e olhava apenas o prato de salada. Havíamos subido pelo gramado, eu a alguns passos dela, a irmã mais velha à nossa frente sorrindo para escapar dos abraços molhados do namorado; um ser que se erguera da piscina como um tritão, corpo musculosamente trabalhado, sunga branca e tatuagens sobrepostas nos ombros: uma cruz, um apache, nomes esquecidos, Che Guevara, anéis tribais, Martin Luther King — um mata-borrão serigráfico. Era o salsichão, supus. Ele se sentava à minha frente na mesa, camiseta justa com desenhos de surfe, apertava os talheres como se fossem cabos de um aparelho de supino.

A carne estava dura; dr. Ricardo falava comigo, ergui o rosto ao notar que Felipe, o primo de Julia, me observava com reprovação — os mesmos olhos parados. A pequena praticamente não falava na presença do primo, apenas o espreitava, espreitava também uma garota que ele trouxera, sentada do meu lado esquerdo, sacudindo a perna como sacudira antes, na piscina, grave grave grave como um coração, os olhos saltados, ela parecia ocupada demais com seus movimentos internos para tomar atenção no que se passava — desde o início deveríamos ter tomado cuidado com aquela figura.

O velho dizia que o autor daqueles murais, sr. Humberto, e de todos os adornos daquela casa, era um espanhol de nome José Maria Villaronga, sob encomenda de Christiano Corrêa de Avellar no início dos anos 1840. Impressionante, não? Se você reparar (olhe lá no alto, o detalhe das sombras), verá que tudo foi pintado para dar profundidade: as colunas, as molduras dos quadros, até a borboleta que se aproxima do vaso de frutas. Veja só a sombra da borboleta.

— Os mestres da pintura dominavam os efeitos tridimensionais, disse Felipe. Isso infelizmente se perdeu na arte contemporânea.

Concordei. Notei que dona Yolanda, à direita do velho na cabeceira, me encarava com olhos alienígenas, vesguinhos e redondos. Não está gostando da carne?, perguntou ela, mal movendo os lábios. Falei que a carne estava ótima.

— Villaronga morou nesta casa, com os Corrêa de Avellar, por oito anos, continuou dr. Ricardo. Oito anos, imagine só. Praticamente virou parte da família. Deu aulas de pintura a dona Maria Tereza e suas duas filhas, mas Christiano o proibia de ensinar essas técnicas, digamos, mais femininas, ao filho varão. O jovem parecia forjado com o mesmo material que o pai. O amor pela lavoura, pelas máquinas, pelo progresso.

Julia ergueu os olhos ao teto; Ana abafou um riso. O velho não notou, ou não se importou. Eugênio olhava o prato sem piscar. Eu refazia mentalmente nossa subida pelo gramado. A forma irônica como a empregada pálida me observou da janela da copa. Meu corpo gelado. Ana rindo, já quase na entrada do porão, falando a Julia das roupas terríveis que a garota misteriosa de Felipe trouxera. O namorado musculoso tentou agarrá-la de novo. Pare, estão nos espionando. Quem? Mais risadinhas. A empregada sumiu no escuro da copa.

— Os anos de formação são fundamentais para moldar o caráter da criança, disse Felipe. A mulher ao seu lado — Isabel, a irmã do meio — concordou com veemência. Os cabelos alisados mal se moveram. Falou que sempre se preocupou com a educação dos filhos, desde pequenos. Não é, querido? Mauro concordou. Sempre demos estímulos a eles, prosseguiu a mulher. Cauã não engatinhou, andou direto. O pediatra disse que nunca tinha visto uma criança assim.

— É verdade, disse Mauro sem interesse.

— Não são crianças normais, disse dona Yolanda. Não falo isso porque sou a avó.

Mauro acenou em agradecimento. Isabel respirou fundo, se encheu de ar: Minha terapeuta holística disse que tanto ele quanto Ana Laura são crianças Cristal.

Felipe disse que tinha lido sobre aquilo em algum lugar. Isabel prosseguiu: Crianças que irão moldar uma nova sociedade. Muito mais evoluídas do que nós — aprendem muito mais rápido — são hiperativas, mas isso não é uma doença; é que elas têm um poder energético altíssimo e demoram a conseguir lidar com as energias — é o que disse minha terapeuta.

— Hoje tudo é catalogado como doença, disse Eugênio.

— Outro dia Cauã tentou derrubar a babá na piscina, falou Mauro. Esperou a hora certa. É impressionante sua capacidade de observação.

— Ele não viu mal nisso, disse Isabel. É uma criança pura.

Ana a interrompeu: O Thiago também deve ser uma criança Cristal, porque é muito inteligente. Eu ficava impressionada com a facilidade dele em mexer com computadores, todos aqueles joguinhos que deixam a gente tonta, e ele sabe tudo... papai, ele atirava, pegava coisinhas brilhantes, ele —

— Não estamos falando de joguinhos, Ana. — Mauro a cortou sem paciência. — É uma questão mais profunda.

— Mas os jogos *também* estimulam o cérebro. Eu li uma vez no jornal que —

— Querida, é uma questão de geração, disse Isabel. A dele já ficou para trás.

— Mas ele tem apenas *oito anos*.

Isabel a fitou com piedade. Ah, querida, esse menino é no máximo uma criança Índigo. O que é muito bom para a geração dele. Elas preparam o caminho.

— Como você sabe? Você *conheceu* o Thiago?

— Sim, *conheci*, quando você passou aquela temporada de férias com ele aqui na fazenda, lembra? Porque o *pai* tinha largado ele com você para fazer o maldito documentário sobre o mendigo viciado.

— *Não era* um mendigo viciado. Era um compositor, artista visual e catador de lixo, e você não —

— Querida, disse a mãe, vamos mudar de assunto, que esse ainda me dá arrepios (Ana indignada). O menino não era muito educado, mas vá lá, era bonitinho. Mas é claro que a inteligência de Cauã e Laurinha é diferente (Ana mais nervosa). De qualquer forma, essa história já passou. Você nem vê mais essa criança.

— Eu não entendo por que só os filhos de Isabel podem ser inteligentes.

— O que são crianças Índigo?, perguntou Julia.

A irmã comentava agora como era difícil encontrar uma escola para Cauã. Elas não estavam preparadas — a cabeça muito fechada. Uma chateação... O Cauã não entende como os coleguinhas podem ser tão lentos. A diretora da última escola nos chamou para dizer que ele tinha um problema de falta de limites, vocês acreditam?

— Um absurdo.

— Déficit de atenção, a diretora disse.

— Estamos processando, disse Mauro.

Silêncio de talheres.

Isabel reclamou de como as pessoas tinham dificuldade em aceitar o novo.

— É realmente muito difícil pensar fora da caixa, falou Felipe.

Julia se entusiasmou, ficou ereta na cadeira. Disse que discutiam isso no marketing aplicado, e como o mais simples era na verdade mais complicado, Quero dizer, como é difícil fazer o que na verdade é simples, isto é, quanto mais complicado, mais simples é na verdade. Ficou muito vermelha e se calou. Fez meu coração transbordar.

— Sem dúvida, sem dúvida, falou o sujeito musculoso. Queria entrar de alguma forma na conversa, olhava o velho sem parar. Sem dúvida, falou de novo. O velho, por sua vez, cutucava o peixe ressecado com a ponta do garfo. Isabel o atrapalhou. Papai, como foi mesmo o problema daquela professora, que se recusou a pesquisar a história da fazenda mesmo com a gente pagando? Dizia que as coisas não funcionavam daquela maneira... Aquela mulher cheia de títulos, como era o nome dela?

O velho ergueu as sobrancelhas. Dona Yolanda perguntou

por que ele não comia. Ele pigarreou, não olhou a mulher. Disse à filha que sim, se lembrava. O que eu queria, o que eu *quero*, é uma biografia completa desses homens brasileiros. Uma biografia como aquelas americanas, que lemos de cabo a rabo, que nem um filme.

— Os brasileiros não são capazes de fazer algo assim, comentou Mauro.

— Seria um exemplo para as novas gerações. Os Corrêa de Avellar estão na base de formação da elite produtiva brasileira. Deviam ser mais estudados.

— Mas aquela senhora diretora de departamento não quis nem nos ouvir, não é, papai?

— Nosso sistema educacional está falido, disse Felipe.

— Ele está estudando mandarim, é a língua do futuro, falou a pequena para ninguém. A namorada do primo a olhou. Parecia ter dificuldade em entender o que Julia dizia. Seus olhos escancarados se viraram para ouvir Ana. — E, se a *senhora diretora de departamento*, como você diz, não topou, pode ser porque a pessoa que falou com ela não sabia a diferença entre história e novela.

Isabel riu como uma caixinha de corda, Rá-rá-rá, querida, mas não fui eu que falei com ela, foi papai. Não é mesmo, papai? — Pelo amor de Deus, disse a mãe, não vamos voltar a esse assunto antigo, com todas as visitas…

— Um assunto antigo, mamãe, mas sempre que vejo esse andaime eu me lembro. Também foi ideia da Ana chamar essa restauradora. De quando ela fazia história e achava que entendia de tudo, e queria ser — o que, mesmo? — especialista em alguma coisa na Toscana, porque aquele *outro* namorado dela—

— O que tem o meu outro namorado?

— É verdade, esse andaime… disse Yolanda.

Olhamos todos a estrutura escura. Menos Ana. Ela falou.

— Além do mais, *querida*, se eu não tivesse sugerido a restauradora, a gente provavelmente teria contratado um daqueles seus decoradores de interior, que iam combinar os quadros com os tons de sofá, e eles—

— Eles seriam mais *rápidos*, querida.

— E teriam colocado gesso em tudo.

— Você *amava* gesso.

O pai soltou parte da garganta num pigarro. Era um cadáver rindo, enquanto nos olhava. Parou por um momento na namorada de Felipe. A moça baixou os olhos, apertou os dedos. Depois ele olhou para mim. Sr. Humberto, costumamos dizer que a restauradora — que até é muito corretinha, faz um trabalho muito cuidadoso — vai levar mais tempo para restaurar esses murais do que o próprio Villaronga levou para pintá-los. Riu de novo, tossiu.

Yolanda perguntou se não queria um copo d'água. Ele limpou os lábios e prosseguiu. Às vezes a restauradora se irrita, diz que misturamos as coisas, que montamos — como ela disse? — uma lojinha de curiosidades. Ameaça sair, mas sempre fica, porque estou pagando uma fortuna para que ela *aprenda*. Não sabia quase nada quando veio para cá. Disse que sabia, mas eu farejo a mentira.

— Perdeu muitas folhas de ouro, disse Isabel. Incontáveis folhas de ouro, não é, papai?

— Ela não sabia manusear, disse dr. Ricardo, espetando um brócolis no garfo. Mastigou até o caldo verde espumar.

— Se Ana tivesse chamado uma especialista, em vez de uma estudante..., disse Isabel.

— Vocês nunca teriam aceitado pagar o salário de um restaurador profissional.

— Você nem nos apresentou um, querida.

— Pelo menos a gente vê ela pouco, disse a mãe. Mas eu

não gosto da ideia dela acordada a noite inteira, enquanto a gente dorme. Você não acha perigoso, Ricardo?

O velho sorriu um fiapo verde.

— É, mamãe, você se lembra do que Dalva disse. Das coisas que ela apronta.

— Mas vocês agora vão acreditar no que diz a empregada?, falou Ana.

O velho olhou o andaime. Disse que era verdade, às vezes ela sumia. Yolanda comentou que deviam descontar do salário da moça sempre que ela desaparecesse. Ana interveio, falou que as coisas não eram tão simples; Ela às vezes tem de ir a São Paulo pesquisar algo, se consultar com alguém. Isabel riu; Se consultar com o namorado. Papai, Dalva disse que quando estão sozinhas a restauradora acha que manda na casa. Da última vez proibiu Fátima de passar o aspirador porque estava atrapalhando seu sono.

— Fátima e Dalva fazem de propósito, disse Ana. Aspiram acima do quarto bem quando Carla está dormindo.

Isabel riu. Aspirar o pó durante o dia? De propósito? Além de tudo a menina é porca, papai. Leva pacotes de bolacha para o quarto e fica cheio de formiga. Proíbe Fátima de limpar. Pergunte a Dalva. E a mãe: Esses imigrantes são muito pouco higiênicos.

— Faz tempo que não vejo ela, disse Eugênio. Uns dez dias.

— Talvez tenha ido visitar a família em Caxias do Sul, disse Mauro.

— Gramado, não é Gramado?, disse Julia.

— É Pomerode, falou Eugênio. Tenho quase certeza de que é Pomerode.

O sujeito musculoso balançava a cabeça como um pêndulo, tentava encontrar uma brecha na conversa. Perguntou quanto tempo fazia que dr. Ricardo iniciara a reforma. Dezesseis anos, um pouco mais. Impressionante, disse ele, cruzando os dedos à frente do rosto, balançando a cabeça de novo. E o senhor é descendente dos Castro de Avellar?

Ana pôs a mão na dele. Jorge, é *Corrêa* de Avellar.

— Foi o que eu disse.

— E eu já falei que *não*, papai não é descendente deles.

— Comprei essa fazenda caindo aos pedaços, num leilão judicial, disse o velho. Era de uma família rica de São Paulo, que se despedaçou em poucos anos, veja o senhor. Poucos anos. Os filhos brigaram entre si depois da morte do pai, não conseguiram manter a construtora saudável. Quando a fazenda foi liquidada, já não havia quase mais nada. Isto aqui (estendeu a mão pela sala) era quase um pasto. Aquela parte ali (os quartos da família) estava toda desmoronada. Respondendo então à sua questão: não, eu não sou descendente direto da família.

— Mas papai gosta de se ver como herdeiro intelectual dos Corrêa de Avellar, disse Isabel.

— A história de dr. Ricardo e Christiano é realmente cheia de paralelos, disse Mauro.

— Coincidências que ninguém pode explicar, falou Yolanda.

O velho deu um leve sorriso. Brincou com o peixe. Assim como Vidigal de Avellar, meu pai veio muito pobre de Minas Gerais, sr. Jorge. Não tinha onde cair morto. Os pais dele eram pequenos agricultores do Triângulo Mineiro, o que plantavam mal dava para o sustento. Veio tentar a vida na cidade grande. Era semianalfabeto, imagine o senhor. Nunca tinha entrado num elevador, não sabia o que era uma geladeira. Sabe como começou? Vendendo livros de porta em porta. Ele, que mal sabia escrever o nome. Livros de ciência, de matemática, da história das civilizações. Não entendia quase nada do que estava escrito ali. Mas queria que os filhos *soubessem*. Por isso, arrumava um volume de cada um dos livros que vendia e os levava para casa. Não tínhamos dinheiro para nada; vivíamos numa pensão com outras famílias. Aqueles livros se empilhavam no canto do quarto e às vezes, quando não tínhamos o que comer, eu e meu irmão folheávamos aquelas maravilhas, procurando imagens de bolos, de tortas, *brincando* que comíamos, que comemorávamos um aniversário. Nunca tivemos um Natal, veja o senhor. Não tínhamos nada. Apenas um ao outro. Devo tudo ao Mario Vítor, meu irmão mais velho. (Pausa com lágrimas.) Éramos jornaleiros, carregando o dia todo aqueles fardos de papel, eu não aguentava. Quando chegávamos em casa, os livros eram nossa esperança. Minha mãe queria jogar aquilo fora; dizia que ocupavam espaço, que davam barata. Foi meu irmão mais velho quem começou a ver naqueles volumes uma *oportunidade*.

— Mario Vítor era de fato um ser humano excepcional, disse Yolanda, e enxugou os olhos. Felipe e Eugênio baixaram a cabeça com solenidade.

— Nós nos alfabetizamos sozinhos. *Sozinhos*. Nas madrugadas, nas longas madrugadas, nas poucas horas que tínhamos para dormir antes de levantar ainda no escuro e pegar o bonde, acendíamos uma vela e tentávamos decifrar aquelas letras mágicas. Aprendemos a ler a partir de um velho manual de química. Estudávamos os diagramas, as fórmulas. Um velho manual, que minha pobre mãe quase jogou fora.

— É uma história muito bonita, disse Yolanda. Mauro fechou os olhos e concordou.

Dr. Ricardo repetiu: A partir de um velho manual de química. Aquelas *moléculas*, sr. Humberto (ele agora olhava para mim). Aquelas moléculas. As moléculas da *vida*.

— As primeiras letras que Ricardo aprendeu foram o H e o O, não é, querido? Hidrogênio e oxigênio, a fórmula da água.

— Uma predestinação, disse Felipe.

— Eu diria mais, falou Mauro. Uma vocação.

O velho se pôs pensativo, parecia sonolento. Se Mario Vítor ainda fosse vivo, disse ele, quantas coisas poderíamos ter feito...

— A empresa seria muito diferente hoje, falou Felipe. Meu pai sempre encontrava uma saída audaciosa para os problemas.

O primo manteve o rosto levemente erguido, mas seus olhos azulados, voltados para nós, não perceberam a mudança nos do velho, opacos de predador marinho. Ele se acomodou na cadeira, mas não havia descontração nos movimentos. Mauro notara. Disse, a voz pausada, que dr. Ricardo era a peça-chave da empresa. Graças a ele, a Brasfil havia crescido e agora passava por esses novos e vibrantes desafios — Isabel concordou, olhando o pai de soslaio. Jorge interrompeu novamente.

— Sim, dr. Ricardo, Ana me contou dessa fusão, e eu queria saber os detalhes. Parece um processo muito interessante, agora que toda a Brasfil vai fazer parte de um conglo—

— *Querido* — a mão de Ana novamente sobre a sua.

Felipe e Eugênio se entreolharam. A mulher ao meu lado parecia ter todos os tendões repuxados; os olhos fixos num ponto cego da mesa. Eu quase podia dizer que suas mãos dançavam sobre os talheres, sem conseguir pegá-los. — Pilar. *Pilar.* — Felipe também havia notado sua reação incomum. — Pilar, o que há?, ele sussurrava, contrariado. Ela disse que não passava bem, devia ser a pressão. Levou a mão ao rosto. Não era só Felipe que a observava. Os olhos do velho haviam se cravado nela.

5.

Cuspi a pasta, cuspi água, cuspi mais água, me olhei no espelho e fui pego por um estranho de rosto pálido e olheiras. Um descanso, talvez, antes de voltar à sala. No quarto, tirei o celular do bolso para checar as horas. Quatro e trinta e cinco — não havia sinal. Circulei entre as camas e nada. Teria sido um bom momento para ligar ao editor, saber se algum jornal havia escrito algo sobre o livro. Me debrucei na janela, as palmeiras balançavam contra as nuvens cinzentas. Eu não entendia como o romancinho de Mateus J. Duarte podia ter sido resenhado, e o meu não. Ele parecia atrair o sucesso; na TV, participara de uma mesa-redonda num programa de quatro mulheres modernas e falantes, onde para meu desespero ele se saiu muito bem: discutiu das instalações artísticas de um dissidente chinês ao casamento gay. Minha ex-namorada (insisto em não dizer seu nome) o admirava. Quando troquei o canal com meu desagradável sorriso superior, ela disse que ele era *sensível*. Como assim, sensível? Ela falou: não sou a melhor pessoa para te dizer isso, mas você devia tentar entender por que Mateus J. Duarte te dá tanta inveja. Eu levantei do sofá; queria distância dela. Inveja? Por que eu teria inveja de Mateus J. Duarte? Só porque ele conseguiu tudo o que tem por conta do pai famoso? Ela se calou, ainda me fitou um momento, entre indignada e impotente, e sumiu na cozinha. Ela fazia força para não entrar nesse meu campo minado: sabia da minha história, de minha autopiedade ao falar do pai dos outros, já que eu não podia falar do *meu*. Senti dores no peito, queria implorar que voltasse à sala, mas sabia que era tarde; eu começara a perdê-la.

Não gostaria de fazer o mesmo com Julia. Eu havia colocado sobre a cama o exemplar autografado de *A porrada na boca risonha e outros contos*, não sabia o que fazer com ele. Deitei, estiquei as pernas, olhei o teto. O quarto abafado, um pouco mais escuro pelas nuvens que se fechavam lá fora. Olhei de novo o celular e nada. E se o editor houvesse tentado me ligar? Fechei os olhos, respirei fundo. Como não podia me entocar ali para sempre, apanhei o exemplar autografado e atravessei a antessala.

A porta, mencionei antes, era recortada na parede do vestíbulo. Puxei-a com violência, pensando em vinganças literárias, e uma sombra se mexeu à minha esquerda, na saleta de objetos raros — uma mulher de costas forçava o tampo fechado —, eu colei na parede — posição desabonadora —, meu livro estalando no chão, e a figura feminina gritou, deu um saltinho com as mãos na boca. Meu coração era uma batedeira, pousei a mão no peito e perguntei num fio de voz o que ela fazia. Os olhos de Pilar saíam das órbitas, e mesmo assim ela tentou rir, uma risada de areia, cobriu de novo a boca com os dedos longos. Os lábios rachados; um forte sotaque castelhano para dizer que estava vendo as relíquias e não sabia que ali havia uma porta. Riu de novo. Parecia maluca ou drogada.

— O tampo está trancado, falei. Ela disse que sabia, estava

apenas olhando. Depois se abaixou e pegou meu livro, caído a seus pés. O que é isso?, passou as páginas. Você escreveu? Disse que sim. Que lindo, falou. Parou no autógrafo, mexeu os lábios: Para o meu amor, que...

Pedi que me devolvesse. Ela ainda leu um pouco antes de esticar o braço. Usava uma regata preta desbotada, saia colorida, parecia uma hippie. Não usava nada por baixo da regata, notei os seios empinados no tecido gasto, duas pequenas pontas quentes, ela cruzou os braços à frente para interromper minha fixação. Falou que Felipe não estava no quarto lá embaixo e que ela o procurava. Você o viu? Disse que não. Ela piscava, ainda me fitando, esperava que eu falasse mais alguma coisa. Quando penso em retrospecto, creio que estava me avaliando; queria entender se devia desconfiar também de mim. Talvez tenha me julgado inofensivo, porque continuou a vasculhar. Cruzou a saleta e, na parede oposta ao meu quarto, abriu uma porta dupla e trabalhada, que levava a outra sala histórica. Estava descalça. Me perguntei se gostava de sentir as emanações da terra ou se procurava se deslocar em silêncio pela casa.

Pelas janelas abertas, protegidas por cortinas de renda, entrava a luz esmaecida. Paredes pintadas de branco e azul, pássaros tropicais em galhos frutíferos. Os móveis haviam sido dispostos em torno de um cravo; o ar antigo me encheu de conspirações históricas. Pilar avançara alguns passos e, colada a outra porta dupla, tentava ouvir algo. Passou assim alguns segundos, as mãos longas tateando a madeira branca. Endireitou-se e forçou a maçaneta. Perguntei o que estava fazendo; eu começava a me preocupar de estar ali, a sós com ela. Me disseram que a capela fica aqui, falou. Olhou ao redor. Cruzou a sala, de volta à porta da saleta de entrada, e tomou da fechadura a chave negra, comprida. Retornou à porta fechada e a enfiou no buraco, tentou girá-la sem sucesso. Forçou mais a porta, deu dois tapas de frustração. Colou de novo a orelha. Me disse: Você ouviu? Falei que não. Eu queria sair dali.

Voltamos para o vestíbulo, onde ela riu brevemente e pediu que eu não contasse nada a Felipe. Eu a olhei um pouco assustado, sabendo que havíamos feito *algo*, mas não exatamente o quê. Tamborilei os dedos no livro (eu pensava furiosamente) enquanto via suas costas marmóreas se afastarem pelo corredor escuro, passos silenciosos. O som de vozes nos interrompeu, ela estancou no caminho, mas já estava na sala de jantar, e olhou para o lado do escritório. Vozes masculinas, o pigarro de dr. Ricardo, um silêncio repentino — eles também a viam. Pilar baixou a cabeça e sumiu acelerada na direção da copa. Abracei o livro no peito, contive a respiração. Esperei assim, na penumbra, até que o silêncio fosse completo.

Não contei nada a Julia enquanto a seguia pelo porão de volta ao gramado. Eu lhe dera meu livro na sala — estávamos a sós. Ela abriu um leve sorriso ao assoalho; quando estava sóbria, era uma luz apagada. Perguntou, O que é isso? Meu livro, falei. Ela olhou a capa. Depois virou as páginas na ponta do dedo. Esboçou outro leve sorriso quando me reconheceu na orelha, sentado na poltrona vermelha de casa, livros ao fundo, o rosto sério apoiado na mão. Colocou-o sobre a mesa, agradeceu, disse que na volta o pegava. Ela nem ao menos vira a dedicatória.

Agora a irmã mais velha ia na frente, uma nécessaire zebrada na mão gorducha. Disse que precisava sair daquela casa antes que ficasse louca. Julia perguntou onde estava Jorge. Me esperando no quarto, querida. Ele tem essa ideia fixa, a toda hora quer saber se eu já falei com papai, é ansioso, não sabe se controlar. É bom ficar um pouco lá, olhando o teto.

— E quando você vai falar com papai?

— Já falei.

Descemos pelo caminho de cimento e viramos à esquerda,

para a frente da casa. Contornamos uma escadaria de pedra que levava às salas históricas. As palmeiras distantes se curvavam, tomavam fôlego, se curvavam de novo pelo vento. Passamos em frente à porta que dava para o porão e, a seguir, uma porta dupla, trancada.

Ana riu indignada. O pai tinha tolerado *tanta* coisa de Eugênio e Felipe, tinha deixado eles fazerem tanta esculhambação, mas, quando uma filha dele propunha algo, dizia que não. Ela até que tivera uma boa ideia, e ele não deu a menor atenção. Papai precisa de alguém de confiança na área de vendas no Rio. Não sei se você sabe, mas Jorge Alexandre é formado em administração. Ele sabe essas coisas. Daria um bom gerente, você precisa ver.

Atravessamos o pátio dos carros estacionados. Passamos o buraco na terra. Ana comentou que o pai a tratava como se tivesse treze anos, às vezes menos. Ele provavelmente achava que os projetos dela eram todos um grande capricho. (Silêncio.) Talvez seja por isso que sempre deem errado. De alguma forma, eu mesma me saboto, sabendo o que papai vai dizer, como ele vai me *olhar*.

— Você não pode ser assim tão crítica com você mesma.

— Meus analistas dizem a mesma coisa há mais de trinta anos.

As árvores que margeavam o caminho de pedra vibravam sobre nós; busquei a mão da pequena, áspera e fria, mal se mexeu em meu aperto. Ela sorriu anestesiada. Eu podia apostar que nunca *ninguém* havia lhe dedicado um livro. Perguntei aonde íamos. Ela disse à irmã, Talvez, se papai conhecesse um pouco melhor seu namorado...

Ana riu amarga para o chão. Havíamos tomado um caminho de cascalho e subíamos suavemente. Você se lembra de como ele tratava o Jacques? Querida, eu *morei* com Jacques por três anos. Nesses três anos eu aguentei a ex-mulher dele, quase toda semana, porque *só ela* sabia comprar as roupas dele. Eu *aguentei* aquele filho carente dele, o Thiaguinho, final de semana sim, final de semana não, porque *ele*, o Jacques, não queria saber do menino. Passei as férias com o Thiago aqui na fazenda. Papai quase o tratou como um parente. Não um neto, claro; mais para um sobrinho de terceiro ou quarto grau. E você se lembra, no final, como papai foi rude com Jacques, na frente de todo mundo, quando ele precisou de um pouco mais de verba para finalizar o documentário? Você se lembra de como eu me rebaixei para conseguir a ajuda do lançamento, que no final era uma porcaria, o próprio Jacques ficou aborrecido? Até hoje fico nervosa quando lembro.

Silêncio.

— E nem era emprego, veja você.

— Papai não tinha todas aquelas questões com Jacques porque não engolia a história da ex-mulher?

— Tá, querida, e você acreditou.

— Papai dá muita importância a essas coisas. É quase uma doença.

Ana começava a respirar fundo com o esforço da caminhada. Disse que no caso de Jorge Alexandre devia ter seguido a intuição. Ela tinha um sexto sentido estranho, muito afiado. Devia ter proposto uma ajuda financeira para os projetos pessoais de Jorge, não um emprego. Ele é empenhado, querida; tem muitos alunos, quase não sobra tempo para nada. É até personal trainer de uma atriz da Globo. Se pudesse ter a própria academia...

Julia perguntou se ela não tinha ciúmes. De quem? Ora, dessa atriz. Ana riu. Às vezes, sim. Mas Jorge não mistura o profissional com o pessoal. O caminho havia se aberto em um terreno descampado, e à direita um galpão em ruínas surgia entre tufos de capim alto e lama. Você não acredita como choveu aqui ontem, disse Ana.

Passos desiguais pelo capim, desviando das poças.

— Engraçado, mamãe disse um tempo atrás que papai não havia negado o emprego a Jorge, falou Julia.

— Negar, não negou, disse a irmã. Mas disse que pagaria um MBA antes, um curso de dois anos. E depois conversavam.

— E o que Jorge disse?

— Ah, ele não quer esperar; disse que já tem o curso de administração, por que um MBA? Quer que eu convença papai disso. Mas eu sei por que papai fez a proposta. Ele tem certeza de que em dois anos não haverá mais Jorge Alexandre. É o que eu acho. Sempre que papai me vê com ele, parece *sorrir*. Como se soubesse que vai dar errado.

— Também não é assim.

Atravessamos ruínas românticas: paredes tombadas, recobertas de hera. Raízes suspensas de uma árvore entre tijolos desfeitos. Perguntei o que era aquilo. O haras dos donos anteriores, disse Ana. Papai não tem o menor interesse por cavalos, nunca restaurou essa parte. Mas ele ainda pensa em fazer aqui um museu a céu aberto.

Nos sentamos em degraus que não levavam a nada. A irmã mais velha puxou o zíper da bolsinha num zunido, vasculhava com os dedos curtos enquanto falava que toda aquela história lhe dava raiva, *muita raiva*. Ele quer que eu deixe o Rio sozinha, essa é a verdade. Quer que eu volte a morar debaixo da asa dele. Não aceita essa minha independência.

Tirou um papel de cigarro e um envelope transparente com aglomerados escuros de erva. Falou que naquelas semanas o pai parecia ter olhos somente para Isabel e para o marido dela. Ouve Mauro para tudo. Mauro participa das reuniões com os americanos. Mauro sugere. Papai nunca ouviu ninguém, mas agora aceita as opiniões dele.

Julia achava que Mauro era contra a venda; não ia perder

os privilégios? Não sei, querida; ele está entusiasmado. Entusiasmado para dar um jeito de *expulsar* Eugênio e Felipe na mudança de estatuto.

A pequena se esticou como se mordida por uma formiga. Olhava o nada enquanto Ana desfazia os torrões sobre a canaleta de papel. Pensava. Mas por que ele quer tirar Felipe? Ora, Julinha... Ana sorriu. Depois de tudo o que Eugênio fez quando pediu para si a área de exportações... Ainda não sei por que papai o ouviu. Acho que ficou com dó. Quando perdeu a mulher, a casa, as ações — um pamonha, papai até hoje não acredita como ele foi perder as ações para aquela vagabunda.

— Eu sei, mas Felipe...

— E depois ele fez aquela burrada na Guatemala. Vendeu milhões para Cuba e Cuba parou de pagar.

— Mas o que Felipe tem a ver com isso?

Ana riu. Tirou um isqueiro da nécessaire e acendeu o cigarro. Puxou algumas vezes a fumaça. Quando a brasa brilhou, passou-o para nós. Os dois não fazem tudo juntos? Eugênio não dá um passo sem falar com Felipe.

Julia fez a brasa comer o papel entre os dedinhos. Esperou para soprar a fumaça, pensativa. Mauro quer tirar Felipe porque tem medo dele, disse. Felipe é muito mais preparado. Me passou o cigarro. A fumaça correu pela garganta queimando, queimando mais do que devia, e prendi a respiração. Devolvi-o a Ana. Ela não parecia ter ouvido Julia. Falava mal de Isabel: de como a provocava na frente dos pais; de como fazia questão de mostrar que Carla, a restauradora, havia sido uma péssima sugestão. Isabel não sai mais do lado de Mauro, como se fossem o casal mais feliz do mundo. Me dá até nojo. O que ela quer provar?

— Eu já disse, papai dá muita importância a isso.

Julia fumou de novo. Eu via como fechava os olhos ao absorver a fumaça. Ana disse que a rotina anterior a sufocava. A mudança para o Rio e o encontro com o personal trainer haviam *arejado* sua vida. Eu respiro melhor, querida. Minha vida agora é muito mais simples. Estou há dois quarteirões da praia; Jorge dorme comigo quase todos os dias da semana — é bem mais prático para ele. Me obriga a sair da cama cedo e correr pela orla...

— Ele ainda cobra as aulas?

Ana franziu as sobrancelhas, ofendida. Claro que não; que pergunta.

Soltei de novo a fumaça, passei o cigarro a Ana. Ouvi um trovão a distância e ergui os olhos ao céu. Ana disse, Eu não penso mais na empresa, em todas aquelas intrigas. Quando eu morava em São Paulo, todo final de tarde tinha de tomar uma dose de uísque para esquecer o dia. Agora quase não bebo. O fato é que estou bem melhor; a analista que me indicaram é ótima, eu não quero mais entrar nessa briga. Se Mauro e Isabel levarem tudo, melhor para eles.

Eu ouvia o estalo seco da brasa enquanto Ana sugava a fumaça, olhava as nuvens pesadas se arrastarem no céu como lava. Ana deu o cigarro a Julia e acomodou o queixo entre os joelhos. Os últimos raios dourados escapavam em faixas da massa revolvida — Os olhos de Deus, disse Ana. Se eu ainda tivesse minha câmera, faria fotos incríveis.

Julia tragou uma, duas vezes. Olhávamos os mesmos efeitos de luz e de sombra. Falou que a irmã devia voltar a fotografar. Depois, para mim, numa voz hipnotizada: as fotos de Ana refletiam uma questão social. Feirantes empilhando suas caixas, meninos lutando capoeira, mendigos— Ana a interrompeu: Nem gosto de lembrar quando um deles acordou e quis tomar minha máquina. — E as fotos do asilo?, continuou Julia. Me passou o cigarro. Você precisava ver as rugas daquelas velhinhas. Uma delas cobria o rosto com as mãos, dava para ver os detalhes da pele nos dedos. Não é, Ana?

Ana perguntou se a pequena se lembrava do ensaio que ela fizera com as prostitutas. Me lembro, claro. Você passou a noite na boate fotografando.

— Foi uma relação legal. Elas são muito reais, muito batalhadoras.

— Você devia voltar a fotografar.

Ana suspirou e eu lhe passei a ponta. Deu duas últimas tragadas, amassou-a, atirou-a na lama. Não sei se conseguiria, Julinha. É um trabalho em que você tem de se doar; sacrificar muito da vida pessoal. E o digital não me satisfaz. Eu teria de montar um novo laboratório, Jacques levou tudo, como se fosse dele. — Papai não tinha comprado? — Julinha, eu abri mão, estava cansada de brigar.

O tempo se dilatava. Fiz uma leve carícia nos pelinhos elétricos do antebraço da pequena. Não havia mais luz.

— Pensei até em estudar fora por uns meses. Li numa revista sobre essa faculdade da Califórnia, onde cada aluno tem seu próprio ateliê, eles podem fazer qualquer tipo de arte, podem dormir ali se quiserem. As aulas são um debate de ideias, entende? Os professores são artistas consagrados, *compartilham* o conhecimento, de igual para igual. As pessoas já me falaram que tenho vocação artística. Talvez tenham um curso de verão nessa faculdade, algo assim.

Um trovão vibrou em nossos órgãos. Eu esfregava o ombro da pequena. Meus dedos alcançaram sua nuca descoberta; ela sugou o ar entre os dentes, curvou-se na minha direção. Senti uma gota gorda no joelho. Uma na cabeça. Conspiravam contra mim; os arbustos chacoalhavam.

— Acho melhor a gente ir, disse Ana. Mas não se mexeu.

Na cena seguinte corríamos pelo caminho de cascalho. As árvores gemiam, e seus galhos em garra tentavam nos impedir; Julia às vezes parava e gritava para a irmã se apressar. Ana não queria torcer a perna, disse, e descia com medo, ombros apertados e a cabeça baixa, como se a chuva a machucasse.

Passamos pelos carros; Julia ia na frente, pulando de pedra em pedra, e parou um pouco antes de entrar na garagem. Ouvi que dizia, O que você está fazendo aí?

Levantei o olhar; não havia falado comigo. Mirava a frente da casa, onde Eugênio parecia ter saído deliberadamente para a chuva. Estava assustado quando parou e nos viu. Eu?, disse ele, apertando o indicador no peito. A porta dupla entreaberta. Julia gritou, se aproximando: Estava fazendo o quê na capela? E riu, aquele seu riso obsceno, mas parou no meio da risada, como se algo no fundo a incomodasse. Eugênio parecia ter levado um banho de esquecimento, a boca entreaberta, e disse algo cortado pela chuva, que então desceu numa tormenta ruidosa, batendo nas folhas, na lataria dos carros, nas pedras.

6.

A tempestade parecia arrancar a casa dos alicerces. Eu perdera meu momento com a pequena e não me dera conta. Ela andava à minha frente entre as cadeiras enfileiradas da capela, seus pezinhos imprimindo marcas d'água na cerâmica porosa. Indicou, à sua direita: o belíssimo vitral azul e vermelho, opaco com a chuva se espatifando contra ele. À frente, sobre o tablado de madeira e ladeado por duas figuras martirizadas, o altar, branco com folhas douradas, uma bíblia, um crucifixo de prata, um ostensório, outros utensílios sobre o pano rendado que não pude identificar. Logo atrás o retábulo, ornado também de detalhes dourados, com duas colunas subindo de cada lado até uma abóboda celestial, onde anjinhos pintados na madeira côncava dançavam em pares. Em cinco patamares sucessivos, figuras esculpidas em madeira, sua tinta descascada. Julia sentou-se ao meu lado em uma das cadeiras da primeira fila, disse, Papai tem obsessão por essas peças; você não sabe o quanto ele é capaz de pagar por elas. No alto, em primeiro plano ante a abóboda celeste encravada na parede, a mais imponente: um santo Antônio com o hábito franciscano brilhando de verniz, em seus braços um menino gordo, de cabelos cacheados, mirando-nos.

Olhei o teto; o lustre de cristal aceso, descendo do coração de Jesus pintado no forro branco de madeira. Um mezanino corria acima da entrada e da parede esquerda, sem conexão com o térreo. Perguntei o que era. O acesso pelo andar de cima, disse Julia. Para os Corrêa de Avellar, que não gostavam de se misturar. Ela se levantou em direção à saída. Abaixo do mezanino lateral, contra a parede, uma escada fechada, latas de tinta e uma banqueta com potes, pires manchados, pincéis. Pedaços de reboco.

Eugênio e Ana parados na soleira; Ana insistia para que saíssemos logo, temia que a chuva aumentasse (a chuva era bíblica). Perguntou o que Eugênio fazia ali, depois pareceu se esquecer da pergunta, riu, espirrou, disse que ficaria resfriada, em seguida perguntou de novo. Eugênio, eu notei, num fiapo de sobriedade, não dera sequer uma resposta convincente. Agora falava que a porta estava estranhamente aberta, e que ele descera para ver se não faltava nenhuma peça. Depois que a cruz menor sumiu, sussurrou ele, coisas estranhas têm acontecido.

Julia saiu à frente, subiu a escada principal correndo: minha lebrezinha. A madeira histórica do assoalho encharcada na entrada, ela rindo e fungando daquele seu jeito irritante. Agora na copa, com um drinque de vodca e soda que ela e a irmã haviam preparado às pressas na cozinha. Felipe e Pilar estavam sentados lado a lado, ela de cabelo molhado, escorrido até os ombros, ele um pouco enfadado. Foi forçado pela pequena a tomar algo, esperou que Fátima trouxesse do escritório uma garrafa de uísque. Julia se entretinha com algo absolutamente ordinário que ele contava — um artigo sobre jovens empreendedores brasileiros no Vale do Silício —, eu me levantei sem que me oferecessem nada, saí da copa e riram *mais*. Tudo dava errado naquele momento, e achei que rissem de mim. Minha pressão ameaçou baixar; era o que normalmente acontecia quando eu fumava. O livro jazia na mesa da sala, no exato lugar em que Julia o deixara. A luz do lustre oscilou entre a gema de ovo e o âmbar jurássico, gemeu, permaneci parado na flutuação das cores enquanto remoía indignidades. Atravessei o vestíbulo e me fechei no quarto, onde procurei ler o volume espesso e mal traduzido de Dostoiévski que eu escolhera, admito hoje, um pouco para impressionar a pequena, que àquela altura eu já havia descoberto ser impermeável a qualquer literatura.

A leitura se provou um fiasco. Primeiro, porque o abajur emitia apenas um brilho fugidio de hotel duas estrelas. Pensei no que dizia minha finada avó: que não brincasse na chuva. Não, não era isso. Que não lesse com a luz fraca, fazia mal aos olhos, e eu não queria terminar como Homero ou Borges. Segundo, porque mesmo com a chuva marretando as janelas, assim que o vento jogava a água de lado, os gritos da copa de alguma forma se enfiavam pelas entranhas da casa e pulavam festivamente à minha volta; eu não sabia do que eram feitas as paredes, pareciam porosas. Me levantei, lancei o livro ao chão, bati a porta do quarto e voltei à copa, mostrar a eles quem tinha real disposição para a bebida.

A saleta inteira balançava. Ouvi batidas sequenciais no teto e pensei arrepiado no tamanho da criatura peluda que se movia no forro. Cruzei o corredor e aqueles toques me seguiam. Ainda era dia, mas parecia madrugada, uma madrugada de assombrações, e instintivamente acelerei os passos até a sala, onde fui recepcionado pelo lustre oscilante (ele agora zunia). A casa parecia se erguer na tempestade e dançar à deriva. Do escritório vinha o brilho azulado da TV ligada, a gargalhada de uma apresentadora de programa de auditório. O público aplaudia. Geraldo, o caseiro, veio do corredor dos quartos íntimos e atravessou a sala mirando preocupado a luz do teto. Usava galochas e uma capa de chuva amarela; me olhou como um marinheiro bêbado (talvez estivesse bêbado), cambava de um lado para o outro nas tábuas que adernavam. Não me reconheceu quando passou por mim; ele se deteve, em dúvida, mas seguiu em frente, em direção à copa, onde teve de se cuidar para não se chocar no batente. O público riu.

Entrei na copa logo depois dele, o ladrilho aos meus pés era como terra firme. Ele se enfiou pela cozinha, empurrando a porta de mola com ambas as mãos. Está cada dia pior, disse Julia, de costas para mim, drinque fresco entre os dedos. Tive de pedir duas vezes para que me passassem o copo, depois que me dessem o maldito uísque. Eu o enchi pela metade e me sentei ao lado de Jorge Alexandre, que aparentemente havia acordado com aquela balbúrdia e nutria um mau humor de rosto amassado, olhos vermelhos de buldogue.

Julia agora gritava por Dalva, repetidas vezes.

— Deve ter sido sempre assim, disse Ana. Dez mucamas e nenhuma disponível.

Riram ante os olhos arregalados de Pilar, sua boca um ricto de contrariedade. Tomei um gole fundo, que arranhou a garganta. A família economizava no uísque.

— Naquela época podíamos açoitar, querida.

Jorge Alexandre deu um riso cansado, esfregou o rosto. Dalva, curvada, abriu a porta, perguntou se a tinham chamado. Julia pediu gelo. Para mim, certamente.

— Me conte mais das suas férias na Turquia.

Felipe disse algo sobre o fervor de um povo. Depois, dos perigos do fundamentalismo islâmico. Fátima surgiu da cozinha com duas bacias de plástico. Ana perguntou se as goteiras *já* haviam aparecido, a empregada disse que sim, pediu licença e sumiu para a sala.

— A casa está desabando, disse Julia.

O uísque vibrou com a trovoada.

— Ah, aqui está o nosso fantasma, falou Ana.

Olhamos para cima. Eu não notara que as batidas no teto haviam me acompanhado. Uma. Duas. Uma, duas, três batidas. Dalva voltou com um balde de gelo, acomodou-o no centro da mesa, comentou que estava preocupada: o marido saíra para ver os postes e a chuva parecia muito forte — tinha medo de que se machucasse. E o meu Geraldo não pode nada contra essa chuva, pode? Julia colocou as pedrinhas no copo aguado de Felipe, perguntou se estava bom assim (ele acenou como um imperador amuado). Ana mandou a cozinheira pegar algo salgadinho para beliscar. Dalva disse, Sim, senhora, o beiço emburrado, e voltou para a cozinha. A irmã perguntou a Julia se ela às vezes tinha a sensação de que Dalva não gostava delas.

Um segundo trovão fez as janelas vibrarem. Felipe disse, Não quero falar nada, mas um dia essa casa não aguenta. Ana concordou, olhou o teto, nunca tinha visto tempestade assim.

— Carla disse que a gente devia usar chinelos de feltro ao andar pela casa. Por conta da estrutura frágil, para reduzir as vibrações. Vocês imaginam papai com chinelos de feltro? — Julia riu sozinha.

Jorge Alexandre comentou que as paredes davam a impressão de ser bem resistentes.

— Querido, você não faz ideia, disse Ana. Essas paredes *parecem* resistentes, mas por dentro é tudo pó e — Julia a interrompeu com a voz saltada, disse que sabia da história, sabia contar a história, papai não a fizera decorar por nada — comentou que o andar em que estavam (deixe eu terminar, Ana), o andar, era feito de pau a pique, ripas de madeira preenchidas de barro, nada mais que isso. E a casa, escorada numa colina, era — Eu *sei*, querida, eu estudei, disse Ana, não é bem isso. A verdade,

77

Jorge, é que Carla descobriu durante a restauração que em vários pontos da casa a madeira e o barro viraram pó. É como uma casca de ovo, uma casca vazia.

Uma batida, duas. Uma duas três. Olhamos o teto.

— Não é um rato?, falou Jorge Alexandre.

— São os escravos, disse Julia, e riu, quase deitou na mesa, parecia uma criança fazendo coisinhas bonitinhas. Pilar a encarava com aqueles olhos saltados. Não era possível intuir o que pensava. Horror, ciúmes. Enfado. Não, eu não diria enfado. Todo o seu corpo parecia percorrido por eletricidade e, quando parava de mexer as pernas, o pelo dos braços eriçava.

— São os escravos enterrados nessas paredes, disse de novo a pequena. Ana olhou o teto com uma nova batida. Deve ser uma mensagem, falou para si. Eugênio veio da escada com um conjunto esportivo azul-marinho e o cabelo penteado com afinco sobre a careca queimada. Tênis de corrida prateados, que talvez nunca tivessem visto uma esteira. Espiou a sala de jantar e depois se sentou na ponta da mesa. Perguntou se tio Ricardo estava vendo o DVD que Felipe trouxera. Felipe disse que não, mas comentou que seria uma boa ideia, verem todos juntos, antes que a luz acabasse. Pilar perguntou em voz baixa o que era. Um presente para o tio Ricardo; um livro comemorativo que ganhei dos noventa anos de um empresário que ele conhece e admira. Um empresário muito famoso. Aribert Heim, conhece? Não. Vem com DVD de entrevistas com ele e os filhos, que administram hoje a mineradora. Uma das maiores do país. A Minebras.

— Deve ser empolgante, falei, e me curvei sobre a mesa para alcançar o gelo. O uísque corria em minhas veias.

— Lá vem você de novo, disse Julia. Eu a olhei, surpreso de que houvesse interagido comigo.

Enquanto Dalva abria espaço na mesa para acomodar a travessa de amendoins japoneses, o personal trainer perguntou a Ana que história era aquela de escravos na parede. Uma brincadeira, suponho. Claro, querido; Julinha adora essas bobagens.

— Papai contava a história como se fosse verdade, disse ela, fingindo contrariedade. Estava irremediavelmente bêbada. Eles estão enterrados nas paredes. É por isso que por dentro elas viraram pó. Porque não são feitas de madeira e barro, mas de ossos e pele. Pilar: cara de repulsa.

Fátima voltou da sala de jantar. Viu Eugênio na ponta da mesa e perguntou se podia fechar a janela de seu quarto. Ele pegou um punhado de amendoins, parecia pensar. Disse que sim, que descuido o seu, provavelmente tinha deixado tudo aberto. Riu da própria distração. Fátima desceu sem pressa a escada.

— Pessoas enterradas?

— É só uma história de fantasmas, Jorge. Que cara, a sua.

Como ele ainda aguardava, Ana disse: Em 1856 uns escravos sumiram da fazenda. Cinco ou seis, não me lembro. A própria força nacional esteve aqui, numa história complicada que não vale a pena contar. Mas Christiano Avellar havia sido acusado de comprar escravos contrabandeados da África mesmo depois da proibição inglesa. A verdade é que nunca mais os acharam.

Felipe reclamou que pareciam o pai delas falando. Se você não gosta dessas histórias, disse Ana, por que não comenta com *ele*? Fingiu não ouvi-la e disse a Pilar, um pouco irritado pela distração: Mas eu falava da Minebras. Adolfo Heim, o filho do meio, é o criador do Princípio dos Nove Pilares, já ouviu falar? Não? Uma ferramenta gerencial que empreende tudo, das questões de engenharia e planejamento às políticas sociais e ambientais. Adolfo fez com que a empresa não pensasse apenas no minério. Pensa também nas pessoas, no mundo que vamos deixar aos nossos filhos.

— O fato é que, depois desse mistério, a família Corrêa de

Avellar caiu em desgraça com o governo imperial, disse Ana, a voz mais alta.

— E os escravos nunca foram encontrados, falou Julia.

Um baque forte no teto nos fez endurecer nas cadeiras. O ventou tentou arrancar as janelas. A luz baixou, gemeu, aumentou de novo, tornou-se forte como um sol. Julia riu, mas a pele de seu braço estava arrepiada.

Ana disse, Christiano nunca conseguiu o título de barão de Bananal que tanto almejava. E Deus sabe como merecia. Antes, era dado como certo; um dos fazendeiros mais ricos da região. Fundador de várias coisas, até de escolas. Abriram um processo por tráfico de escravos, isso o prejudicou muito, mesmo que dois anos mais tarde o caso fosse arquivado. Vejam só, queriam uma punição exemplar para impressionar os ingleses, não encontraram nenhuma prova. Arruinaram uma família digna, que nunca mais se reergueu.

— A sociedade brasileira é injusta com sua elite produtiva, disse Felipe. Veja Aribert Heim. Um instituto coordenado por judeus na—

— E quando o filho Leonardo buscou a inovação tecnológica no setor cafeeiro, foi perseguido por essas mesmas forças retrógradas.

Mauro veio da sala com o rosto escurecido, olheiras mais fundas. Ele nos olhou, com algum desprezo, olhou os copos pela metade, perguntou onde estava Geraldo. Ninguém sabia responder.

— Onde está Dalva, então? O telefone ficou mudo.

Julia disse que Geraldo era um incompetente; mal começava a chover, e a casa virava um caos.

— Estamos ilhados?, perguntou Ana.

— Como? O rio subiu?, disse Eugênio.

As janelas se debatiam, querendo soltar-se dos caixilhos.

— Por que você não relaxa?, disse Julia a Mauro. O telefone *sempre* fica mudo com uma chuvinha. Vai ligar a quem a essa hora?

Ana riu de lado, disse que Mauro e Isabel viviam com segredinhos. Ele soltou o ar pelas narinas cheias de tédio e obstrução. São seis e vinte, Julia, a vida também acontece longe daqui. Se você não se lembra, temos dois filhos, e Isabel quer ligar para minha mãe, saber se está tudo bem. E minha mãe, como você talvez saiba, é meio surda, ela—

— É um absurdo o telefone ficar mudo, falou Felipe. Imaginem se tio Ricardo precisa de algo da cidade. Imaginem se tem um mal súbito. É um absurdo ficarmos reféns da natureza.

Fátima subiu os degraus com pressa, parou diante de Mauro, os olhos muito abertos, como se não entendesse o que fazia ali, no seu caminho. Mal nos viu, correu para a cozinha. Parecia com medo. Empurrou a porta e Ana estendeu um braço, chamou-a.

— Por falar em fantasmas!

A empregada, meio corpo contra a porta, deu seu melhor sorriso de velório. Disse que não havia entendido.

— Você não fala com fantasmas?

— O que é isso, dona Ana.

— Com os espíritos? Você não fala com os espíritos?

— São almas, disse Julia, e riu.

— O que é isso, dona Ana.

Jogou o restante do corpo pela porta e sumiu na cozinha sem responder a Julia, que dizia que se não falava mais com fantasmas era porque tinha virado evangélica. Você virou evangélica?

Terminamos todos no escritório, empoleirados como pombos nos móveis úmidos (a chuva parecia se condensar nas paredes), janelas muito bem trancadas com suas persianas de madeira sólida, vendo os sete filhos de Aribert Heim (seu Alberto Heim, como o próprio velho gostava de se autodenominar) enchendo os olhos de lágrimas ao falar do sucesso do pai como empresário e homem de família.

Ao fundo, as goteiras da sala de jantar ecoavam nas bacias como numa caverna. Me sentei no braço da poltrona perto de Julia. Ela girava os olhos, dizia Que enfado, mas continuava ali, os bracinhos cruzados, dividindo o assento com Ana. Vimos, por meio de fotos antigas (imigrantes, navios, secos e molhados), como seu Alberto Heim, austríaco de nascença, mudou-se da Alemanha para a Argentina em 1946, e depois para o Brasil, onde em 1949 explorava campos ferríferos na região amazônica. Corte para o velho numa entrevista recente. Uma carcaça de pele seca, a boca para baixo numa carranca de dentes cinza. Tem os olhos lacrimosos e azuis que os sete filhos herdaram. Não sei o que fazemos ali, de frente para a TV. Ele diz com forte sotaque que temos de perseguir nossos sonhos. Corte para o filho mais velho, também o mais choroso (minutos antes, limpou os olhos e gaguejou). Papai sempre teve sonhos. Seu Alberto de novo: O ser humano não pode deixar de sonhar.

Não se fala por que foi para a Argentina depois da guerra; tampouco como apareceu no Brasil, nem como ganhou tantas concessões nos anos 70. As imagens mostram um descampado de terra vermelha com escavadeiras e, em primeiro plano, homens de capacete plástico. O filho do meio, que puxa o negócio da família, tem a mesma boca recurvada. Os Nove Pilares são uma forma de ver não só o negócio, mas o meio ambiente, o ser humano. O que também chamo de sinergia natural.

Às vezes, achava que dr. Ricardo estava interessado; às vezes, que dormia. Peguei o livro comemorativo na mesa de centro, examinei alguns benefícios da Minebras ao planeta Terra: apoio a artistas tradicionais de Mauá que transformam latinhas de cerveja em cinzeiro; subsídios a tribos no Amapá que tecem porta-canetas com o chamado capim dourado; ecobags com o logo da empresa distribuídas em caminhadas ecológicas por São Paulo.

Na TV, perdi o fio da meada, não entendo por que um dos irmãos fala da velocidade da informação e de como devemos estar sempre conectados. Um trovão acordou dr. Ricardo. Dona Yolanda, espremida ao lado dele no sofá, perguntou se estava bem. Agora todos víamos seu Alberto Heim em close, passando o dorso da mão sobre os olhos cheios de lágrimas. Está prestes a revelar que a maior riqueza não é o minério, nem o dinheiro. Ele respira fundo. Você quer saber qual é a grande recompensa nessa vida? Esboça um sorriso maroto. Quer saber? Nos debruçamos para ouvir aquela boca gigante. A luz se extingue num suspiro.

No instante seguinte estamos no escuro e nervosos; o escritório parece mais quente, Isabel começa a respirar fundo, diz que não suporta lugares fechados, alguém tem de chamar Dalva com urgência. Ela mesma tenta gritar, a voz não sai. Mauro diz que se acalme, não é a primeira vez que a luz cai naquela casa, mas descubro ao mesmo tempo que a família não tem ideia de onde guardam as velas. Nossos celulares são grandes vaga-lumes.

Julia apertou minha mão, ou fui eu que apertei a dela. Pilar parecia ofegar no escuro e Felipe não queria, mas teve de ficar perto dela ao exigir que se acalmasse. Começamos a sair um a um do escritório, como passageiros ricos e espirituosos que, ao notar que o navio emborca, se dirigem cheios de elegância até os escaleres. Mas um sutil distúrbio (o marinheiro nervoso; o escaler enganchado) é bastante para desabar o frágil equilíbrio. Em nosso caso foi um grito, seguido de uma louça que se espatifa no chão de ladrilho, chão e louça numa excitação desumana.

Nos embolamos na saída; Julia soltou meu aperto levada pelo fluxo de braços. O velho, ainda no sofá, perguntava o que estava acontecendo. Algo na cozinha, disse Ana. Ricardo, respire fundo, *olhe sua pressão*, falou Yolanda. Ana gritou que Jorge fizesse alguma coisa. Ele avançou para a sala e tateou sem vontade ao longo da mesa de jantar, como um astronauta no cômodo cinzento. Havia uma névoa que parecia se deslocar na cozinha, e ouvimos a fala nervosa de Dalva, entrecortada por outra, desconhecida. O personal trainer hesitou de novo, mas nesse fim de tarde seria o herói, ainda que seu ato na minha opinião não tivesse nada de espetaculoso.

7.

Anoiteceu. Sob o filete frio do chuveiro elétrico sem energia, tentei corrigir mentalmente meus erros. Depois olhei meu rosto no espelho, uma penumbra borrada. Devia ter ido até a cozinha com Jorge Alexandre. Poderia ter prosseguido com a mesma lentidão, não teria sido desabonador, como não fora para ele. Eu poderia ao menos ter chegado até a metade da sala de jantar, como Eugênio e Mauro. Mas fiquei onde estava. (Minto: dei alguns passos para *trás*, quando me iluminaram havia chegado perto do minibar.) No mínimo, parado ali no escritório, eu devia ter ocupado o espaço de Felipe e deixado que Julia caísse em *meus* braços, não nos dele. Pilar, que também ficara na sala, à deriva como eu, voltara a respirar ofegante, tentava evitar a mirada do velho (ele *também* arfava, olhando-a) e às vezes erguia o pescoço para ver algo na copa, onde estavam as vozes.

Esfreguei os cabelos molhados com a toalha; ajeitei-os com cuidado para o lado e para cima. A pele gelada, mas eu sabia que em pouco ia voltar a suar; a casa de janelas fechadas era uma estufa. Cutuquei minha roupa empilhada no vaso e comecei a me vestir naquele espaço exíguo, molhado (não havia ao menos uma cortina de plástico no chuveiro), a cabeça baixa de cansaço. De volta ao espelho, acertei de novo o cabelo e forcei um sorriso confiante: não chego perto da figura destemida dos policiais americanos, não estou preparado para a catástrofe que se avizinha — mesmo assim respirei fundo, fiz uma rápida concentração mental, embolei a roupa suja debaixo do braço e saí para o quarto, onde sabia que estava o *garoto*. Deitado na outra cama, usando apenas uma cueca azul-clara, as pernas cruzadas, pele morena, solas brancas dos pés. Lia o *meu* livro, colado à luz da vela na mesinha de cabeceira.

Sua aparição naquele final de tarde mexeu de alguma forma no equilíbrio da casa. Nos aglutinamos na sala ao seu redor, e dona Yolanda perguntou quem era ele, o que fazia ali. Mamãe, é o namorado da restauradora, disse Ana. Não acredito que você veio *até aqui*, falou Isabel. O garoto gaguejou. Estava ensopado e confuso. As empregadas, na soleira da copa, diziam que ele havia *avançado* sobre elas. Não é verdade, disse o garoto. Fátima sumiu em busca de uma vela. Haviam colocado dr. Ricardo na cabeceira da mesa, e naquele momento ele parecia muito abatido, impaciente ou abatido, e a luz dos celulares dava a sua pele um tom azulado de cadáver.

Atravessei o quarto e joguei a roupa suja sobre a mochila na poltrona. O garoto soltou os olhos das páginas e me fitou (eu sentia que me fitava), falou, Vou precisar de uma roupa emprestada. Eu abri o zíper com raiva, procurando um pente que já dava como certo ter esquecido. Ele perguntou se eu era amigo de um dos primos. Falei que não. Perguntou se eu conhecia uma das irmãs. Sim, conheço. Quem, Ana? Não, Julia. Ah, Julia, ele falou, deixando metade da frase no ar. Terminei de vasculhar meus poucos pertences e disse, ainda de costas, Não trouxe mais

86

roupa, não posso te ajudar, não temos o mesmo tamanho, procure outra pessoa — tudo ao mesmo tempo, confuso, especulando o que ele sabia de Julia. A família me havia imediatamente rebaixado depois do incidente. Dona Yolanda, ao constatar contrariada que ele não tinha como voltar a São Paulo naquela noite, mandou que se instalasse comigo. Estávamos todos ainda à volta da mesa quando Geraldo reapareceu da cozinha, todo molhado, molhado *por dentro* da capa amarela, e acusou o garoto de tentar matá-lo. Como assim, *matar?*, disse a mãe, e tampou a boca com as mãos. Geraldo não sabia se explicar, a respiração difícil. Muita emoção, muito álcool, muita chuva. Ele, ele chegou num carro branco com os faróis acesos, quase passou por cima de mim quando foi cruzar a ponte.

— Mas você não estava vendo os postes de luz?, perguntou Isabel.

Geraldo disse que via o nível da água, estava subindo rapidamente, já passando por cima das tábuas. Foi tudo muito rápido, de repente o carro estava ali (*Não*, disse o garoto, eu ia *devagar*), o carro perdeu o controle na correnteza e se enfiou contra uma pilastra, prendeu as rodas, se não fosse a pilastra ele teria passado por cima de mim, dona Yolanda. Ele depois desceu do carro e saiu correndo, não me ajudou, eu estava caído ali e ele não me ajudou—

— Mas eu *não vi* você no caminho.

Dalva começou a chorar. Eu sabia, *eu sabia* que esse moleque tinha feito algo com meu Geraldo, dona Yolanda. Como é que ele não viu a capa amarela? A gente tem de chamar a polícia, esse garoto está tramando algo com Carla, ele— Yolanda mandou que Fátima arrumasse a outra cama do quarto amarelo. Tinha a voz contrariada, mas o rosto permanecia impassível por camadas e camadas de enxertos, injeções, repuxos.

— Quase morri, meu Deus.

— Quase morreu?, disse Isabel. A culpa é sua por estarmos sem luz. Que em vez de ver os postes ficou olhando a ponte. Olha a confusão que você fez.

Enquanto eu revolvia a mochila o garoto se sentou na cama, as costelas magras, pôs meu livro ao seu lado, e joguei-lhe a bermuda que eu usara durante o dia, a camisa nova do pijama que ganhara de mamãe no Natal.

— Você não devia ter aparecido sem ligar, falei. Queria imprimir alguma autoridade sobre ele.

Ele disse que ligou, havia ligado diversas vezes, mas diziam que Carla não estava, ou que estava dormindo — Mas eu conheço os horários dela, sei quando está acordada ou trabalhando. Eu quis falar também com dr. Ricardo, mas diziam que não se encontrava disponível. Falei com as empregadas, com o caseiro, com a irmã do meio (você viu como ela é violenta?), com um sujeito que não reconheci a voz. Não sei se você sabe, mas Carla sumiu, não dá sinais há dez dias, e para eles não parece haver nada de errado.

— Mas você parece estar importunando bastante, falei, e me deitei na cama, cruzei os braços sob a cabeça, encarei o teto obscuro. Dividíamos apenas uma vela naquele quarto amplo.

— Fui até a casa deles em São Paulo, não me receberam. A empregada falou que dr. Ricardo passava aqui a maior parte do tempo, para se recuperar. A propósito, ele está melhor?

Falei que não sabia. O garoto me fitava com a boca entreaberta, roupa embolada nas mãos. Prestava atenção a cada detalhe do que eu dizia. Tinha os cabelos espessos e negros; o rosto magro, pouco marcante. Dentes grandes e brancos, os olhos escuros por trás da armação dourada, genérica, aliás tudo nele era um pouco genérico. Um brinquinho reluzia na orelha esquerda, tinha algo de lascivo e de provinciano.

Pelos seus cálculos, Carla havia sumido na terça-feira retrasada. Ele esquematizara mentalmente seus últimos movimentos, exultou em me contar. Haviam passado parte do sábado juntos, disse ele; encontrou-a no dormitório universitário, pela manhã, passearam pelo campus e almoçaram perto dali, numa lanchonete barata que costumavam frequentar. Ela agia de forma estranha, como se achasse tudo um pouco frustrante. No domingo, disse que tinha um trabalho a fazer, não sairia do dormitório. Mas descobri esta semana, ao falar com a amiga com quem ela divide o quarto, que saiu um pouco antes do almoço e só voltou no final da tarde.

— Ela pode ter ido estudar em algum outro lugar.

O garoto franziu a testa. Disse ser pouco provável. Na segunda-feira, não muito cedo, pegou o ônibus para Bananal. De lá, alguém vai buscá-la, normalmente o caseiro. Assim que entrou no casarão, discutiu com as duas empregadas; elas não queriam lhe servir o lanche da tarde, disseram que não era obrigação delas preparar a comida se ela não havia dormido lá. Bateram boca na cozinha; a empregada disse que a casa estava cheia e tinham mais o que fazer. Carla disse que ia reclamar com dr. Ricardo dos maus-tratos que vinha sofrendo. A cozinheira em contrapartida falou que contaria a Isabel, ela não podia achar que mandava na casa. Tudo isso Carla me relatou no início da noite de segunda, quando eu liguei. Você sabe, os celulares não funcionam aqui, nós tínhamos horários bem rígidos para conversar, ela usava a linha fixa, não podia falar muito para não atrapalhar a família.

Disse que sim, eu havia notado o problema com os celulares.

— Ela falou pouco comigo essa noite. Havia comido um pacote de biscoito que comprara na rodoviária, a fome não passara, repetia que ia contar a dr. Ricardo, era um absurdo ser tratada assim. Parecia nervosa, e desligamos rapidamente. Martelei suas reações por alguns minutos. Decidi que precisava conversar de novo e aguardei na linha. Ela atendeu na extensão do escritório, falava num sussurro para não ser ouvida. Estava *muito* irritada, não respondeu quando perguntei se estava *realmente* bem, se havia algum problema, se eu tinha feito algo de errado.

Ele se ergueu e vestiu a bermuda, muito larga. Puxou as cordinhas, parecia um mendigo anoréxico. Disse: O final de semana havia sido horrível; era como se eu falasse com uma estátua. Ela chegou a me dizer que não estava passando bem, eu insisti em saber o que sentia; se tinha visto um médico. Sabe, eu costumo acreditar no que as pessoas dizem.

Deixei escapar um sorriso. Ele desdobrou a camiseta. Virou-a de um lado e de outro. Era listrada de bordô e cinza-mescla, gola em vê e uma âncora bordada no bolso. Coisas de mamãe.

— Parece um pijama, ele disse.

— É um pijama.

— Ainda tem a etiqueta, ele disse.

— Então tire a etiqueta. Fechei os olhos, por alguns segundos ele se manteve quieto. Depois falou: Não liguei durante o dia seguinte, sabia que ela estava dormindo depois do trabalho noturno. Esperei até as sete e quinze. Carla é filha de alemães, muito metódica. Quando está aqui, acorda por volta das seis da tarde. Toma um banho, se arruma e sobe para a copa, onde come seu lanche, que funciona para ela como o café da manhã. Depois, se a família não está em casa, ela vê televisão, às vezes lê. Nessa hora, sei que vou encontrá-la perto do telefone. Quando a família está, é um pouco mais confuso, ela quase não me liga porque evita usar a extensão da cozinha. Mas eu procuro manter a rotina, gosto que ela saiba que eu me importo, que quero saber notícias suas.

— Mesmo que a família esteja aqui, falei.

— Eles quase nunca atendem. Esperam tocar até que uma das empregadas apareça. Mas na terça à noite, depois da forma como ela me tratou, pensei duas vezes antes de ligar. Eu não sabia se o problema era comigo, entende? Talvez ela precisasse de um tempo a sós. Quando liguei, era pouco depois das nove, quem atendeu foi um dos sujeitos da família. Eugênio ou Mauro, não sei. Estavam todos aqui, despachando com o velho. Ela trabalhava na capela e demorou a subir. Eu ouvia a TV ligada ao fundo, pigarros. Ela estava reticente. Perguntei por quantos dias a família devia ficar por aqui — você sabe, ela se incomoda quando a casa fica cheia; diz que não a deixam trabalhar em paz, as empregadas ficam impossíveis. Ela me disse que não sabia, talvez toda a semana. Eu falei: estão te incomodando? Ela: um pouco. Falei: você está brava comigo? Não. Não está mesmo? Disse de novo que não. Você volta a São Paulo no final de semana? Falou que não sabia; não podia falar muito. Perguntei de novo se estava brava comigo. Ela suspirou e soube que sim, que estava com pouca paciência, insatisfeita, mas eu não sabia o motivo, e aquilo me deixou nervoso. Gosto de ter as coisas claras, cristalinas.

— Depois disso você não soube mais dela.

— É, não soube. Não liguei na quarta, e me arrependo disso. Mas eu queria mostrar que também tinha os meus segredos, que podia passar um tempo sem falar com ela. Me remoí, pensando no que poderia ter feito de errado, mas não liguei. Na quinta, não resisti. Esperei mais uma vez o horário certo e telefonei. Uma das empregadas disse que ainda não havia saído do quarto. Achei estranho. Liguei meia hora mais tarde, atendeu um homem, falou que ela devia estar trabalhando na capela e que retornaria depois. Achei estranho de novo. Normalmente ela só começa a trabalhar entre nove e dez da noite, e não eram nem oito. Telefonei outra vez, o mesmo sujeito atendeu. Disse que ela ainda não havia subido. Tentei de novo, às dez e meia. A irmã do meio gritou comigo, que aquela não era hora para ligar a uma casa de família, não queria saber onde estava Carla nem ia chamá-la e bateu o fone. Esperei que telefonasse na sexta, para dizer a que horas tomaria o ônibus de volta a São Paulo; eu às vezes a pego na rodoviária. Nada. Esperei que aparecesse no dormitório no sábado, chamei algumas vezes e sua amiga me disse que ela não havia chegado. Voltei a ligar para a fazenda.

— Ela pode estar com os pais em Caxias, falei. Ele pareceu incerto, vi que tentava calcular como eu sabia daquilo. Depois comentou: Pomerode; a família é de Pomerode. Pegou o celular, atirado sobre a colcha, apertou alguns botões e o esticou até onde eu estava.

O que inicialmente chama atenção na foto de Carla é seu rosto bochechudo, olhos e boca muito pequenos, distribuídos nas margens da circunferência. As maçãs altas, um pouco vermelhas. Não consegui identificar se sorria; talvez sim, mas não parecia com vontade. O cabelo era ressecado e revolto, cor de lama.

— Você a conhece?

Fiz que não. Sem que o garoto me desse o aval, passei para a imagem seguinte. Ela de corpo inteiro, calça legging e camiseta rosa folgada, as pernas levemente arqueadas para dentro. Está à frente de um moinho pré-fabricado, a sombra de uma pá encobre seu rosto. O garoto havia se debruçado na cama para ver o que eu via. Essa é de quando fui visitar os pais dela, disse. Passamos também por Joinville. Ela é de família alemã, é por isso que tem olhos tão azuis.

Avancei para outra foto. Ela de novo. As bochechas desta vez brilhantes, olhos apertados onde não se via a cor. O garoto voltou a falar, eram muito azuis, ela se passava facilmente por estrangeira, ainda que apenas arranhasse o alemão. Mais uma foto: mascando um pedaço de carne entre os dedos, olhos vermelhos pelo flash. Está com as pernas brancas cruzadas, bermuda jeans curta, sentada numa cadeira de plástico. O garoto comentou que não saíra muito bem na foto. Depois, me perguntou se eu não achava estranho que houvesse sumido. Não consigo mais dormir, disse ele; deito a cabeça no travesseiro e fico pensando em uma série de coisas. Eu me viro de um lado, de outro, imaginando onde ela pode ter ido. Primeiro tentei seu celular. Se não estivesse mais nesta fazenda, haveria sinal. Nada; o celular caía sempre na caixa postal. Cometi então o erro de ligar para os pais dela em Pomerode. Pensaram primeiro que era trote, depois se lembraram vagamente de mim, ficaram ainda mais preocupados do que eu. Liguei para cá na segunda-feira seguinte. Consegui falar com o caseiro. Carla, como acho que já falei, não dirige; ela depende de caronas para ir e voltar da fazenda. Ele disse que não a havia levado para Bananal. Então onde está? Outra pessoa poderia tê-lo feito. Então me diga quem foi. Ele bateu o telefone. Liguei de novo na terça. A empregada achava que ela estava em São Paulo. Contrariada com a minha insistência, desceu até o quarto e voltou para dizer que estava desocupado. Como assim, desocupado? Telefonei na quarta. A irmã do meio disse que chamaria a polícia se eu continuasse insistindo. Concluí que minha única opção era vir pessoalmente, antes que *eu* chamasse a polícia.

Olhei a foto seguinte. Ela meio curvada com os mesmos joelhos para dentro, num pedalinho na forma de cisne. E outra: os dois juntos de branco, o flash rebate num vidro e escurece o primeiro plano, onde seus rostos estão colados. Ela segura uma taça de champanhe vazia.

O garoto permanecia debruçado na minha direção. Falou, É a última foto que tenho dela; foi tirada no Ano-Novo aqui no casarão. Você não estava, estava? Neguei com a cabeça, tentando parecer casual, devolvi o aparelho e voltei a me ajeitar na cama. O garoto falou, Não deveríamos ter aparecido, mas Ana insistira, disse que Carla trabalhava com a família havia anos e

93

que pela primeira vez a casa tinha um aspecto *apresentável*. Era uma celebração, disse ela. O pai tinha melhorado da cirurgia apesar dos prognósticos contrários, a restauração estava perto do fim... eles também tinham notícias boas da empresa, acho que você sabe, iam conseguir vender — não sei os detalhes, mas as coisas vão muito mal —, enfim, eu disse que era melhor a gente não vir, mas Carla é teimosa, quando põe algo na cabeça não há como convencê-la do contrário. Ela parecia se incomodar com qualquer coisa que eu fazia, eu ao mesmo tempo não queria deixá-la mais contrariada comigo. Estava decidida a vir, foi o que fizemos. As irmãs montaram uma festa enorme.

Eu perdia aos poucos o fio de sua fala, deitado na cama de olhos fechados, braços cruzados sobre os olhos. Pensando se a pequena tentara me telefonar, se tentara me convidar para aquele Ano-Novo que ela mesmo havia organizado. Podia ter ligado em casa, não tenho secretária eletrônica. Naqueles dias em que minha vida era uma grande caixa vazia. Devia perguntar a ela. Sei no entanto que nunca teve meu telefone fixo. Passei a virada com mamãe e, pela televisão, vi os fogos na avenida e uma sequência de números musicais que detesto. Ela errou no ponto do frango assado e na quantidade das batatas, nossa ceia parecia montada para uma família. E Julia — Julia, conforme o garoto falava, erguia os braços para o ar, como sei que ela faz, e se metia na pista que haviam montado sobre a piscina.

— Carla estava bebendo muito. Eu não gosto disso, não gosto de perder o controle; pedi mais de uma vez que parasse, não me ouvia. E a família agia exatamente como eu esperava: não disseram nada abertamente, mas a forma como nos olhavam — éramos empregados que não deviam estar ali. Pensei várias vezes em arrastá-la para o quarto, mas ela puxava o braço para se soltar. Isabel passou por ela e a encarou, Carla sustentou seu olhar, esperei o pior.

Ele fez silêncio. A batida da chuva lá fora desceu como uma calda grossa sobre minhas pálpebras. Afundei alguns milímetros no colchão. Mas algo me puxou de volta. Afastei os braços dos olhos para ver o garoto estalando os dedos, um por um, enquanto pensava. Ele perguntou se eu dormia. Depois, se eu havia conhecido Julia antes do Ano-Novo. Falei: Mais ou menos. Um pouco antes, é isso? É complicado, falei. Ele pareceu registrar a informação. Disse apenas que, em dado momento, o puxaram a contragosto para a pista, e Carla havia sumido. Àquela hora era como se todo mundo estivesse embaçado.

— Talvez você tenha bebido um pouco demais, no final das contas, falei.

— Talvez, disse o garoto. Eu não encontrava Carla em lugar nenhum. A namorada de Felipe, uma morena muito mais alta que ele, estava enjoada e vomitara no jardim. Sei que Julia ria e puxava o primo pelo braço de volta à pista. Ana estava abraçada a uma caixa de som — e olhe, o som não estava *baixo* —, e o sujeito com ela — esse que quase me agarrou à força agora na cozinha — tentava colocá-la em pé. Subi para a casa, um pouco mais vazia àquela hora. Isabel passou por mim e não me reconheceu; tinha rios pretos escorrendo dos olhos. Até o outro primo delas, o Eugênio… bebera demais, acho que não tem o hábito. Nessa noite ouvi que tentou cruzar uma porta sem abri--la. A cama em nosso quarto estava arrumada, mas Carla não tinha voltado.

— Podia estar dançando.

— Ela não dança.

— Talvez não dance com você.

Pareceu ponderar, e eu me fechei de novo na escuridão, de onde não devia ter saído.

8.

Fui acordado por batidas repetidas que em meu sono vinham do fundo do mar. O garoto lia um livrinho de capa branca e saltou da cama ao lado, passou rente a meus pés e entreabriu a porta. Uma voz rouca de mulher sussurrou algo; ele respondeu como se conspirassem.

Saímos para o vestíbulo escuro, eu ainda sonolento, tentando ajeitar os cabelos, alisando a camisa. Passamos pelo corredor, ouvimos apenas nossos passos e a chuva num dedilhar distante, como se estalasse sobre uma coluna de água e afundasse uma dezena de metros para chegar até nós. A casa exalava um brilho submarino, o madeirame estalava. Sobre a toalha branca da mesa, o fogo de dois candelabros animava as pinturas com sombras ondulantes. A família havia se agrupado num canto, todos vestiam negro, ou pelo menos era a sensação que transmitiam. As três irmãs solenes, os primos soturnos, o pé-direito alto que a luz mal alcançava. O andaime entre nós rangia sua estrutura metálica. Paramos a alguma distância, a testa deles brilhava de calor. A porta do jardim interno e as janelas estavam fechadas, o ar não podia escapar. Gotas se soltavam do forro e tilintavam nas vasilhas.

Minto: Jorge Alexandre era, como nós, um visitante e um prisioneiro. Sua camiseta em dois tons de flores havaianas havia se tornado fosforescente à luz das velas, assim como a bermuda clara, a ponta branca das meias esticadas, os tênis de corrida. Na mesa, Mauro desarrolhava uma garrafa. Procurei os olhos de Julia; eles não se erguiam do chão. Dei dois passos para me distanciar do garoto, ele me seguiu.

Isabel observava cada movimento nosso e se colocou à frente. Com as mãos de anéis dourados, balançou os cabelos lisos, depois abriu um sorriso. Disse em voz alta que não achava razoável *algumas pessoas* jantarem com eles. Não haviam sido convidados, podiam acabar importunando papai, que estava *muito cansado*. A garrafa deu um estalo, Mauro ergueu o abridor com uma rolhazinha do tamanho de meio polegar. Depois levou-a às narinas entupidas e cheirou com a expressão emburrada de um especialista. Isabel voltou a dizer: É melhor *eles* comerem na copa. Eles quem?, pensei. Dei mais dois passos na direção de Julia.

Ana defendeu o garoto, e as duas discutiram. A quebra do silêncio fez todos se movimentarem um pouco, bonecos aliviados ao ganhar vida. Por que demorou tanto?, me disse Julia, fingindo uma leve irritação, e no momento seguinte estávamos de mãos dadas, um sorrisinho insolente e o queixo erguido naquele rosto perfeito. Eu notei: Felipe estava só, perto de Eugênio, e se virou instintivamente para nós quando a pequena fez sua encenação. Da mesa, Mauro pedia para Isabel se acalmar. Julia ajeitou aqueles cabelos milimétricos, adorando-se num espelho imaginário, e eu a beijei de lado, da forma que podia, chupando um pouco de sua saliva, e quando ela caiu de novo em si estava um pouco surpresa. Felipe olhava duro a primeira taça de vinho que Mauro enchia na mesa. Eu pensei: ela só precisa me dar um pouco mais de tempo para gostar de mim por inteiro.

Isabel disse que pelo menos iriam se sentar na outra ponta, longe de papai. Estão falando de mim?, perguntei à pequena (a curva brilhante de seu narizinho), mas sua mente não estava mais ali. Fátima veio da cozinha, na bandeja uma carne muito cozida que depositou no aparador.

Quando o velho entrou, apoiado numa bengala e escorado pela mulher, as irmãs se calaram. Isabel estalou os saltos pela sala e estendeu seus braços ao pai. Perguntou se estava bem; como andava a pressão. Subiu muito, minha filha, disse dona Yolanda. Mas eu dei o remédio que o doutor recomendou, nós medimos agora, está um pouco melhor. Papai não pode se estressar assim, disse Isabel. Apertava a mão sobre a bengala, como se quisesse guiá-lo. O velho de fato estava um pouco combalido.

Felipe se explicava a Ana. Não, nossa conversa com tio Ricardo *praticamente* não foi sobre trabalho, eu e Eugênio estávamos lhe mostrando algumas tendências do mercado internacional, mas não dissemos *nada* da Brasfil ou da negociação, nós—

Julia soltou minha mão e também foi até o pai. Isabel falava: Por aqui, papai — está bem, papai? — não ande muito depressa — mas o que tanto eles disseram que deixou o senhor assim? — me dê a bengala, isso, papai. Dr. Ricardo a olhou de soslaio algumas vezes; num último esforço, sacudiu a mão do aperto da filha, o ombro onde dona Yolanda se arvorara, entregou sem paciência a bengala e fez força nos braços da cadeira, onde se elevou tremendo até o assento e se deixou cair. Forçou um sorriso. Vamos comer à luz de vela como os Corrêa de Avellar, disse.

Quando Fátima trouxe seu prato — um filé branco opaco, que dona Yolanda completou com salada e um pouco de arroz

— ele não soube manter o mesmo vigor. Olhou o prato, olhou o teto. Apertou o garfo na pasta viscosa.

— *Peixe*, disse dona Yolanda. A melhor forma de Ricardo recuperar rapidamente a saúde.

— É rico em ômega-3, disse Jorge Alexandre, que de alguma forma conseguira se sentar duas cadeiras mais perto do velho. Eu recomendo a todos os meus alunos. Baixou os talheres no prato e entrelaçou os dedos. Queria falar mais. Foi no entanto interrompido por Mauro.

— Com tanto peixe assim, daqui a pouco o senhor estará nadando.

Dr. Ricardo soltou um sorriso cansado. Mauro perguntou a seguir se aceitava um pouco de vinho. O velho tampou a boca da taça com a mão de dedos grossos, unhas como cascos. Isabel falou. Sim, papai, em pouco tempo o senhor vai estar totalmente curado. Poderá fazer tudo o que sempre fez; até tomar vinho. Mesmo na empresa... voltará a ser o que era. Ainda que de forma um pouco diferente. Mas vai ter tempo de fazer muitas outras coisas... coisas que sempre quis...

A mãe reclamou; De novo falar de negócios? Não basta a tarde inteira vocês insistindo em falar com Ricardo, a pedir coisas, a tentar negociar...

— Não, mamãe, eu não pedi nada. Foi Ana.

A mãe não a ouviu. Disse que estava muito preocupada com a saúde do marido. Muito. E muito preocupada de passar a noite ali, ilhados, sem telefone, sem um enfermeiro sequer (Eu não preciso mais de enfermeiro!, disse o velho). O chefe da junta médica que está tratando dele, um cirurgião premiado, que já operou uma série de pessoas famosas e que eu respeito muito — o dr. Fancuollo —, deixou que a gente viesse à Santo Antônio com uma condição. Uma única condição: que tivéssemos como chegar rapidamente a um hospital em caso de urgência. E olha que eu jurei, o Ricardo *me fez* jurar, e agora isso... mal conseguimos chegar ao portão. Ricardo, voltamos à era das cavernas! Estamos isolados, como aqueles nordestinos que a gente vê na televisão.

— Um helicóptero poderia tentar pousar no gramado, disse Eugênio.

Mauro riu. E como você pretende chamar um helicóptero? Me diga.

— O tempo está maluco, disse Julia. Nem que a gente *conseguisse* chamar um, não teria como pousar com todo esse vento, essa chuva.

Felipe ponderou um momento.

— O aquecimento global está virando tudo do avesso. Vi de perto, pela TV, a força dos tufões nos Estados Unidos, o tsunami no Japão.

— A seca na África...

— Sim, a seca na África. O derretimento das calotas polares...

— Os ursos não têm mais onde ficar, disse Julia. Eu vi uma imagem marcante, um urso polar numa placa de gelo mínima, ele não conseguia saltar para outra. Estava tudo derretendo.

— Realmente, disse Jorge Alexandre. Eu sinto que os verões no Rio de Janeiro são cada vez mais quentes.

— Nunca vimos uma tempestade tão forte como essa, falou Ana.

— A natureza se volta contra nós, disse Felipe. Ela é sábia. Mas o ser humano ultrapassa os limites.

— Deveríamos aprender com os índios.

Talheres bateram na porcelana.

Jorge Alexandre entrelaçou de novo os dedos. Esperava ansiosamente pelo momento de silêncio. Pelo que ouvira de Ana, disse, a recuperação de dr. Ricardo era um tremendo sucesso.

Ele não tinha visto dr. Ricardo antes da doença, mas era visível como parecia melhor.

O velho riu daquele seu jeito tenebroso, como se os pedaços de muco escorrendo pela mandíbula fossem desalojá-la da cabeça. Yolanda pôs a mão na do velho, preocupada. A outra mão no peito. O velho disse que os doutores, os tão propalados doutores, haviam lhe dado três meses de vida, nada mais. Quando viram a infecção se alastrando, quando viram toda a extensão do estrago, coçaram o rosto, fizeram reuniões secretas, suspiraram. Disseram: dr. Ricardo, três meses! Viram meus exames, minha aparência. Me abriram de novo, de emergência. Três meses! E no entanto aqui estou eu. Aqui estou eu.

— Câncer?, sussurrei a Julia.

— Diverticulite. Não interrompa.

— Quinze de outubro, falou dona Yolanda, apertando mais a mão do marido e fixando o rosto de boneca pervertida na parede. Eu me lembro como se fosse hoje. Quinze de outubro. O dia mais terrível da minha vida. Chovia como agora. Eu não gosto nem de lembrar, mas é como um filme na minha cabeça.

— Mamãe, vinte e dois. Vinte e dois de outubro. E hoje, de fato, faz exatamente três meses.

— E não chovia, mamãe.

— Nossos filhos são loucos para nos contrariar, não são, Roberto? (Notei que se dirigia a mim.) Chovia, sim. Vocês é que não se lembram. Tomam tanto calmante que a memória fica fraca. Eu digo porque tenho a memória de pedra, e é verdade. Fizeram uma operação de emergência. Toda a junta médica do Sírio Libanês. Diziam que Ricardo não tinha muitas chances de sair vivo da UTI.

— E aqui estou eu! Firme e forte!

— E aí está você, de fato. A mulher enxugou os olhinhos vesgos com a ponta do guardanapo. A vida às vezes toma rumos inesperados. Ainda me lembro de dr. Fancuollo mostrando os exames, meu marido entre a vida e a morte, a infecção se alastrando...

— Ele não acredita como o assistente pôde furar o intestino e nem notar, falou Isabel. Queria ver se tivessem furado o *dele*.

— O problema não era do instrumentador?, perguntou Eugênio.

— Meu filho, pela confusão que fizeram, o único íntegro ali, o único *herói*, que salvou meu Ricardo, foi mesmo o nosso bravo doutor. Às vezes a gente coordena todo o processo, acha que está tudo certo, e aí vem um incompetente e põe tudo a perder. É o mesmo na Brasfil, não é, Ricardo?

— O descaso médico é um dos grandes males do nosso século, falou Felipe.

— Vamos processar, disse Mauro.

Dona Yolanda enxugou mais lágrimas. Se não fosse a competência de dr. Fancuollo... para abrir *de novo* o meu Ricardo.

— Imagine. Uma cirurgia tão simples dar toda essa infecção.

— Um dos trechos que retiraram estava inclusive saudável, comentou Mauro.

— Ele disse que hoje em dia não se pode confiar nem na própria equipe, suspirou dona Yolanda. É a falta de preparo nas nossas universidades. Eu não gosto nem de lembrar. Passou a mão sobre a face. Aqueles dias terríveis... Ricardo fez até seu último pedido, não fez, Ricardo?

— Que minhas cinzas fossem jogadas no Mediterrâneo!

— O berço da civilização, falou Felipe. O personal trainer anuiu com gravidade. Julia riu, mastigando um pouco da salada, disse que teria sido uma ótima oportunidade para a família fazer um cruzeiro pelas ilhas gregas. Julia está é pensando nos homens gregos, falou Ana.

— Minhas filhas, como vocês conseguem brincar numa hora dessas? Não é possível.

Eugênio comentou que talvez fosse proibido jogar as cinzas da amurada. Achava o ato louvável, claro, essa comunhão com o oceano, mas vira recentemente um programa do Discovery Home & Health que mostrava o mal que os ossos moídos faziam aos golfinhos. A glote deles entope, disse.

Jorge Alexandre ainda contemplava o velho. Seus dedos continuavam entrelaçados em postura meditativa. O mais importante, dr. Ricardo, é estar curado aqui — e espetou o indicador na testa. — É o primeiro passo para vencer a doença. A mente humana é capaz de coisas que a ciência nem desconfia.

— Mente sã, corpo são.

— Você não sabe a força de Ricardo, disse Yolanda. Ele não se entrega. Nunca se entrega.

— Eu não me entrego!

O velho olhou de novo o prato. Havia apertado tanto o peixe que fizera um purê. Misturou-o sem vontade no arroz. Jorge Alexandre não havia parado de falar: ficava impressionado de ver como ele conseguia combater a doença, com pura força de vontade, e ao mesmo tempo ser capaz de dar atenção à família, à fazenda, além de tocar as negociações tão intrincadas na venda da Brasfil. O velho grunhiu. Mastigou a papa com os lábios estalando. Ana, mão novamente pousada sobre a dele, disse que não era bem assim, Jorge, não é uma venda propriamente dita. É apenas a negociação de parte das ações. Não é, papai?

O velho acenou a contragosto, apertou de novo o garfo na massa puída. Ana prosseguiu.

— A verdade é que os americanos querem o controle total, para implantar seus próprios modelos de gestão. Mas a gente não quer isso, não é, papai? A gente não quer perder a empresa que o senhor mesmo criou.

Ele parou de amassar a papa e a fitou. Os olhos riam de incredulidade. Ana se empertigou, uma aluna querendo se salvar de uma situação embaraçosa.

— Não é isso? Mas como? Você *tem* de lutar, papai, estamos todos ao seu lado. Podemos lutar *também*.

Jorge Alexandre concordava enfaticamente. O velho apenas sacudiu a cabeça, como se não acreditasse no que ouvia. A voz de Ana se tornou mais urgente. *Como*, papai? Mas isso vai matar o senhor de desgosto!

— Ah, minha filha, seu pai já está *por aqui* de desgosto. Você não sabe como isso tem afetado ele. Não é verdade, Ricardo? Não precisa me olhar assim; é verdade. E ele está sempre atento a tudo, é muito centralizador, faz questão de aprovar cada centavo gasto, de conhecer cada funcionário. Mas você não está mais na idade, querido.

— Eles têm de saber que o dono está presente, disse o velho, mal-humorado.

— Sabe o que ele disse outro dia, Mauro? Aqui mesmo, na fazenda? Disse que, se estiver recuperado até fevereiro, pretende falar na convenção de vendas em Vinhedo. É uma loucura, só de pensar eu fico arrepiada. Mauro...

— O senhor de fato deve repousar um pouco, deixar as coisas para a geração seguinte, disse Mauro.

— Papai pode muito bem manter o controle da Brasfil e não se envolver tanto, disse Ana. E o que os americanos vão fazer sem ele? É o principal *asset* da empresa.

Isabel soltou outra risada mortal, disse, Você só fala isso porque quer o seu namorado na área de vendas (Jorge Alexandre negando com veemência). Ana gritou de volta, que o sonho de Isabel era vender logo tudo para que Mauro ganhasse poder como vice-presidente. Mauro negou também. Ergueu o indicador e falou em tom professoral que ele queria o melhor para a empresa.

O mundo está cada vez menor, a globalização aumentou nossas oportunidades, mas também criou novos desafios. Dr. Ricardo é um líder nato. Mas não é possível controlar tudo. Veja... não, deixe-me terminar. Veja, se tivéssemos um apoio externo mais sólido, não teríamos sido tão inexperientes em nossos negócios na América Central. Porque toda a aventura saiu muito cara, ainda estamos pagando por isso.

Eugênio se mexeu na cadeira. Ficou a seguir muito vermelho (podíamos ver seu rosto escurecer à luz das velas), não pôde suportar nem o olhar do meio-irmão. Foi Felipe, então, quem teve de responder: Não é possível prever todos os aspectos do cenário geopolítico. Com a maior velocidade da informação, as mudanças acontecem on-line, e se Eugênio cometeu erros, aprendeu com eles. Eu li que—

— Uma aprendizagem cara, falou Isabel.

Os óculos dourados escorregaram pelo nariz suado de Eugênio. Ele os arrumou. Não é possível que eu seja o culpado de tudo, sussurrou. Suas mãos apertadas em punhos fatais. Julia ia dar uma daquelas suas risadas, parou antes de puxar o ar. O primo sonso mostrava que tinha alguma violência para gastar, nos assustou um pouco. O velho talvez tenha notado da cabeceira, e quis mudar o assunto. Ou pensava em outra coisa. No silêncio, perguntou por que a moça não estava jantando com eles.

— Moça?, disse Felipe. Pareceu desconcertado. Depois, tentou ganhar tempo. Disse que ela não havia passado bem, ficara no quarto, repousando. Você já trouxe ela aqui antes?, perguntou o velho. Não, não trouxe, disse Felipe.

— Não estava com você no Ano-Novo?

— Não, tio, era outra.

— Nem no Natal?

— Não, tio.

— Felipe aparece cada vez com uma, comentou Ana.

O velho pigarreou. Felipe quis saber por que perguntava. Dr. Ricardo o examinou um momento antes de responder. Me parece familiar. Não parece familiar?, gritou.

— Querido, eu nunca a tinha visto antes, disse Yolanda.

— É bem estranha, por sinal, comentou Isabel. Ela some, não fala com as pessoas... Papai não gosta disso.

— E onde você a conheceu?, perguntou o velho.

— Quem?

— Ora, sua namorada.

Felipe estava rígido na cadeira, mãos desaparecidas no colo. Disse que havia sido perto de seu prédio. O velho permanecia interessado, Felipe teve de ser mais preciso: No posto de gasolina, na banca de sucos do posto, perto de casa.

— Foi tomar suco e a encontrou? Não pude identificar se o velho era apenas irônico, ou se mostrava interesse. Tomei o restante do vinho. Morno, o álcool irritava as narinas. Passou-se um tempo longo; longo demais para uma resposta que deveria ser tão simples. Não era bem aquilo, disse Felipe. Ele passa na banca quase todas as manhãs, depois da corrida no clube. É um hábito que criou para si. Ela estava ali nos mesmos dias, também corria por perto. Foi isso.

— Sua alma gêmea, disse Ana.

O velho perguntou onde ela morava. Não mora, disse Felipe. Está num hotel perto de casa. Veio ao Brasil pela empresa.

— Ah. Não é brasileira?

Felipe olhou para os lados. Não, é venezuelana. Achei que o senhor soubesse.

— Eu?

Felipe meneou a cabeça. Sim, pelo sotaque. Pensei que o senhor houvesse notado. O velho disse que não, não havia. Aliás, não havia falado com ela. Se parecia muito com pessoas que ele conhecera, era isso. Pessoas bem brasileiras.

— Ricardo, por que a insistência?, perguntou a mulher. Eu vi ela falando. Lindíssimo. O castelhano é uma língua muito musical.

— Ela é de Caracas, disse Felipe.

Ana comentou que logo se notava. Pelo sotaque. Um sotaque tipicamente andino, disse. Do poeta Neruda.

Dr. Ricardo ainda encarava o sobrinho. Sim, é venezuelana, disse o garoto, como se a pele queimasse.

— Eu não disse nada, falou o velho.

— Sei que o senhor não falou nada.

— Ela comentou com você algo da nossa empresa?

— A empresa?

O velho à espera de uma resposta. Felipe olhou para os lados, incerto.

— Não falou nada de quando compramos o outro negócio em Santos, inquiriu o velho, e passamos a produzir os primeiros filtros?

— Não, disse Felipe.

Dr. Ricardo ponderou a informação por alguns instantes. Gostaria de falar com ambos logo pela manhã, disse. Ser apresentado. Saber um pouco mais dela. Felipe riu com fraqueza, ficou sério de novo. Há algo de errado?, disse. O velho agora observava a nossa ponta da mesa. Primeiro cravou os olhos em mim, baixei as pálpebras para a taça vazia, girei a base na mesa. Parou a seguir no garoto. E o senhor, o que quer?

O garoto passou assustado em revista oito pares de olhos severos e bizantinos fixados nele. Disse que gostaria apenas de dar uma olhada no quarto de Carla, uma *olhadinha*, Se ela saiu mesmo às pressas, como me disseram, talvez tenha deixado alguma coisa para trás, algo que indique onde possa ter ido.

Isabel ergueu a voz para dizer que era um escândalo. Está nos acusando de algo, é isso? O velho mandou que se calasse.

Isabel tremeu ligeiramente e se desligou como uma máquina. Fora tudo tão rápido que parecia acostumada àquele tratamento; ele nem ao menos se dera o trabalho de fitá-la. Entendi como deveriam ter sido seus anos à frente da empresa. Sim, disse ele, pode entrar no quarto da menina; nesse e em qualquer outro. Felipe mirou o garoto com olhos duros. Eugênio parecia confuso e o fitava; Isabel o fitava. O personal trainer estalava os dedos. Mesmo Mauro, três rugas de preocupação. Afinal, disse o velho, estamos todos presos nesta fazenda, e a noite será longa.

9.

Apertei o bracinho da pequena quando ela escapava para o quarto. Julia se virou, olhando apenas meus dedos, e moveu o ombro para se livrar. Perguntei o que ia fazer. Ela não sabia, virou-se para os primos, estacionados na mesa, à frente de xícaras vazias. Vão fazer algo?, disse ela. Jogar, talvez?, falou Eugênio. Eu perguntei a seguir, em seu ouvido, por que agia daquela forma. Ordenou em voz alta que a soltasse, não agia de forma *nenhuma*, era apenas *ela*, e me dei conta de que atuava — como atuara antes — para Felipe e Eugênio. Não gosto de ocupar o centro das atenções e a larguei nesse momento. Depois falei sem pensar que ela provavelmente ia sair e fumar maconha com a irmã. Foi o termo que usei; *fumar maconha*, como diria um militar.

— Não é da sua conta.

Normalmente não sou assim, sentimental, sensível às palavras dos outros. Em outra ocasião eu teria rido, uma risada seca, apertado de novo seu braço, puxado seu corpinho para perto de mim e dito num sussurro: por que me convidou, se não sou bem-vindo? Que joguinhos são esses? O que saiu foi um pouco distinto, ainda me arrependo. Meu pescoço voltara a apertar, falei apenas, O que fiz de errado?

No instante seguinte eu fugia pelo corredor, a seguir para a saleta de entrada, onde parei ouvindo a chuva contra as janelas fechadas. Risos distantes, que vinham em ondas e se dissolviam aos meus pés. O estalar da água e a escuridão me deram um misto de formigamento e angústia. Não queria que me encontrassem, logo eu, uma figura confiante, que sempre tem algo a dizer na companhia dos outros, escondido enquanto falavam de mim. A casa estalava, gemia, tentava se comunicar. Procurei ouvir de novo as risadas, que agora pareciam produto da minha imaginação. Batidas no forro gelaram o suor que corria pelas costas. Olhei o teto, caminhei com o cuidado de não esbarrar na mesinha central, delineada na tênue luz projetada da sala.

— O que você está fazendo aí no escuro?

O garoto havia aberto a porta do quarto amarelo, a vela que trazia no pires iluminou minha desgraça. Queria ter fugido de novo; me imobilizei, no limite da dignidade. Não poderia me ver diminuído na frente daquela figura simplória.

— O que *você* está fazendo aí?, falei em desafio.

Respondeu que ouvira meus passos, achou que alguém tentava escutar pela porta. Ele quis saber se ainda havia alguém na sala; esperava que a casa acalmasse um pouco antes de descer ao quarto de Carla. Perguntei por que não esperar até a manhã seguinte, não ia encontrar nada no escuro. Amanhã pode ser muito tarde, sei que dr. Ricardo muda de ideia de uma hora para outra.

Apoiou a vela numa cômoda lateral, perguntou se eu havia notado o que ocorrera no jantar. Eu ri; claro que havia. Cada um parecia brigar pelos próprios interesses. Não é só isso, falou. Nessa disputa, as irmãs vão obedecer ao pai, mesmo a contragosto. E os irmãos... veja, Eugênio não tem quase nada. Perdeu uma parte das ações no divórcio; outra, vendeu a dr. Ricardo quando precisou de dinheiro. Quero dizer: juntos, ele e Felipe são minoria. Não podem se opor a nada.

Era impressionante como sabia tanto da família, comentei. Ele respondeu: Carla me conta algumas coisas. Mas não é o que quero dizer. Me refiro ao interesse de dr. Ricardo quando pedi para vasculhar seu quarto. Você notou? Ele *também* considera estranho o sumiço dela — eu ri, falei que ele exagerava. — Não, não exagero. E a família *sabe* que dr. Ricardo acha estranho. É por isso que tentam bloquear meu acesso a ele. Penso que, em alguma medida, ele passou a confiar nas opiniões de Carla. Começou a filtrar o que Isabel lhe diz (Isabel a odeia, você sabia?), a notar que há um esforço que se opõe ao trabalho dela aqui na fazenda. Temem que ela encontre algo? Que ela fale a dr. Ricardo algo comprometedor?

Ri de novo, disse que o máximo que a restauradora encontraria eram ossos nas paredes. Essa história é velha, disse o garoto. Eles deliram. Inventam uma saga absurda da família que ergueu essa fazenda. Carla estava quase convencendo dr. Ricardo a tirar algumas quinquilharias dessa saleta dita histórica. O garoto tomou a vela e foi até lá. Eu o segui. Tudo aqui é uma espécie de farsa, você sabia?

Falei que desconfiava. Ele ergueu o pires até os papéis emoldurados. Orgulham-se dessa carta, a única com assinatura de Christiano Corrêa de Avellar. Você sabia que é uma cópia? Eu avancei até a chama, tentando identificar a falsificação nas dobras esmaecidas. O garoto disse, É uma cópia antiga, está certo. Trinta anos no mínimo. Mas uma cópia, mesmo assim. Os carimbos de autenticação estão no verso. Carla não se lembra de ninguém na fazenda comentar esse pequeno detalhe às excursões escolares. Pelo menos, se há algum interesse na reprodução, é o seu conteúdo. Muito curioso. Você leu?

Eu ainda estava com os olhos presos àquelas linhas tortas, a grafia de um século passado. Comentei que era impossível decifrar o que diziam.

— Você se engana. Carla me mostrou. Veja só. Ele se aproximou também, erguendo mais a vela. Procurou um ponto específico com o indicador. Aqui. Augustos e digníssimos representantes da nação. As apreensões que gerou em nosso espírito esse projeto que encerra nos flancos o germe da desmoralização e da desordem, e tende a desencadear ideias substan… subversivas pela face inteira desse país, talhado para melhores destinos. Entendeu?

Ele riu. Eu ri. Ele percebeu que eu não havia compreendido. Espere, espere. Vou ler mais. Saltou o dedo para o papel seguinte, baixou algumas linhas. É um erro, é um mal, erro e mal de consequências incalculáveis, a extinção imediata e completa da escravidão. E aqui, aqui: É risonha, com efeito, a ideia do ventre livre para quem não conhece nossa vida em todas as… peripécias? Acho que é isso.

Li a data no pé da última página. Dez de junho de 1871.

— Talvez não tenham lido.

— Talvez, disse o garoto. Eles mascaram a vida dos Corrêa de Avellar. Tratam-nos como se fossem da própria família; como se fossem pessoas esclarecidas, à frente de seu tempo. Olhe mais isto aqui: Encher de júbilo os filantropos europeus, os quais, seja dito de passagem, não sabem precisamente em que latitude vivemos. Dr. Ricardo te contou sua versão dos fatos? De como Avellar era um empreendedor nato, com amor às artes?

— Não falou muito das artes. Só algo sobre Christiano manter o filho afastado da pintura.

— Ah, o filho. Dr. Ricardo te contou como o sujeito afundou a família com sua megalomania?

— Não, acho que não.

— É um caso à parte. Vou te contar, é a minha história preferida. Tanto o pai quanto o filho eram impulsivos; faziam as coisas e só depois pensavam. Bastante ganância também. E presunção. Christiano fundou uma associação para o avanço de Bananal, para espalhar o conhecimento científico, mas ele mesmo a fechou, contrariado, porque foi voto vencido quando quis impor a homeopatia nos hospitais da região. Fundou também um jornal liberal; trouxeram um impressor do Rio de Janeiro, mas ninguém se entendeu, e seis meses depois fecharam também. Christiano montou então um clube agrícola, que, pelo que entendo, não fazia mais nada a não ser redigir cartas como essa. Aliás, você sabe por que Christiano nunca recebeu o baronato que tanto sonhava?

Disse que não. Quer ouvir? Não me opus. O garoto falava cada vez mais rápido, sobre um desembarque ilegal de cerca de trezentos africanos perto de Angra dos Reis. Os escravos sobem a serra, onde são distribuídos entre os principais fazendeiros do vale do Paraíba. Todo mundo sabe, menos a polícia. A notícia finalmente sai nos jornais do Rio de Janeiro, e Christiano Corrêa de Avellar é apontado como um dos compradores. Mas veja, ele nunca teve problemas com essa questão escravista antes. Um primo seu era delegado de Bananal; os membros da Câmara eram indicados por ele. Mas o governo dessa vez é duro. Escala um juiz de uma cidade vizinha, onde Avellar não tem nenhuma influência. O juiz aciona a polícia de São Paulo. Os fazendeiros são espertos; enviam os escravos a outras regiões, revendem, fazem o diabo para não ser incriminados. Christiano não; está seguro demais para tomar qualquer medida mais séria. Só manda construir de qualquer jeito um acampamento no meio da mata, que todo mundo sabe onde fica. Dois meses depois do desembarque, a polícia captura quinze escravos escondidos nas terras da Santo Antônio. Estão fracos: mal alimentados e doentes — um havia morrido. Sabe o que Christiano diz? Primeiro, que os escravos não são dele. Você acredita? Segundo, que muito provavelmente foram plantados ali, de propósito.

— E alguém acreditou?

— Não sei; acho que não. Mas a polícia não encontrou todos. Outros onze escravos supostamente comprados por Christiano continuam desaparecidos, e o juiz revira as senzalas, organiza expedições pelas fazendas, interroga escravos e feitores. Agora Christiano se sente ameaçado e começa a mexer os pauzinhos. Nos jornais, o juiz é acusado de oportunista e inexperiente. Christiano escreve que sempre foi contra o tráfico de escravos e se diz perseguido político. Está me seguindo?

Acenei que sim. Perguntei como se lembrava de tantos detalhes. Carla não se cansa de me contar essas coisas, e de como dr. Ricardo as distorce. A verdade é que Christiano Avellar acabou indo a julgamento, algum tempo depois. Um escândalo público. A guerra nos jornais fica mais forte. Christiano usa toda sua influência e parte de seu capital para abafar o caso. Ao final de alguns anos, o processo é arquivado por falta de provas.

— E os onze escravos desaparecidos?

— Nunca mais são encontrados, daí a lenda das paredes.

— E Avellar perde a chance de ser nomeado barão.

— Perde. A família aos poucos afunda. Aliás, se alguém fosse escrever a história dessa casa, poderia fazê-lo por meio das falências e fracassos.

Perguntei o que queria dizer com aquilo. Ora, respondeu, exatamente o que você ouviu. Falências sucessivas fazem a propriedade passar de mão em mão. Se o velho não vender logo a empresa aos americanos, vai perdê-la também.

— Eles não parecem mal das pernas, falei. Pelo menos não a esse ponto.

O garoto disse então que tudo acontecia muito rapidamente. Perguntou se eu havia lido sobre uma guerra de patentes entre a Brasfil e outro conglomerado brasileiro, a Filterbras. Não, não havia lido *nada* a esse respeito (eu, que *nunca* abro um caderno de economia). Tem a ver com um processo de filtração que eles desenvolveram nos anos 80, disse o garoto. Na verdade, que compraram de um espanhol que vivia no litoral, Santos ou Guarujá, não me lembro. Ou se associaram a esse sujeito, deixaram de ser meros distribuidores e passaram, graças a ele, a fabricar os próprios filtros. Um método de ultravioleta que purificava a água de forma muito mais eficaz e barata; mas eu não sou a melhor pessoa para explicar isso. Posso dizer apenas que é uma invenção que está no centro nervoso do crescimento da Brasfil; antes não passavam de revendedores de pequena escala.

Meneei a cabeça; o assunto me esgotava. A grande questão é que eles se apoiaram nessa vantagem competitiva, disse o garoto, descuidaram das outras áreas. Perderam muito dinheiro nas operações internacionais. E há coisa de dois anos a Filterbras passou a utilizar um método muito parecido, a um custo menor. Os meios-irmãos e Mauro alegam que foram roubados; mas a verdade é que perderam a dianteira, e no meio de tantas confusões administrativas, estão sofrendo mais do que o esperado.

— Você parece estar muito bem informado.

O garoto ergueu as sobrancelhas. É verdade. Carla me conta e —

— Carla parece saber muita coisa da família. Coisas demais. Mais do que poderia ouvir de conversinhas enquanto trabalha.

O garoto parou um momento. Já pensei nisso. Perguntei a ela. Ela diz que não precisa estar *necessariamente* no mesmo aposento para ouvi-los.

— Mas fazem tantas reuniões tarde da noite? A que horas mesmo ela começa a trabalhar?

O garoto parou de novo. Perguntou o que eu estava insinuando. Nada; eu não insinuava nada. Ou talvez insinuasse, não sei.

O garoto afastou a vela da carta emoldurada. Pedi que me contasse do filho de Christiano. Ele falou, Claro, deixe eu só te mostrar outras curiosidades dessa feirinha de antiguidades. É tudo muito recente. O que não é, foi comprado por—

Parou em meio ao discurso, porque nesse momento ambos olhávamos a mesma coisa: a marca azul-escura onde antes ficava o revólver. Eu disse (acho que disse), A arma, eu vi Eugênio colocá-la aqui, ele trancou o tampo, eu— O garoto forçou o vidro, trancado. Procurou uma trava nas laterais, iluminou embaixo da mesa. Abriu o gavetão. Uma lâmpada correu. Pacote aberto com seis velas; fita crepe; elásticos, moedas, clipes; duas chaves de fenda; extensão mal enrolada. A caixa de munição tampouco estava lá.

10.

Eugênio nos alcançou quando atravessávamos sorrateiramente a sala, julgando estar sozinhos. Sei que não apenas eu, o garoto também, ambos congelamos como se ele nos assaltasse à mão armada. Falou que ia conosco. O garoto quis saber se estava esperando fazia tempo. Eugênio não ouviu, ou fingiu não ouvir. A barra de sua camisa estava para fora do agasalho, o casaco aberto em torno da barriga. O tecido azul-marinho dificilmente esconderia o volume metálico. Do escritório fechado, uma voz saiu abafada pela porta, parecia tensa. O velho ainda estava acordado, constatei.

O garoto desceu com a vela equilibrada no pires, nós o seguimos. O quarto da restauradora ficava no porão, logo à direita, na base da escada. Perguntou a Eugênio se estava trancado. Não, claro que não. Por que ficaria?

Ele se adiantou e baixou a maçaneta, o trinco fez um clique, e a porta rangeu para dentro. Afastei-a mais enquanto o garoto e Eugênio entravam; fechei-a atrás de nós: uma chave grande e negra pendia espetada do lado de dentro. Aquele quarto permanentemente destrancado, pensei, se alguém quisesse retirar algo comprometedor dali, o faria com facilidade.

— Fátima o limpa uma ou duas vezes por semana, não tenho certeza, disse Eugênio. De qualquer forma, a menina não guardava nada de valioso aqui. Como você sabe?, perguntou o garoto. Ora... estou a par dos problemas dela com as empregadas, como discutiam. Todo mundo aqui sabe dos detalhes, só tio Ricardo que não.

Um quarto pequeno, com vigas toscas de madeira sustentando o piso do andar de cima. As paredes rugosas, pintadas de branco. Chão de cerâmica. O cheiro incomodou minhas narinas, uma mistura de umidade, abandono e aguarrás. No centro, uma cama estreita de casal, o colchão fino e afundado no meio, coberto por um tecido desbotado de chenile. Do lado mais próximo de nós, uma mesinha de cabeceira com abajur e três livros empilhados. O primeiro tinha as páginas esbeiçadas, como se alguém o estivesse lendo — um manual em inglês sobre a metodologia da conservação de pinturas. Carlos avançou com a vela, colocou-a à esquerda da porta, sobre uma cômoda estreita de três gavetas e pernas recurvas. A chuva estalava na janela fechada. Ouvimos passos pesados nas tábuas do teto, erguemos os olhos. O movimento se deteve, e os baixamos de novo, miramos sob a janela, a um carrinho de madeira cheio de utensílios que me pareceram de pintura. Na parede em frente ao pé da cama, um armário escuro com espelho de corpo inteiro na porta entreaberta. O garoto permanecia quieto, mãos na cintura — eu ouvia apenas sua respiração pesada, tentando entender os eflúvios daquele quarto fechado. Mais passos no andar de cima, e uma voz feminina. O garoto pegou a vela e contornamos a cama, fomos até o carrinho. Pincéis, papéis-toalha amassados num canto, potes de todos os tipos: requeijão, uma canequinha de plástico rosa, tupperwares, um vidro vazio de geleia que ele destampou e do qual removeu duas tiras brancas, estreitas, de não mais de três centímetros de comprimento. Uma delas com uma linha transversal irregular de tinta azul. Passou-as entre os dedos, cheirou-as antes de devolver ao pote. Papéis-manteiga, álcool, um ventilador portátil. De um estrado abaixo do carrinho o garoto puxou uma sacola de supermercado fechada com um nó. Levou certo tempo para desatá-lo (o farfalhar plástico). No andar de cima, risinhos abafados.

— É o quarto do namorado de Ana, falou Eugênio, olhando novamente para o alto, a imaginação desperta, como a minha.

Nos curvamos sobre o saco, e o garoto enfiou a mão, vasculhou o material antes de erguê-lo. Um torrão negro que se desfazia ao toque. Puxei um para mim, a terra muito seca, blocos aniquilando-se em farelo. Eugênio virou o seu entre os dedos, fitou-o. Havia uma face lisa, branco-amarelada. Ficamos um tempo em silêncio, cada qual desvendando seu próprio torrão. Quando o brinquedo perdeu o interesse, devolvemos as peças ao saco plástico.

Eu bati as mãos contra a bermuda. Queria sair logo dali e lavá-las; tomar mais um trago, procurar a pequena. Novos risinhos no quarto acima me fizeram sentir que perdia tempo naquele cômodo triste. O garoto havia pegado de novo a vela e se deslocara para o armário maior, abriu sua porta num rangido tão violento que fez silenciar as conversas do andar superior.

Três ou quatro peças de roupa duras de tanta lavagem: conjunto cinza de moletom, calça jeans desbotada, guarda-pó. Ao fundo, um par de tênis velhos, com terra seca nos solados, havaianas encaixadas uma na outra. Ele olhou atentamente as peças, vasculhou seus bolsos. Tirou da calça jeans uma notinha fiscal que olhou sem interesse. Afastou os calçados e debruçou-se para ver o que havia além: três pacotes de biscoito recheado, um pela metade, o papel laminado retorcido. Abriu, retirou um, deu uma leve mordida.

— Pra que isso?, falei, já um pouco enfadado, e me sentei na beira da cama. Ela rangeu, o pobre colchão uma fina membrana entre eu e o estrado.

— Tenho de olhar tudo, falou o garoto.

Eugênio, em pé à minha frente, folheava sem interesse o livro do topo na mesinha de cabeceira. Parava em um diagrama, tombava o livro e a cabeça de lado, se endireitava e avançava. Parava numa reprodução de quadro em branco e preto, contemplava-o como se estivesse no Louvre. A restauração é uma arte, disse. É preciso ser meio excêntrico, meio louco, para refazer a pintura de grandes mestres. Tomei o segundo livro da pilha. Um romance açucarado sobre uma mulher que descobria a verdadeira felicidade ao se apaixonar por um monge no Tibete. Estava novo, eu diria, quase intocado. Uma bula marcava a página quinze. Li o nome do remédio, BioEasy, passei sem pressa pelas páginas e o abandonei no mesmo lugar, sobre o terceiro livro — *O mar está para peixe*, de Roberto Yamato — especialista motivacional com mais de um milhão de exemplares vendidos.

O garoto abriu o gavetão do armário, tirava pares de meias. No alto, as vozes pareciam tensas. Um homem — certamente o personal trainer — reclamou, disse algo com a palavra idiota (É idiota, é um idiota, sou um idiota). A mulher chiou para que falasse mais baixo; sabia que estávamos aos seus pés. Eugênio, pacote de biscoito na mão, mastigava lentamente com os olhos para cima. Esboçou um sorriso muito tênue e a seguir deu passagem ao garoto, que se dirigia à cômoda perto da entrada.

Eu ri também, um pouco cansado. Procurei no bolso o celular, vi as horas: nove e vinte. O sinal da bateria indicava que estava quase no fim. Perguntei se eles sempre tinham problemas de sinal na fazenda. Eugênio acenou positivamente. Mas às vezes, falou, era bom desacelerar um pouco. Buscou outro biscoito com a ponta dos dedos — Acabamos virando escravos da tecnologia.

Perguntei se o garoto já tinha terminado e me levantei. Encontrou algo? Falou que não, aquilo o preocupava. Ela levou tudo, *tudo*, desapareceu no ar. Não sei onde pode ter ido, isso nunca aconteceu antes. Pousou a vela sobre a cômoda. A primeira gaveta estava entreaberta, e ele a puxou com cuidado, como se fôssemos ladrões. Tirou dali algumas moedas, um clipe. Um elástico de cabelo, comprovantes amassados de pagamento no cartão. Abriu a seguir as duas gavetas de baixo. Completamente vazias. Suspirou, pensou por um momento. Nada aqui, disse para si. Voltou à primeira gaveta, pegou os papeizinhos amarelos e azuis, começou a desamassá-los um por um, a ler o que diziam à luz da vela.

Eugênio quis saber se Carla havia lhe dito algo sobre o sumiço de uma peça histórica. O garoto parecia concentrado nas notinhas e falou, Não, acho que não. Eugênio prosseguiu: Uma cruz pequena, de prata. Sumiu do altar na capela. Ela falou com tio Ricardo, parecia preocupada de que estivessem roubando os bens mais valiosos da casa. Tio Ricardo trocou a fechadura, é a única com chave tetra.

— Entendo, disse o garoto.

— Ela achava que podia ser Geraldo. Já se desentendeu com ele antes, não faz muito tempo. Estavam recolocando as guarnições de madeira ao longo das janelas na sala de jantar. Carla reclamou que ele tinha danificado a pintura.

— Essa restauradora parece brigar com todo mundo, falei.

— Ela ia muito à cidade?, disse o garoto, detido num papelzinho amarelo. Eugênio pensou. Achava que não. Ela dependia de carona, aproveitava quando alguém ia. Mas seus horários nunca eram muito bons.

O garoto falou: Dia 12, Farmácia Venâncio. Meio-dia e quinze. Bananal. Sessenta e quatro reais. Uma quarta-feira. Mostrou o papel a Eugênio, que o pegou sem saber muito o que fazer com ele. O garoto continuou. Eu falei com Carla no telefone na terça à noite, dia 11. Não liguei na quarta. Veja, isso prova que ela estava *aqui*, e não em São Paulo, e que não estava dormindo, como costuma fazer a essa hora do dia. E vocês dizem que não a *viram*? Você estava na casa, não estava?

A pele de Eugênio voltou a ganhar um tom terracota, ele nos olhava confuso. Dia 12?, balbuciou. Pensava como se não soubesse, tentava ganhar tempo, da mesma forma como ganhara tempo na capela. Falou que sim, talvez estivesse aqui, sim, ele — Todos vocês estavam, não estavam? — Sim, é, talvez todos, mas eu não a vi, eu não — disse que a casa era grande, ele saía longas horas para testar as armas que havia restaurado, não sabia, não podia saber onde estavam todos a toda hora.

Rangidos e vozes no andar de cima. Um gemido sufocado. O garoto coçou a cabeça e sentou na cama. Abaixou o rosto, respirou fundo. No andar de cima, uma cama rangia. Ele comentou que deveríamos abrir a janela; aquele calor, a umidade. Não conseguia se concentrar com todo o barulho. Mas vou descobrir quem foi com ela à cidade, com certeza eu vou. Basta interrogar cada membro da família… Ora, disse ele, fitando Eugênio, *Você* poderia ter dado a carona. Carla me disse que vocês conversavam bastante.

Eugênio, mãos defensivas contra o peito, tentava dar ao mesmo tempo uma série de provas de que não saía muito da casa nem conhecia Carla o suficiente para conversarem tanto, como o garoto insinuava. O garoto fingia não lhe dar atenção, folheava o manual de restauro. Eu tampouco conseguia me concentrar no que ele dizia; os rangidos no andar de cima haviam aumentado, eram como uma bola de chumbo quicando nos ocos do meu cérebro.

O garoto tomou o segundo livro e se deteve na bula. Lábios sugados de concentração, leu cada uma daquelas letrinhas de formiga. Eugênio continuava a falar: Era Geraldo quem costumava levá-la a Bananal. Por que não pergunta a ele? O garoto ainda segurava a bula, pensava alto: Esteve na cidade ao meio--dia. Deve ter saído daqui às onze, onze e meia. Depois de passar na farmácia voltou... voltou para cá, caso contrário a nota não estaria aqui. Uma da tarde, ao redor da uma. Levantou-se, depositou a bula sobre a cômoda e pegou a notinha fiscal que encontrara no jeans endurecido. Leu-a de novo. Lançou um olhar ao carrinho de quinquilharias, prestes a voltar até ele, mas se conteve. Tive vontade de lhe perguntar se queria esconder algo de Eugênio; esperava que não fosse de mim — eu não ia mais abandoná-lo até descobrir.

Olhamos ao redor do quarto; aparentemente, nada restava a ser descoberto. O garoto fechara de volta as gavetas da cômoda, a primeira continuava entreaberta, talvez emperrada. Entre minhas qualidades, posso dizer que prezo alguma ordem. Aquela gaveta mostrando as gengivas era para mim uma provocação. Virei-me de costas para a cômoda e, com o lombo, dei-lhe uma trancada. A reclamação da madeira antiga, a cômoda bambeou nas pernas finas, bateu na parede e voltou. Algo rolou dentro dela.

Escutamos aquilo ao mesmo tempo, o garoto foi o mais rápido ao abrir de novo a gaveta. Agora a vela fazia algo brilhar lá dentro. Ele o alcançou com extrema cautela, como se tomasse um escaravelho, levou-o à altura dos olhos com a ponta dos dedos, a argola amarela e estreita, uma pedrinha cor de rubi entre o delicado suporte dourado. Um anel de quermesse.

— Meu anel..., disse o garoto, olhos vidrados, podíamos quase apalpar seu desamparo, aquela insegurança rósea por baixo da casca rachada. Meu anel, disse ele de novo. Estendi a mão, ele relutou antes de entregá-lo, o fez porque havia perdido a autoridade, aquele quarto não era mais seu, a garota não queria mais ser encontrada. Girei o anel entre os dedos, aproximei-o da vela para decifrar as letrinhas gravadas na banda interna, escurecidas pelo uso. Carlos e Carla. O garoto parecia ansioso em recuperá-lo. Olhou de novo para se certificar, falou sozinho: Ela sempre tira o anel quando trabalha, é isso, por isso é que está aqui. Rasga as luvas, ela mexe com produtos corrosivos, é isso, ela estava no meio de algo, na quarta-feira se preparou para trabalhar, ou estava trabalhando...

— Ela pode ter esquecido o anel, não?, disse Eugênio. Carlos negou com a cabeça, depois pareceu em dúvida. Os olhos estavam de novo estreitos, ativos, ele voltara a concatenar os pensamentos, cobria as possibilidades. Quarta-feira. Não dormiu durante a manhã. Em algum momento tirou o anel, deixou o quarto para trabalhar. Estava na casa na quarta à noite, portanto. Depois disso, não apareceu mais.

— Conjecturas.

O garoto inclinou a cabeça, ainda pensando. A seguir disse, Algo aconteceu nessa casa e dr. Ricardo precisa saber. Tenho de contar a ele. Contar o quê?, falou Eugênio. O garoto pôs o anel e a nota no bolso, tomou a bula também, deu uma última olhada no quarto. Que papéis são esses que você pegou?, disse Eugênio. Tem autorização? O garoto já se adiantava para fora. Tudo parecia um pouco absurdo. Eugênio a mim: O que ele pegou? Carlos subiu as escadas de dois em dois, só parou no alto porque a vela ameaçava apagar. Nós o alcançamos. Uma porta bateu no porão, ouvi a voz de Felipe perguntando o que acontecia.

As paredes da sala de jantar eram infinitas. Na ponta extrema da mesa, o velho estava sentado com os braços derramados sobre o tampo, cercado de um lado por Yolanda e de outro por Mauro e a mulher. Isabel reclamava de algo com eles, descontente, parou ao ver o garoto se adiantar. Empertigou-se, avançou alguns passos e perguntou que confusão era aquela. Estavam numa conversa particular, o pai não podia falar agora. O velho ergueu apenas a palma para que se calasse.

Carlos começou um pouco atrapalhado a falar dos comprovantes de pagamento. Contou da ida a Bananal, uma compra na farmácia. Ergueu o anel entre os dedos. Atrás de mim, louças clicando. Virei-me e vi Fátima a meio caminho com uma bandeja e o aparelho de chá, parada ouvindo, assim como Felipe ouvia, e mais alguém que despontara na copa e se parecia com a pequena, aliás, *era* a pequena, mas era também um ser noturno: seus olhos brilhavam no escuro.

— E daí?, falou Isabel.

O garoto disse que havia outras coisas. Preferia falar a sós com dr. Ricardo. Que petulância, disse Isabel, mas ao mesmo tempo olhou o pai, em busca de uma autorização que ele não deu.

— Ricardo! Você está exausto! Quase dez da noite, meu Deus. Mais uma reunião? De novo esse assunto? Sua pressão está alta, Ricardo.

Yolanda comeu os beiços impermeáveis, apertou o espaldar do marido e mirou a filha. Isabel se reavivou para falar que não achava justo o pai dar ouvidos àquele moleque que mal conheciam. O que é tão importante que não podemos saber? Somos uma família. Mauro ponderou que conversas daquele teor dariam insônia a dr. Ricardo, e ele bem que precisava de um repouso tranquilo. Por que não resolver tudo pela manhã?

O velho indicou a bengala. Deu um sorriso moído. Disse enfim que poderiam conversar no escritório. O escritório brilhava como a entrada do inferno.

11.

O corredor adernava, tive de me apoiar nas paredes com meu celular aceso para chegar ao vestíbulo e a seguir, expulso pelos fantasmas que batiam os pés no forro, até a sala de jogos, à esquerda, onde haviam acendido velas e conversavam em risinhos. Julia estava largada na cadeira estofada, lânguida como um legume muito cozido, e soltava jatos de fumaça para o alto, até o fim dos pulmões, Nossa, como eu precisava desse cigarro. Eu não parecia convidado, puxei outra cadeira e me sentei assim mesmo. Jorge e Ana, Julia e Felipe; trocavam olhares como casais íntimos. O primo manejava um bloco de cartas que pressupunha quatro ou mais baralhos, Ana tinha os cabelos molhados, penteados para trás; parecia tão exausta quanto Julia; talvez menos. Quando me sentei, o personal trainer baixou os olhos para o chão — constrangido, supus, porque sabia que eu estivera abaixo do seu quarto naquele momento crucial.

— O que vocês estão jogando?

O feltro verde era como um pesadelo recente. As irmãs haviam estado em Punta del Este no verão passado, lá compraram um conjunto de fichas em caixa metálica, estojo aveludado, que simulavam à perfeição — o mesmo peso, o mesmo clicar cerâmico — as das mesas de feltro bordô dos crupiês uruguaios com cara de índio. Julia cortou o maço; Felipe a seguir o encaixou num distribuidor de cartas transparente e descartou algumas delas, num ritual que me era estranho.

A sala parecia um bordel, com a luz baixa das velas, o distribuidor completo, garrafa de uísque num canto da mesa.

— O que vocês estão jogando?, perguntei de novo.

Mauro apareceu na porta, atrás de mim, observou o que fazíamos. Quis saber onde estava Isabel. Eu me virei, disse que na mesa de jantar. Ele não me ouviu. Eu de fato estivera com ela até alguns minutos antes, esperando que o garoto saísse do escritório. Suportei primeiro o sopro de suas bufadas, e a forma como olhava repetidas vezes o relógio. No início, Eugênio estivera conosco. Depois se levantou, disse que ia tomar banho e dormir, rumou devagar até a copa. O escritório, a portas fechadas, tinha o silêncio de uma tumba. Isabel olhou de novo o relógio; Fátima trouxe o aparelho de chá, apenas uma xícara. Quando me levantei para finalmente buscar Julia, Isabel nem pareceu me notar: bebia em goles pequenos, fitava a parede à sua frente. Falei que voltaria em pouco tempo, ela apenas ergueu uma sobrancelha em desdém. Disse de novo a Mauro que sua mulher tomava chá da última vez em que a vira. Ele me olhou, depois olhou a mesa, esboçou meio sorriso ao ver Julia expelir mais fumaça do cigarro. Você sabe, disse ele, seu pai tem olfato apurado... Ela devolveu o sorriso pela metade.

Mauro puxou uma cadeira, olhou as cartas no distribuidor, as fichas empilhadas, perguntou o que íamos jogar. Estamos tentando ensinar ao namorado de Ana as regras do *chemin de fer*, disse Julia. Mauro pediu um cigarro, ela fez deslizar o maço pelo feltro. Mauro sacudiu-o, tirou um. Colocou-o no bolso da camisa. Não vai fumar? Ele sorriu. Lá fora. Você é mesmo um bundão, disse Ana. Julia riu. Tem muito medo de papai. Ele ergueu as sobrancelhas, disse algo sobre ter medo e estar vivo. Perguntou quem estava no jogo.

— Eu, Julinha, Felipe e Jorge, se ele aprender a jogar.

— E eu também, falei.

Julia riu, soltou mais fumaça para o alto. Você? Vai apostar o quê?

Coisas se comeram e foram comidas dentro de mim. Eu me agitei na cadeira, Mauro pareceu surpreso com meus espasmos, ergueu ainda mais as sobrancelhas sorridentes. Eu agora me sacudia desajeitado, puxei a carteira recheada do bolso da bermuda. Peguei uma fatia de notas emprestadas de mamãe e as atirei aflito naquele feltro miserável; minhas bochechas queimavam. Calma, Romeu, disse Mauro. Eles riram. Pois podiam ficar com aquela casa mofada, com aquele historicismo de butique. Mais uma vez, o musculoso personal trainer de reações delicadas preferiu não participar. Havia entrelaçado os dedos com força e, se pudesse, sumiria debaixo da mesa.

Felipe puxou o dinheiro, contou. Duzentos reais. Não esboçou reação; brincava de crupiê, separando fichas rosadas. Olhou para os lados, sugeriu que aumentassem o cacife para duzentos. Eu me reclinei na cadeira, braços apoiados no encosto; queria esboçar um sorriso orgulhoso, mas era difícil enganar os demais jogadores. Eu me mastigava internamente pelo dinheiro transformado em plástico. Perguntei, com tranquilidade suada, como se jogava aquilo.

Ana encheu para mim um copo de uísque sem gelo. Disse que era um jogo simples. Cada pessoa recebe duas cartas. Jorge, preste atenção também.

Mauro fez uma expressão de enfado e a interrompeu: quis

saber de Felipe como estava Pilar, se havia melhorado. Felipe anotava valores num caderno infantil espiralado, depositou a caneta delicadamente sobre o papel e cruzou os braços. Encarou Mauro como se já estivesse jogando, ponderou, disse então que ela estava indisposta. Comeu algo estragado? Não, não comeu. Tomou muito sol? Felipe o avaliou de novo em silêncio. Não, talvez esteja com um começo de resfriado; sua pressão estava um pouco baixa. Não vai comer nada? Um pouco de sal talvez ajude. Ela não *quer* nada.

Julia esmagou o cigarro num copo vazio, soprou a última fumaça. Disse que estava pronta. Felipe perguntou se Mauro ia jogar. Estou apenas olhando; vou fumar o cigarro primeiro. Aliás, agora que estamos falando de Pilar, dr. Ricardo parecia bem interessado nela. Ele já a conhecia?

Felipe parou de novo, soltou um suspiro. Disse que achava muito difícil; aliás, impossível. Mauro o media, um pouco irônico. Vejo que o assunto da namorada o desagrada um pouco.

— Não, não me desagrada. Estamos nesse exato momento falando dela, não estamos?

— Ah, esqueça essa garota, falou Julia. Ela está dormindo, deixe ela dormir — gole do uísque.

Minha lânguida, detestável Julia.

Ajeitei as fichas em torres monocromáticas.

Ana falou, O *chemin de fer* é uma variação do bacará. Seu objetivo é simples. Preste atenção (a Jorge). Completar, com suas cartas, o número de pontos que mais se aproxime do nove. O apostador que chegar a nove, ou perto dele (sem ultrapassá-lo), ganha.

— Parece simples, disse o personal trainer. Quantas cartas, mesmo?

— Duas, disse Julia. Piscou os olhos de impaciência e puxou outro cigarro.

— Mas, dependendo das circunstâncias, você pode pedir mais uma à banca, falou Ana.

— Não se apresse, falou Felipe. Deixe eu contar na ordem certa, ou ele vai se confundir.

— Ele já está confuso, disse Julia, e puxou a fumaça.

Felipe posicionou o distribuidor à sua direita, um pouco à frente do caderno. Talvez seja melhor jogarmos uma rodada de demonstração. (Ana fez que sim.) Nessa rodada eu sou a banca. Primeiro, estipulo a aposta inicial. A cada vitória minha, a aposta dobra. Se eu perder, passo o banco para o jogador à direita. É assim que se joga.

À sua direita estava Julia, que afastou o cigarro e riu para ele. Me deem essa banca que eu acabo com todos vocês. Felipe riu de volta. Entendiam-se como um casal multimilionário jogando tênis em Antibes. Ele disse, Depois de estipular a aposta, o jogador à minha direita deve decidir se aceita ou não enfrentar a banca. Se não aceitar, a aposta é passada ao próximo, e assim por diante.

Depois de Julia eu era o próximo, mas Felipe não se dirigia a mim. Jorge Alexandre tinha a boca pendente, eu podia ouvir o estalo de suas engrenagens enferrujadas. Perguntou o que era bacará. Os olhos de Felipe demonstraram uma impaciência aquosa.

— Jogue logo, disse Julia.

Felipe definiu a aposta inicial em cinquenta reais. Depois propôs a Jorge Alexandre que jogassem a primeira mão — Finja que os outros declinaram, e você concordou. O jogo é entre nós.

O personal trainer hesitou antes de concordar; quis se certificar de que ainda não valia dinheiro. Não, eu *disse* que não. Felipe lhe passou duas cartas, faces para baixo, e tirou duas para si. Jorge Alexandre virou-as assim que alcançaram suas mãos. Um rei e uma dama. Ele sorriu. São fortes, não são? É minha sorte de principiante. Mauro riu impaciente. Julia soprou a fumaça e também riu. Ana disse: Jorge, me ouça. É importante: as cartas com figura valem zero. Entendeu? Veja as suas: dama, zero. Rei, zero. *Bacará*, é o que se diz. Zero. Teria perdido de qualquer um de nós. Sobre as outras cartas, o ás vale um. As numeradas de dois a nove valem o que está escrito. O dez vale zero. Se você tivesse recebido um dois e um sete, por exemplo, faria nove pontos. Sua situação seria bem diferente.

Felipe virou as suas. Um nove de ouros e um cinco de paus. Ana disse, A somatória dá catorze, mas o que vale é só o segundo dígito. Então ele tem quatro pontos, entendeu? Está mais perto do nove do que você.

Jorge Alexandre enrugou as sobrancelhas e disse que nunca tinha ouvido falar naquele jogo. Ana não lhe deu atenção. Disse, Se as duas cartas somadas completam oito ou nove pontos, o jogador deve virá-las imediatamente, e ganha a partida. É o que chamamos de um *natural*. Se elas chegam no máximo a quatro pontos, como no caso de vocês, o jogador deve pedir uma terceira carta. Se somam seis ou sete, ele não pode pedir nenhuma.

— E se somarem cinco?, perguntei.

— Nesse caso, cabe ao jogador escolher, falou Mauro, passando a mão no rosto.

— Saber qual decisão tomar é uma arte, disse Julia.

— É o que define o vencedor de um diletante, disse Mauro.

Felipe puxou uma carta do distribuidor e a lançou a Jorge com a face para cima. Um seis. Depois puxou uma para si. Cinco de copas.

— *Le grande*, disse Julia, e bateu as mãozinhas.

— Felipe nunca perde.

— Parece sorte, falei.

Me olharam como se eu fosse idiota.

— Você se engana, disse Felipe. A sorte é um componente menor nos jogos de azar.

— Felipe é muito inteligente, falou a pequena, ainda irritada com minha observação. É necessário uma mente matemática para vencer as partidas. Todas essas estatísticas...

— E ele tem uma memória muito boa, falou Ana. Fotografa mentalmente as cartas, a sequência dos descartes.

Felipe suspirou, como se não falassem dele. Disse que todo aprendizado demandava foco e dedicação. O bacará, ou sua variação, o *chemin de fer*, é o jogo que abre a maior possibilidade de bater a banca nos cassinos. As margens de vantagem da banca, se bem me lembro, são de 45,8%. As do jogador, 44,6%. Não há nenhum outro jogo com uma diferença tão pequena.

— E no entanto a banca tem sempre vantagem, falei. É por isso que você ocupa essa posição?

Silêncio. Ana comentou que Felipe estava apenas fornecendo dados adicionais, a título de *curiosidade*; se eu não quisesse, não precisava jogar. Julia disse, um pouco esganiçada, que ficava pasma de como o primo podia se lembrar de tantos números.

— É preciso aprender a filtrar as informações úteis das desnecessárias, falou ele. Eu consigo limpar de minha memória tudo o que é supérfluo. É um exercício diário.

Propôs a seguir que fizessem a primeira rodada com uma aposta baixa, digamos, cinquenta reais. Jorge Alexandre queria jogar algumas outras vezes sem dinheiro; pegar o ritmo da coisa. Mauro bufou, encobriu o rosto com as mãos. Apalpou depois o bolso da camisa, certificando-se de que o cigarro estava lá, e se levantou. Não aguento mais ver isso; vai amanhecer, e vocês ainda estarão assim, decidindo se apostam feijõezinhos.

Esperamos que saísse. Ana comentou que Mauro não estava bem. Muito nervoso com toda a história da venda. Ele quer mostrar que entende tudo, que controla as coisas, mas não tem estofo suficiente. Chega a primeira crise, e ele se dissolve por dentro. Felipe empurrou as fichas para o centro da mesa. Disse que Mauro não lhe parecia tão nervoso. E depois: Cinquenta reais, só para aquecer. Perguntou se Julia iria. Estou terminando o cigarro, falou. Deixe Jorge Alexandre aprender.

Acontece que eu estava entre a pequena e o personal trainer e, pela sequência do jogo, *eu* devia ser consultado primeiro. Felipe notou meu olhar inquieto, esperou que eu reclamasse. Catei algumas fichas e as lancei com displicência no feltro. Estou dentro.

Felipe atirou duas cartas para mim, pegou as suas. Como um profissional, ergui as abas de cada uma, estalei-as de volta no feltro, cruzei os dedos sobre elas. Uma dama e um sete. Sorri. Pelo que havia entendido, não era um jogo calamitoso. Felipe desvirou as suas: um oito e um rei. Julia disse, um *natural*; o banco ganha. Parecia genuinamente feliz. Ele puxou as fichas, pediu um cigarro.

— Agora a mesa é de cem reais, disse ele.

Julia recusou novamente a aposta, espremeu o cigarro no copo vazio. Felipe me olhou. Eu queria meus cinquenta de volta. Novamente as fichas, novamente as cartas. Perdi.

— Querido, assim você vai se afundar mais rápido do que nós em Punta del Este, disse Ana.

Jorge riu, aliviado de não ser ele a abrir mão de cento e cinquenta em questão de minutos. As velas ardiam menos, ou eram meus olhos que as obscureciam. Felipe me observou curioso. Soprou a fumaça. Duzentos reais, disse ele. Se continuar assim, vou me cansar de ser o banco.

Rá-rá-rá, rá-rá-rá.

— Ah, que graça. Você também é piadista, falei.

— Você não viu nem a metade.

Me olhou como se me hipnotizasse. Eu tampouco pisquei.

Ana pediu que Felipe baixasse de novo a aposta para cinquenta, os meninos estavam apenas aprendendo. Julia, a voz desafinada pela bebida, comentou algo sobre eu passar o tempo lendo livros, mas ser incapaz de lidar com a realidade. Que realidade?, falei. Essa realidade? Ela riu de novo. Uma coisa levou a outra. Talvez tenha sido o calor. Talvez a forma irônica como Felipe me olhava, ou uma piada de Ana (até ela!) que punha em dúvida minha solvência. Falei, ao mesmo tempo em que as risadas silenciavam (e o silêncio é o nosso maior inimigo), que pelo menos eu não ganhava meu dinheiro vendendo *bebedouros*.

Ouvimos a chuva ansiolítica e outro barulho ao fundo, gordo e grave, que não pude identificar naquele momento. Felipe batia a caneta no bloquinho como um metrônomo, me considerava. A água, Mariconda, está na base da vida. Dois terços do planeta são de água. Noventa por cento de nosso corpo é formado por água. Pousou a caneta, entrelaçou os dedos com olhar magnético. As guerras do futuro serão travadas por água, exclusivamente por água.

— Veja Israel, começou Ana, que construiu aquelas lavouras no meio do deserto— ele a cortou; não havia terminado.

— *Bebedouros*. Você não sabe nem o começo da história. A Brasfil conduz estudos de ponta de novos sistemas de nanofibras e dessalinização; financiamos um departamento de pesquisa em Campinas. Veja, Mariconda, a peculiaridade de sua posição (e Felipe sorriu; olhos de água envenenada). Nós ainda estaremos fabricando bebedouros, como você diz, quando o último livro for impresso.

— Felipe sempre falou que o livro é algo totalmente *acrônimo*; ainda mais nos dias de hoje, disse Julia.

— E o fim do jornal.

— A coletivização do conhecimento em rede.

Julia soltou um jato fino de fumaça de seu terceiro cigarro, ordenou que Felipe começasse logo uma nova rodada.

— Voltamos então a cinquenta reais, para que o nosso amigo Mariconda possa continuar, disse Felipe.

Acenei que não entraria mais. Ana disse para esquecermos tudo aquilo, e pediu que Jorge Alexandre jogasse daquela vez. Ele aceitou. Recebeu suas cartas. Olhou-as, pediu mais uma, que Felipe atirou com a face para o alto: um seis. Esperei com olhos fixos, queria que aquele professor de ginástica tivesse a pele arrancada como a minha, mas ele ganhou.

Puxou as fichas com os dedos peludos, *minhas* fichas. Julia riu; esticou os bracinhos para que Felipe lhe desse o distribuidor de cartas. Ele havia perdido, *ela* agora era o banco. Felipe reclamou que haviam mudado as regras; da ordem dos apostadores à quantia apostada. Julia riu de novo, disse que o problema era *dele*; ela não ia baixar as apostas só para alegrar as crianças. O primo contou suas fichas em silêncio. Fez uma anotação do caderninho, tomou o último gole de uísque e se levantou.

— Como? Não vai mais jogar?

Disse que estava cansado, ia tomar um pouco de ar fresco, e passou por nós em direção à porta.

— O que é, não aceita brincadeiras?, disse a pequena, para a sombra no vestíbulo.

— Ele é muito competitivo, disse Ana.

Ouvimos que cumprimentou rapidamente alguém no escuro; depois apenas a voz de dona Yolanda, mais próxima, perguntando se as meninas estavam ali. Julia amassou o cigarro no copo, soprou uma última fumaça e abanou o ar. A mãe viu seus movimentos, perguntou que cheiro era aquele; não devia sentir mais nada pelas narinas de plástico. Julia disse que era Felipe, que fumava quando o pai não estava. A mãe falou, se Ricardo soubesse que elas fumavam, estariam em sérios problemas. Vocês sabem como ele é... Depois comentou que cruzara com Felipe, ele parecia mal-humorado. Dissera a ela que ia descer, ver como estava a namorada dele.

— Pensei que ia tomar um pouco de ar, disse Julia.

— Ah, minha Julinha, você acredita em tudo o que ele fala, disse Ana. Deixe ele ver a namorada em paz.

— Não é namorada.

— Você viu, mamãe? Como Julinha se irrita?

A mãe não as ouvia. Sentou-se à mesa, afastou o copo vazio. Reclamou que o marido ainda trabalhava àquela hora da noite, a porta do escritório continuava fechada, o que tanto conversavam? Nunca deveríamos ter deixado aquele menino se trancar com Ricardo, ele está sendo muito exigido, por todos vocês — todos, todos, dando opinião, querendo uma conversa particular, pedindo favores, falando mal dos outros... Ricardo está *muito* cansado e vocês não o ajudam.

Ana tentou falar acima da ladainha. Incriminava Isabel, dizia que *ela* infernizava a vida de papai, *ela* tentava favorecer o marido, era impressionante que a mãe não percebesse. Você e papai sempre foram assim; deram tudo pra ela. Porque é bonitinha, *finge* que faz tudo o que ele manda. Ora, minha filha, seu pai deveria ter educado vocês melhor, essa é a verdade. Ele sempre mimou muito vocês, todas vocês, ele—

Julia reclamou que não era mimada, não estava pedindo nada do pai — a mãe não podia julgar as três irmãs como se fossem as mesmas. Quem pedia, ali, era Ana. Ana tentou encobrir a irmã com uma risada possante e disse, Você, Julinha, é a mais mimada de todas.

A mãe insistiu que não brigassem. Julia disse que não aguentava aquelas mentiras. Nunca pedira nada a ninguém, ao contrário de Ana, que queria montar uma *academia* para o namorado.

— Academia? Quem falou em academia? Você não pede nada para os seus namorados porque *não dá tempo*; nunca ninguém fica com você por mais de uma semana.

(Eu e Jorge trocando olhares amistosos e constrangidos.)

Julia empurrou o distribuidor de lado, saiu batendo firme os pezinhos e deixou a sala.

O silêncio durou pouco. A mãe se dirigia a mim ao falar que o temperamento de Julia era difícil, sempre fora, desde criança (não é, Ana?), uma bebezinha linda e birrenta, não digeria o meu leite e só dormia no colo das babás. Mas na verdade é uma menina muito especial, é uma flor delicada, é preciso que as pessoas tomem conta dela. À primeira vista parece impulsiva, mal-educada, egoísta, mimada, (*Carente*, disse Ana), carente, não consegue se relacionar com ninguém por muito tempo, e quando terminou o colégio — você se lembra, Ana? — teve aquela doença horrível, os médicos não podiam encontrar as causas, acreditavam ser *estresse*, veja você, uma menina com estresse. O pai ficava irritado, só piorava a situação, ele acha que tudo é culpa da falta de força de vontade das pessoas, o pai delas não é fácil, eu sei, mas essas minhas meninas... brigando por nada, e agora exigindo tanto dele, meu Ricardo está exausto—

Vi Jorge Alexandre colocar no bolso a nota de cinquenta que fora minha, quis recomeçar aquele jogo, e quando ouvi um estalo ao fundo olhei para cima em busca do fantasma. Era como se a madeira do forro tivesse rachado, notei que o personal trainer olhava na mesma direção, em seguida nos encaramos.

Ana dizia que a mãe fora muito precisa ao descrever a irmã, mas se esquecera de mencionar que Julia era também cabeça-dura. Não aceitava receber ordens, fazia o que bem entendia, não dava valor ao dinheiro e bebia demais (Não fale assim da sua irmã), Mas é verdade, mamãe, Julia nunca fez nada sério na vida, é como se tivesse cinco anos.

Jorge Alexandre pôs a mão na sua. Perguntou se tinha ouvido aquilo. Aquilo o quê? Dona Yolanda reclamou que a casa estava cheia de ratos, ratos *desse* tamanho. Ela já havia pedido mais de uma vez que Ricardo chamasse uma *boa* empresa de de-

detização, Isabel até ameaçara não trazer mais as crianças com medo de leptospirose. Mas você viu quanto eles cobram?

Ana olhava o teto na dúvida; *ela* não tinha ouvido nada. Perguntou se não podia ser algo caindo em algum outro cômodo. O som viajava de modo estranho na casa.

Ficamos inteiramente em silêncio. Não sei quanto tempo se passou. Notei de novo o rugido grave ao fundo, como o som indistinto de uma rodovia movimentada. Perguntei se era a chuva. Ana fechou os olhos, meditativa. Não; é o rio. Contemplamos com horror a massa de água arrastando troncos, animais, casas, montanhas — toda a terra consigo. Vejam, falou dona Yolanda, estou arrepiada.

Foi então que escutamos o segundo espocar. Inequívoco desta vez, contra o próprio murmúrio do Estige.

Dona Yolanda apertou a mão entre os seios caídos, perguntou o que era aquilo, aquele barulho. Jorge comentou que podia ser um fusível estourado, a luz tentando voltar, Ana saltou da cadeira, apertou a mãe, pediu que se acalmasse, não era nada, logo saberiam o que era, mas seus olhos passavam por nós tão desvairados que o personal trainer também se levantou com brusquidão e a cadeira desabou atrás de si, era o sinal que esperávamos para sair os quatro ao mesmo tempo, deixando estupidamente as velas para trás, e, num momento que hoje eu diria cômico, não conseguimos passar pela porta. Tentamos outra vez, eu estava colado a Yolanda, sua pele era como uma camada de neoprene agarrada à minha, Jorge Alexandre havia saído, avançou demais para o centro do vestíbulo e derrubou a mesinha, ouvimos a jarra se partindo em infinitos pedaços sobre o tapete. A luz da sala de jantar nos guiou tateantes pela longa passagem escura, que se alongava conforme avançávamos, cada um preso no pesadelo dos outros, eu não sei novamente quanto tempo se passou, mas ocupamos palmo a palmo o caminho com nossos corpos sobrepostos até que finalmente despontamos na sala.

Um único candelabro desdentado queimava na ponta mais distante da mesa. Fátima, a empregada, estava a meio caminho, abraçada à bandeja como a um escudo. Mauro estava na porta do escritório e forçava a maçaneta. Ele se sacudia com os punhos presos ao metal, parecia eletrocutado, mas a porta não se deslocava um milímetro — não se fazem mais portas como antigamente. Gritou por dr. Ricardo, deu tapas na madeira escura.

Virou-se ao ouvir os gritos de dona Yolanda, sua testa salpicada de pontinhos brilhantes, o cabelo armado para cima. Olhou-a assustado, como se não a reconhecesse. Depois fixou-se em Ana. Voltou a si e gemeu. *Ana, aconteceu algo aqui dentro, aconteceu algo.* Fátima deu mais dois passos para trás, deteve-se no andaime quando passamos apressados por ela. Ana apertou a maçaneta, tentou o mesmo movimento de Mauro. Gritou que Jorge Alexandre fizesse alguma coisa. Ele abriu espaço, apertou as mãos de braços musculosos, sacudiu-se apoiado na maçaneta como os demais antes dele. Dona Yolanda batia na porta, chamava o marido, perguntava o que estava acontecendo lá dentro.

Nossos gritos acordaram primeiro Eugênio, que surgiu da copa de chinelos e o mesmo conjunto de moletom.

— Está trancada por dentro, disse Jorge Alexandre.

Para nossa surpresa, logo em seguida, vindo do corredor, despontou o garoto, um pouco sonolento, ajeitando os óculos, curioso com nossa movimentação.

— O que *você* está fazendo aí?, perguntou Yolanda.

Ele disse, um fio assustado de voz, Faz tempo que eu estava no quarto, estava dormindo, estava— *O que você fez com meu Ricardo?* Ele não entendia e me olhou confuso. *Eu* me sentia confuso, uma criança sob a lona quente de um circo, me perguntando de onde o mágico surgira.

Nosso barulho antes da aparição do garoto nos impedia de ouvir o que ocorria lá dentro. Ao nos calar, finalmente entendemos. Era horrível. Um gemido bovino, longo, seguido por uma tosse sufocada, e o grito agudo que os porcos dão quando arrancam seu ventre (me enfiei pela sala seguindo os mais velhos, eu não tinha mais de sete anos, e uma das cinco filhas do caseiro me ergueu nos braços — pela janela basculante do banheirinho eu via — o porco ensanguentado nos fundos da terra batida — tampe os olhos, a dó alonga sua morte — a menina com cheiro de alpiste, seu bafo quente congelando minha nuca — o porco dava patadas com a faca afundada no dorso — meu tio fazendeiro com chapéu de palha e meu irmão ao lado dele, tão pequeno e já sem medo — o sangue nas mãos do caseiro e os gritos do porco). Esperávamos que os urros parassem, eram insistentes, buscavam força e vibravam de novo até dentro dos ossos.

PARTE 2
Das aparições

12.

Através de seus olhos vidrados Humberto vê a imagem do avô de lábios bicudos, contrariado no sono, a pele cinzenta, de papel, o rosto despontando no mar de crisântemos, braços cruzados sobre a barriga (a camisa de brim com dois bolsos e botões de plástico), mangas fechadas como nunca havia usado e por fim, depois de mais flores, as pontas de lona azul e a faixa de borracha branca dos tênis *yacht* que a mãe insistira em calçar — suas roupas mais confortáveis, dissera ela, apesar do aperto que parecia sentir no caixão. Tiveram pudor ao ver o preço de cada modelo, os mais baratos assustavam pela precariedade. O investimento deste aqui (dissera o vendedor) é um pouco maior, mas pode ser parcelado em até oito vezes, e vejam o trabalho na madeira (alças frágeis de latão com parafusinhos tortos no compensado acaju de rebuscamento pré-fabricado). O funcionário de macacão manchado apertara o véu com tachinhas nas bordas, uma mosca havia se infiltrado por entre os vãos e tentava escapar, coçando os olhos sobre o peito azul-escuro do velho, pulando para o queixo, voltando a um dos bolsos da camisa. O avô pedira uma vela natural queimando ao lado de sua cabeça, uma única, para guiar seu caminho, mas o velório havia sido confuso, Humberto não estava pronto para a burocracia, tentava apenas sobreviver em meio à papelada (onde estava o irmão?), não era fácil encontrar velas nos arredores do cemitério (pensava ele) e, portanto, não se opôs às duas lampadinhas piscando com uma luz tangerina nos soquetes de plástico, imitação de cera escorrida nas bordas, a superfície escura de tanto manuseio. Interpelado por um vendedor de plantão havia também comprado uma coroa de flores, mas quando o sujeito chegou com o arranjo, e o despejou sobre a cadeira, pareciam roubadas de outro enterro, amarradas com pressa sobre uma cruz revestida de papel-alumínio, e Humberto só notou o erro — gargalhando na cara dele — quando o vendedor já havia partido em sua Kombi: *Saldades do querido pai e avô*, em letras douradas sobre a fita branca.

Pisca os olhos de volta ao casarão, mas não se aproxima da morte no escritório. É como se a noite não passasse mais. Haviam arrastado dona Yolanda para o quarto de casal, e o que fica para trás é a esteira de um tornado. Ele se lembra: dos berros e dos tapas na porta — as irmãs disputando o espaço e batendo, implorando. Isabel se curvou e falou pelo buraco da fechadura que o pai girasse a chave, que os deixasse entrar. De novo o silêncio, e unhas terríveis do lado de lá arranharam a base da porta, Isabel saltou para trás como se fosse em seus pés. Ouviram um choro, um pedido fino de ajuda. Ainda tem alguém lá, disse Mauro muito nervoso e sacudiu a maçaneta outra vez.

Fátima correra a chamar Dalva e o caseiro. Os três voltaram receosos — Dalva na frente, agarrando as abas do robe salmão que devia ter sido de dona Yolanda, Geraldo por último, os passos duros de um morto-vivo tirado a contragosto da cova.

Por insistência de Ana, Dalva teve de voltar à cozinha e pegar seu molho de chaves, apesar de repetir que não tinha uma que abrisse o escritório, não tinha, aquelas eram fechaduras antigas, Veja, as minhas são todas pequenas e novas, mesmo assim Ana a obrigou a tentar. Geraldo estancou ao lado dela, forçou também a porta, parou, parecia pensar mas podia estar dormindo. Dalva ordenou: Vá até a oficina e pegue algo que preste. Ele se afastou com um rastro adocicado de álcool. Isabel gritava que era um *absurdo* não terem as chaves de todas as portas de casa. Dalva estalava os lábios, testava sem convicção outra chavinha e repetia: Não, não temos mesmo.

— Abra a porta, papai!

Jorge Alexandre e Mauro tentavam afastar dona Yolanda. Se ainda houver alguém aí dentro, o que vamos fazer?, perguntou Eugênio. Pode estar armado, disse Humberto. Vai sair atirando, esclareceu Eugênio. Ao falar isso, se convenceu de que também ele devia estar preparado e desceu pela copa até o porão. Voltou com o rosto pálido, segurando molemente uma das pistolas que recarregara à tarde. Falou: A outra *sumiu*. Não a encontro em lugar nenhum. No minuto seguinte Felipe estava com eles — a mesma roupa de antes —, queria organizar os esforços de salvar dr. Ricardo mas primeiro tinha de vencer Mauro na disputa das ordens. E no minuto depois desse longo minuto Julia zanzava tonta entre as irmãs, pedindo que alguém lhe explicasse por que o pai não abria a porta. A essa altura, o velho não gritava mais.

O caseiro voltou. Trazia algo negro e brutal. Os joelhos de dona Yolanda fraquejaram nesse momento. Os sujeitos pensaram que seria fácil. Mauro tomou a marreta das mãos de Geraldo, ergueu-a bufando e desferiu um golpe que arrancou a maçaneta como se fora de papel. Puta merda, disse ele, como esse negócio pesa, e ajustou a marreta na horizontal, enfiou-a duas vezes contra a porta. Ofegante, passou-a ao personal trainer, que a projetou uma, duas, três vezes, mudou a empunhadura, uma, duas, três, a porta tremia mas não se deslocava.

Até Humberto tentou — aqueles músculos do braço que ele nunca usara, o topete que chacoalhava mas não se desfazia. Devolveu-a finalmente a Geraldo, que fungou e a tomou com facilidade numa das mãos, distância de um passo, um giro e um golpe tão contundente no trinco que a madeira estalou como ossos quebrados. Dona Yolanda gritou e Geraldo ergueu de novo o instrumento, a respiração marcada, gotas de suor, a segunda marretada fez o trinco ceder, e a porta correu nas dobradiças, bateu em algo macio e voltou. A pistola parecia viva na mão de Eugênio; Mauro mandou que virasse o cano para lá. Os homens estavam apertados uns contra os outros à espera do que viria do escuro, o buraco soltou um bafo de fumaça e carne queimada. Geraldo largou a marreta no chão e entrou sozinho.

— Acorde, lave o rosto, faça alguma coisa de útil, falou Mauro, ao passar por mim.

Eu disse que sim como um boneco e esfreguei os olhos. Continuei por um tempo sentado à mesa, vendo a criadagem passar com cobertores velhos. Dalva havia acomodado um lampião na prateleira do escritório, desdobrara o jornal que Julia trouxera e o espalhara sobre as poças de sangue. Estávamos protegidos do corpo por um lençol. Antes Mauro fizera menção de entrar mas Dalva pediu que tomasse cuidado, havia *muito* sangue no chão.

Fátima sumiu de novo na cozinha e voltou com um pano úmido. O garoto a viu percorrer metade da sala e finalmente disse, alto, que não podiam mexer assim na cena do crime. Isabel, sentada na ponta da mesa, o fitava mas não o ouvia; estava muito ereta, um copo de água com açúcar imóvel na mão. A cena do crime, repetiu o garoto; ela não pode mexer na cena do crime. Fátima disse, Eu só vou limpar em volta do — e parou, à espera de que Isabel falasse. Depois olhou Mauro. Mauro pareceu voltar a si. O quê? O quê? Suspirou. Explique isso a Isabel. Eu não me meto. A empregada a olhou de novo, à espera de instruções; a mulher nem piscou os olhos.

— Querida?

Nesse momento Ana voltou do corredor íntimo (Como está dona Yolanda?, perguntou Mauro) e gritou com Felipe. Dera-se conta de que a única pessoa que até agora não havia aparecido era Pilar. Como?, disse Felipe. Pilar? Deve estar dormindo. *Dormindo?*, falou Ana, muito perto dele. Seu rosto estava inchado, a cor grená-acinzentada de um figo. *Depois de tudo isso?* Felipe perguntou o que ela estava insinuando. Mauro disse, Não está insinuando nada, garoto, todo mundo vê que sua namorada não está aqui.

— Ela *não é* minha namorada.

Carlos foi rápido: se aproveitou da discussão e, quando girei o pescoço, ele havia passado por Isabel, por Fátima, dirigia-se ao escritório. Estava quase lá. Isabel piscou algumas vezes e se levantou da cadeira como um ser reencarnado, o braço erguendo-se com um dedo acusatório. *Você.* Carlos parou na soleira.

— *Você.* Ninguém entra no escritório sem a minha *autorização*, falou Isabel, os lábios tremendo. Seus olhos eram duas manchas negras de rímel.

O garoto voltou devagar (os olhos carbonizados de Isabel o acompanhavam) e sentou ao meu lado na mesa. O que você *quer*, afinal?, perguntei, com a autoridade de um irmão mais velho. Revistar dr. Ricardo?

— E você, está fazendo o que aí parada?, disse Isabel.

Fátima disse Sim, senhora, foi acelerada até o escritório, ajustou o pano na soleira. Carlos falou, O quarto não pode ser desfeito; temos de entrar antes que mexam. Depois, apontou o chão da sala à nossa frente. Perguntou se eu havia reparado na trilha de água no assoalho — Veja, está quase seca, repisada, mas dá para notar que ela sai do jardim interno (a porta macabramente entreaberta, tão próxima de nós) e vai até o escritório. Alguém esteve ali, do lado de fora, por um bom tempo; *esperando*. O quê?, perguntei. Muito provavelmente, que dr. Ricardo ficasse sozinho. Espantoso, falei. Veja o acúmulo de água, ele disse. É curioso, e se levantou.

Ana e Mauro bradavam com Felipe; ele disse que, se eles insistiam tanto, iria ver Pilar, mas podia garantir que estava no quarto dormindo. Ela não passou bem à tarde, não quero acordá-la, falou. Como você sabe que ela ainda está mal, e dormindo?, perguntou Ana. Depois do nosso jogo, você desceu direto para ver como ela estava? Felipe ficou um momento em silêncio, a seguir concordou de leve com a cabeça.

— Você então admite que estava no quarto com ela, falou Mauro.

— Sim, estava.

— E onde ela está *agora*?

Carlos pediu licença, passou entre eles, caminhou até o jardim interno, parou, olhou ao redor. Eugênio quis saber o que ele fazia; o garoto estava muito concentrado, seguiu as pegadas até a soleira do escritório.

Felipe perguntou, É o que vocês querem? Não acreditam em mim? Vou então ver como ela está. Vocês sabem, o repouso é o melhor remédio para— *Vá logo*, gritou Ana. Ele comeu os lábios e marchou em direção à copa. Mauro resmungava com Ana: É bom que ele acorde essa paraguaia, tenho algumas perguntas a fazer para ela. Ana concordava, os braços cruzados. Fungou, passou a mão nos olhos.

Carlos estava parado na soleira do escritório. Ainda olhava o chão indistinto, mirando o provável caminho das pegadas. Ele disse (apenas eu o ouvia), Não dá mais para ver, depois de tudo o que fizemos, mas acho que a pessoa parou *aqui*, depois voltou; não entrou no escritório. Veja isso, e seguiu de volta, numa trilha que, em vez de apontar ao jardim, seguia paralela à mesa e sumia no tapete. Passou por Isabel (ela o vigiava como um cão de guarda), de novo por Eugênio, Mauro e Ana. Chegou até o fim da mesa e olhou para baixo.

— O que você está fazendo aí?, gritou Ana.

O garoto havia se ajoelhado, se enfiado entre as cadeiras vazias, e todos nos erguemos para ver onde ia. Quando emergiu, trazia consigo a pistola de Eugênio como um peixe no arpão. Aqui está ela, disse. Eugênio correu até o garoto. Agarrou a arma como um filho perdido. Sopesou-a. Ainda está carregada, falou. Me deixe ver isso, disse Mauro, se aproximando. Mas paramos. Felipe havia reaparecido nesse momento, ofegante ao subir a escada, um pouco inseguro sobre onde pousar as mãos. Pilar, disse num sussurro, não está no quarto. Pilar não está em lugar nenhum.

13.

Dr. Ricardo começava a endurecer quando Isabel e Ana, em confabulação com Mauro, decidiram dar a ordem para que o corpo fosse transladado ao quarto. Passaram algumas instruções a Geraldo e Dalva: esticar as pernas, dobrar as mãos sobre o peito, se possível fechar uma sobre a outra. Dalva disse haver muito sangue — medo de derramar ainda mais caso o manuseassem. Para isso os cobertores, falou Mauro, um pouco irritado. Disse a seguir que iriam arrumar o quarto para receber o finado. De lá, novos gritos brutais da mãe (Os remédios não estão fazendo efeito, disse Ana), e Isabel se adiantou, dizendo que Julia não conseguiria lidar sozinha com aquilo.

Ficamos para trás. O personal trainer coçou em cima e atrás da cabeça raspada, os olhos vermelhos. Me encarou, ergueu as sobrancelhas. Disse, Meu irmão, eu não posso ficar mais um minuto aqui, com essa família. *Alguém* matou dr. Ricardo bem na nossa frente; você entende a gravidade da situação? Depois fitou o garoto ao meu lado e pareceu em dúvida — Carlos não era *completamente* fiável; não estivera conosco na sala de jogos. Era, aliás, um dos principais suspeitos. No escritório, Dalva falava sem paciência com o marido. Ela obstruía nossa visão, mas era possível entender que o caseiro estava com dificuldades de abrir os dedos em garra, depois em ajustar os braços ao lado do corpo — o máximo que conseguiria com aquele boneco teimoso de arame. Deixe assim mesmo, falou Dalva, e lhe estendeu o primeiro cobertor. Quer uma corda? Um barbante dá?

Saiu apressada com passinhos curtos, resmungando consigo mesma. Carlos perguntou se o caseiro queria ajuda, ele estava ofegante, quase sentado sobre o pacote para que o cobertor não se soltasse. Não respondeu. Outro grito de dona Yolanda. Dalva voltou com tesoura e carretel; Fátima a seguia um pouco atrás, a contragosto. Podíamos ver o esforço de Geraldo atando aquela múmia de xadrez verde e laranja, sua mulher curvada dando instruções. Passou-lhe outro cobertor, xadrez azul e vermelho, ele voltou a apertar com barbante. Dr. Ricardo era agora um embrulho. Revestiram-no com um terceiro cobertor, bege peludo, para disfarçar os nós. Eram espertos; as irmãs em nenhum momento haviam falado que podiam *amarrar*. Dalva ordenou que Fátima fosse na frente, checasse se estava mesmo tudo arrumado no quarto. Veja se temos velas suficientes. Chame ajuda.

Um corpo pesado; os meios-irmãos vieram do quarto, chamaram Geraldo e ergueram o velho com dificuldade — a falta de bons apoios. Eu procurava no rosto vermelho de Felipe a indicação de algo que o comprometesse. Um assassino voltando à cena do crime. Arrependimento, frieza. Ira. Ele apenas suava.

Quando sumiram, Carlos se ergueu. Caminhou muito tranquilamente ao escritório, eu o segui. O personal trainer ficou para trás, olhos arregalados, perguntando o que íamos fazer. Fique de olho no movimento dos quartos, sussurrei. Ele se empertigou, disse que não podia fazer uma coisa daquelas. Não mexam em nada; Não vamos *mexer* em nada. Olhei o celular, foi a última vez que o fiz porque a bateria depois se apagou. Uma e treze da madrugada. A primeira coisa a constatar foram as janelas: estavam trancadas por dentro, firmes com suas travas de metal. A seguir, vi a chave negra na fechadura da porta, pelo lado de dentro. Dr. Ricardo havia se fechado naquele aposento, não podia ter havido mais ninguém com ele. Perguntei ao garoto se não estava claro que o velho havia cometido suicídio.

— Se a arma estivesse aqui, seria uma possibilidade, falou ele. Mas onde está a arma?

Olhamos o chão; o lampião projetava um brilho caramelizado sobre as manchas escuras nas folhas estampadas de jornal. Procuramos embaixo da mesa de centro; ao redor dela. Encontramos: três guardanapos de papel amassados, porém limpos; o candelabro da sala, com algumas velas espalhadas sobre o tapete. O tapete enrugado, perto da extremidade esquerda do sofá. Sobre o sofá, outra vela apagada. Carlos passou os dedos no queixo. Virou-se e indicou, no minibar, um copo baixo apoiado no tampo, a superfície suada, condensação se acumulando num círculo negro na madeira. Alguém preparou uma bebida, disse ele, indo até lá. Possivelmente uísque e gelo, e a deixou intocada. Ele enfiou o dedo no líquido e o levou à boca. Franziu o rosto. Doce, falou. Uísque e outra coisa. Pôs as mãos na cintura, pensou mais um pouco, voltou ao centro do escritório. Fixou os olhos na mirada irônica de Christiano Avellar. Disse que o candelabro no chão poderia indicar uma briga. O cheiro de queimado ao abrirem a porta, falou, nada mais era do que pelos chamuscados; alguém possivelmente havia caído sobre as velas acesas.

— Mas é impossível, falei. Ele estava sozinho.

— Você anda lendo poucos policiais.

— Cadê a arma?

De fato, disse para si. A arma. Pediu que eu lhe contasse exatamente o que ouvira na sala de jogos. Procurei me lembrar. Fechei os olhos. As cartas; as conversas; as desistências. O primeiro som, estranho. O segundo, mais claro, que nos fizera correr para a sala. Foram então dois tiros, ele disse, olhando ao redor. Falei que sim, mas não sabia precisar o tempo entre um e outro. Questão de minutos. Quem estava com você? Eu, dona Yolanda, Ana e Jorge. O personal trainer também tinha ouvido o primeiro disparo. Carlos disse: Ambos os tiros podem ter acertado dr. Ricardo. Pelo tempo entre um e outro, é mais provável que o primeiro tenha errado. Ou apenas o ferido. O assassino (supondo que haja um) deu então o segundo tiro, decisivo. Teríamos de ver o corpo. Eu ri. Depois notei que ele falava sério. Comentei que estava fora de questão. O que nos resta então é procurar uma bala perdida nesse aposento.

Voltamos a procurar, não se passou muito tempo antes que eu estivesse de quatro — não sei por que, mas no torpor do crime eu procurava uma bala que houvesse *caído* no chão. O garoto olhava o quadro de Christiano na contraluz. Depois, se ajoelhou no sofá e passou a mão delicadamente pela pintura craquelada. Perguntei o que estava fazendo. O garoto disse: Quando Leonardo, o filho de Christiano Avellar, vendeu a Santo Antônio, a família era uma massa falida. Você sabia?

Falei que não. Me ergui para evitar os jornais espalhados e olhei as estantes. Ao lado da TV, com um brilho tênue do lampião, o molho de chaves do velho. Passei-as uma a uma. Carlos disse, ainda mirando o quadro: Nenhuma marca de bala *aqui*. Depois tateou a moldura dourada. O próprio Leonardo ajudou a afundar essa fazenda, achando que tinha respostas para tudo. Cresceu em meio à riqueza dos Corrêa de Avellar. Estudou direito em Coimbra, depois viajou pela Europa, onde conheceu os avanços da mecanização durante a Exposição Universal em

Paris. Já falei antes, os Corrêa de Avellar eram um pouco prepotentes; gostavam de pensar que poderiam fazer o que quisessem. Quando Christiano morreu, as terras da Santo Antônio estavam esgotadas; o preço do café caía; a família não podia mais comprar escravos. Mas Leonardo julgava que sabia como contornar a situação. Decidiu mecanizar a produção da Santo Antônio. Trouxe um estrangeiro para morar com a família; um engenheiro francês de nome Frédéric Reynaud, que na exposição em Paris recebera uma menção honrosa por uma máquina de costura, ou algo assim. Reynaud o convencera de que, juntos, poderiam projetar uma debulhadora-joeiradora-brunidora completamente brasileira.

A chavinha, ou o que me parecia a chavinha da mesa de artefatos históricos, estava ali, no molho tilintante do velho. Devolvi-o à estante, suspirei, disse que não era hora de mais uma daquelas histórias. Ele riu, cansado. Disse que não, não era. Mas que as ideias de Leonardo eram tão absurdas que as pessoas tinham de saber o que ele fizera. Construiu, com esse francês, uma máquina que copiava um modelo inglês famoso. Gastou o que tinha e o que não tinha. Anunciou nos jornais. Patenteou o maquinário com o nome de La Brésilienne. Tiveram de fazer outros três protótipos, gastaram mais dinheiro, e sabe quantas máquinas ele vendeu?

— Nenhuma, falei.

Ele parou um momento, depois concordou a contragosto. Nenhuma. Se Christiano ainda fosse vivo, ele provavelmente teria feito o possível e o impossível para acabar com essa loucura. Eu, se fosse comigo, seria capaz de— parou, viu o quadro, depois desfocou os olhos no chão.

— De matá-lo, completei. Por disputa de dinheiro.

Carlos sentou-se no sofá. Suspirou, observou o candelabro no chão. Pegou a vela na almofada ao seu lado, manuseou-a. Leonardo hipotecou a Santo Antônio para construir a La Brésilienne 4. Nesse ponto, o fracasso era irreversível. Não precisaram esperar pela abolição da escravatura para que a fazenda tivesse de ser vendida. Carla encontrou um último registro de Leonardo, em 1888, quando se mudou para o Rio de Janeiro com a mãe idosa e uma das irmãs, ainda solteira. A fortuna reduzida de forma drástica.

Estávamos os dois sentados, ele no sofá, eu na poltrona de costas para a porta, pensando em famílias empreendedoras; em negócios malsucedidos. Ouvi tarde demais os saltos de Isabel batendo, e logo em seguida seu vulto na porta atrás de mim. Fora daqui; *fora daqui agora*. Um risco elétrico percorrendo minhas costas, levantei num salto e escapei entre ela e o batente como um menino em falta; Carlos ainda tentou se explicar. Ela respondeu com estrídulos algo sobre desrespeito à sua autoridade; sobre *transgressão* e *crime*. Era difícil entender o que dizia entre os gritos agudos.

Jorge Alexandre olhava o chão como um delator. Mauro veio do quarto um pouco assustado, viu quando Carlos passou por ela, Isabel gritando que ninguém — e por *ninguém* ela queria dizer *nenhuma pessoa* — podia entrar no escritório sem sua permissão.

Reparou então no marido. E você, disse, e você, que devia estar vigiando os suspeitos, não faz nada? Eu?, defendeu-se Mauro. Isabel ofegava. Então agora qualquer idiota pode entrar no escritório a qualquer momento, é isso? Querida, mas você não disse nada sobre... Eu estou *mandando*, gritou de novo. A cabeça de Eugênio despontara no corredor. As empregadas atrás dele.

Isabel entrou no escritório e puxou a chave da porta. Sua mão tremia. Como a porta não tinha mais maçaneta, deu-lhe um impulso para travá-la no trinco. O batente rachado pareceu sustentá-la. A seguir, enfiou a chave por fora, mas a porta cedeu e voltou a se afastar, parando somente ao bater nas prateleiras. Isabel gemeu, agarrou de novo a aba da porta, bateu-a com força e desta vez pareceu inquestionavelmente fechada. O lampião, disse Dalva, por trás do ombro de Eugênio. Temos de pegar o lampião. Aqui quem dá as ordens sou eu, falou Isabel. Apertou a ponta da chave entre os dedos, tentou girá-la na fechadura. Sacudiu-a, forçou-a, apoiou a palma esquerda na madeira e com a pressão o trinco estalou, a porta voltou a se abrir. Isabel murmurou de raiva e dor. Puxou a porta de novo, bateu-a, a chave voou no assoalho. Ela a recolocou, delicadamente, para não provocar de novo a porta, agora fechada. Sua voz oscilou com uma nova onda de choro quando disse, Até a fechadura vocês destruíram. Bando de *vândalos*. E você, Mauro, você que deveria fazer algo útil, coordenar tudo isso... Não pôde terminar a frase, cobriu os olhos — seus passos incertos fizeram o piso oscilar, e ouvimos (juro que não queríamos ouvir) o clique tão elegante naquele silêncio. Mas ela não viu, ou fingiu não ver, a porta aos poucos se abrir numa fresta insolente. Havia saído para os quartos, onde a mãe voltara a gritar.

14.

Elas agora haviam aprendido todas as falas da reza e, do quarto, queriam mostrar que as sabiam de cor, que *umas* sabiam melhor do que as *outras*, e as paredes nos transmitiam aqueles gritos através de seus vãos, de suas fibras. Estávamos na mesa de jantar para tomar decisões. Mauro e Felipe sentavam-se frente a frente com rostos duros; Felipe disse que era preciso compreender e isolar as necessidades.

— Você precisa é encontrar sua namorada, disse Mauro.

— Temos de focar nas prioridades. Eugênio fará uma lista e—

Mauro riu. Ouça aqui a *minha* prioridade, muito interessante. Digamos que uma pessoa, o sócio minoritário de uma empresa familiar, por exemplo — e veja, estou apenas *supondo* —, na tentativa de reverter, digamos, uma situação desfavorável na venda dessa mesma empresa, armasse um plano para assustar o presidente debilitado, digamos, dr. Ricardo, trazendo algo do passado para assustá-lo. E que o plano, vamos então supor, desse errado. Me ajude aqui nessa hipótese. Essa é a prioridade.

Felipe esboçou uma expressão de enfado, que não escondia nervosismo. A vassoura raspava vigorosamente o assoalho. Nos viramos ao mesmo tempo: Fátima despontou curvada do escritório, apoiada no cabo e molhada de suor. Nos olhou com um misto de ódio e desespero. Puxou o balde da soleira e despejou um pouco mais de água. Voltamos a ouvir os berros do quarto. Felipe comprimiu os olhos.

— É preciso ter em mente as regras de ouro de Eckart James e Joseph Michael, disse a si mesmo. Isolar os pontos nevrálgicos. Avaliar o panorama externo. Conjugar as oportunidades. Discutir as ideias dentro do chamado quadro mental.

— Você vai terminar sua aula de administração e já vai ser de manhã, disse Mauro.

— Montar uma matriz solucional. Empregar o chamado conhecimento positivo. Eugênio, você tem uma caneta?

Mauro riu de novo, disse que aquilo não tinha graça. Onde está sua namorada? É a única pergunta que temos de responder. Todo seu estudo não serve de nada. E aliás, eu *também* conheço essas—

Felipe esticou o pescoço e o fitou como possuído. Disse, Em primeiro lugar, é preciso garantir a segurança dos que estão aqui. Sugiro que não nos separemos, pelo menos nesses momentos críticos. Fechou os olhos; abriu-os. Segundo: é preciso restabelecer contato com o exterior. No morro às vezes há sinal de celular, não há?

— Com tempo claro, às vezes, disse Eugênio.

— Pois então, temos de enviar uma equipe pela montanha em busca de sinal e avisar a polícia.

— A encosta deve estar bastante escorregadia, falou Eugênio.

— A seguir, nos dividimos em novas equipes, de não menos de três pessoas, e organizaremos partidos de busca, primeiro pela casa —

Mauro sacudia a cabeça — não — não — não — durante toda a fala de Felipe. Disse que tinha uma abordagem diferente. Felipe continuou a falar; Mauro perguntou se podia ser ouvido; Felipe disse que cada um seria ouvido no momento certo; Mauro disse que *aquele* era o momento certo; Eugênio se perguntou como a venezuelana abrira o tampo de vidro, se estava trancado.

— Gente, me deixem falar, por favor. — Talvez enfiando um cartão de crédito no vão da fechadura, disse o personal trainer.

— Eu respeito você, você já falou, agora eu também preciso ser respeitado. — Talvez um araminho, disse Eugênio.

A pequena despontou do corredor justamente nesse momento e mexia num maço de cigarros. Felipe estava ocupado demais para lhe dar atenção. Cruzou a sala fitando o chão, seus passinhos flutuando sobre o tapete. Parecia mais frágil. Eu me ergui um pouco desajeitado da mesa e a segui. Não pensei, como costumo pensar nessas ocasiões; não liguei para os sujeitos me olhando, nem se ela me rejeitaria; eu já havia me humilhado o suficiente e um pouco mais não faria mal.

A cozinha, estática; uma vela congelada sobre a mesa de madeira — os ouvidos zuniam — a casa preparava uma surpresa para mim — a pequena havia cruzado a despensa e saído por uma porta dos fundos, e lá estava ela, sob o céu rasgado (as nuvens se rearranjavam), curvada com as mãos em concha fazendo estalar um isqueiro.

Notei a súbita calmaria. Ela levou alguns segundos para me ver: os dedinhos, a ponta do nariz iluminados pela brasa alaranjada, quando ela sugou com força, depois afastou o cigarro e soltou a fumaça para cima. A morte do pai a tornara respeitosa — não o havia acendido dentro de casa.

— Ah, aí está você, eu disse.

Ela grunhiu, um som incerto do fundo da garganta. Eu cheguei muito perto e ela hesitou, cruzou os braços defensivamente, o cigarro para o alto. Paramos como dois animais. Perguntei se estava bem. Ela puxou a fumaça, de novo a hesitação que eu podia sentir em cada um daqueles delicados movimentos. Expressei meu pesar de maneira um pouco artificial: Sinto muito pelo que aconteceu ao seu pai. Esperei, ela esperou. Depois soltou lentamente a fumaça. Algumas perdas são irreparáveis, falei. Mas vamos descobrir quem fez isso com ele.

Avancei no escuro, ela não recuou. Lutamos. Eu a enlacei, tentei retê-la comigo. Ela ofegava, sacudia os ombros, virava o rosto. No silêncio, apenas nossos pés raspando o concreto, sua respiração ofegante. Até que parou. Convenhamos, estava exausta. Chorava baixinho com os olhos enfiados na minha camisa; a brasa se estatelou em pequenas fagulhas. Eu repeti que pegaríamos o culpado — eu, que intimamente tinha minhas suspeitas, e não digo que fossem desprezíveis.

Apertei-a com mais força; tinha de ser minha. Disse que o pai com certeza estava num lugar melhor. Não entendi o que ela falou. O quê? Ela repetiu num soluço. Sim, respondi, eu acreditava nisso. Não necessariamente em anjos, no céu ou no paraíso, mas antes em energias, em uma entidade superior que não podíamos explicar. Falei, um pouco indignado: Não é possível que o homem saia do nada e volte para o nada; há um desígnio na criação.

Ela colocou a palma sobre meu peito, eu a embalei: o céu estava luminoso. Permanecíamos ali sozinhos, em meio a tanto terror, e eu me via com a entrada franqueada até ela. Se soubesse que seria tão simples, eu certamente teria me saído melhor em infinitas outras ocasiões. Não teria perdido tantas garotas pelo caminho; não teria sido tão grosseiro. Abraçado a Julia, eu queria tudo. Ela suspirou de novo, limpou o nariz na minha camisa. Falou que não confiava em mais ninguém. Eu disse: Sei como é. Ela disse que as pessoas se aproveitavam dela porque parecia avoada, às vezes ingênua, mas na verdade não era, não era nada disso. Eu sei, entendo. Ela era a única que *realmente* amara o pai; a única que o entendia e não cobrava nada dele, enquanto as outras duas — As duas, só estão interessadas no dinheiro de papai, em colocar o marido, os namorados, na empresa. Elas acham que não tenho opinião sobre nada, porque não falo as coisas, mas eu *tenho* opiniões, só que prefiro escondê-las aqui — e apertou o ossinho da costela entre os seios pequenos — eu a sufoquei de novo —, fungou (na minha camisa!), falou que Ana estava sempre de olho nas coisas dos outros. Era a mais mimada, a mais problemática, disse. Talvez seja por isso que nunca conseguiu namorar muito tempo. Não tem paciência com nenhum deles, mas quando a largam... você precisa ver. Fica deprimida, tenta voltar, se rebaixa... Namorou esse Jacques... morou com ele um tempo. Não aguentava o filho dele toda hora no apartamento, não aguentava a ex-mulher, toda a semana ali, aparecendo sem avisar, com sacolas de supermercado (*ela* sabia do que o Jacques gostava). Ana dizia que não suportava mais; não suportava o assédio das alunas dele na faculdade, elas ligando tarde da noite e nem sei mais o quê. Ana deu um ultimato e no mesmo dia Jacques foi pra casa da mãe, não levou quase nada, sabe por quê? Porque sabia que Ana ia se arrepender, e foi exatamente o que ela fez; se arrependeu. Claro que Jacques voltou, não queria perder o apartamento, a vida boa; não queria perder a fonte inesgotável de papai, que desembolsou uma fortuna para ele fazer esse documentário que nunca ninguém viu.

Eu disse que entendia, entendia. Apertei-a com mais força, até os gravetinhos de seus braços estalarem. Não, *sério*, disse ela, e fungou. Buscou o maço, eu não a deixava escapar. Falou: Ana tem ciúmes de Isabel, porque *ela* deu dois netos a papai. Porque Isabel sustenta esse casamento de fachada como se fosse a coisa mais sólida do mundo. Sólida? Eu rio só de pensar.

Ela finalmente puxou o cigarro, fez força para se soltar e clicou o isqueiro. Disse que não acreditava em casamentos. Qual é o sentido de uma vida a dois? Puxou a fumaça, esperou, soltou-a para cima. Você conhece uma pessoa, você *namora* essa pessoa, depois decide passar o resto da vida com ela? Felipe mesmo disse —

— Não pense nisso agora — eu tentando enlaçá-la.

— Não, *espere*. Deixe eu terminar. Felipe mesmo disse que o homem não foi feito para a monogamia. Se você for ver algumas tribos africanas, que ainda vivem como os homens pré-históricos — porque os genes masculinos agem como verdadeiros seres vivos e pensam apenas em se multiplicar nos filhos, não interessa com qual mulher — quero dizer, com uma boa *reprodutora* — algo assim, mas que o homem se vê impedido por culpa das religiões, que obrigam as pessoas a viverem eternamente juntas, mesmo que a paixão passe para a amizade e então para o ódio — pois resumindo eu acho o casamento uma instituição falida. Você sabia que Mauro só tratava bem Isabel quando estava na frente de papai? Que teve *várias* amantes, que não sabe se controlar? Ele tinha medo que papai descobrisse a verdade (tragou de novo). É um monstro; é pior que um monstro; é um mulherengo. E os dois filhos vendo as discussões, chorando juntos... Isabel ameaçou se matar *na frente deles*, quando soube de um caso de Mauro com uma das secretárias da presidência. Se papai soubesse da verdade, iria mandar *matar* Mauro. Iria demiti-lo. Ele era só um vendedorzinho de estande antes de subir na empresa. Mas agora que papai está morto...

Ergueu o cigarro e pressionou os olhos com os pulsos (a fumaça nos *meus* olhos), voltou a chorar. Eu falei que as coisas logo se resolveriam. Íamos encontrar Pilar; íamos desvendar o que havia acontecido. Felipe teria de se explicar, contar a verdade. Ele—

— Felipe?

A chuva voltou a cair. Primeiro como um véu.

— Por que você está falando de Felipe?

Depois, um ronco das nuvens que vibravam e rolavam umas sobre as outras: o prenúncio de uma nova carga-d'água. Eu ainda tentei explicar que toda a circunstância de Felipe com aquela venezuelana era no mínimo suspeita, Veja, não é possível defender as pessoas sem saber o que elas fizeram. — Eu não estou defendendo, disse ela. — E, afinal, ele trouxe esse *perigo* para a fazenda, falei, como se parte da fazenda fosse minha. Ela cruzou os braços com força no peito, me fitou de soslaio. Disse que estava com frio (frio?), era melhor entrar. A mãe não podia ficar sem ela. Estávamos de volta à casa — e a casa de volta às maquinações.

A começar pela cozinha, onde Dalva se debruçava sobre a chama azul do fogão e nos olhou com raiva (a raiva se alastrava pela casa), disse que não podia ser tratada assim, por um moleque. Julia nem ao menos alterou a rota. Ainda coçando os olhos, passou pela cozinheira e abriu a porta de mola. A mulher fechou-se numa cara de sapo e disse então para mim, Esse *moleque*, acho melhor você falar com ele antes que eu tome as minhas providências. Eu a olhei por um momento. Achei que falava de Felipe; era de Carlos: que a havia ofendido, a havia acusado de trancar um quarto, ela nem sabia direito que quarto, era acusada de tudo naquela casa. De roubo, de intriga, agora daquilo. Então fale para ele, disse, fale para ele confiar menos naquela vagabundinha da restauradora, que acha que manda nessa casa, e que espiona a família, chantageia. É bonitinha, dá aquele sorrisinho meigo, mas é mau-caráter, é *suja*. Fátima um dia pegou ela escutando pelas paredes, e a garota ameaçou ela, disse que Fátima ia ser demitida, que a família inteira *comia* na mão dela. Conte isso ao seu amigo — Não é meu amigo —, vamos ver como se comporta. Me tratar assim...

Falei que ia avisá-lo e empurrei a porta, saí na copa, a tempo de ver a pequena sumir na direção dos quartos. Segui para a sala de jantar, onde Mauro se postava marcial em frente ao caseiro, secundado por Eugênio e Jorge Alexandre. O garoto, sentado na ponta da mesa, via aquilo sem interesse; não localizei Felipe, temi que estivesse velando o corpo, que a pequena o encontrasse naquele momento, fragilizada. Pensei que eu devia acompanhá-la sempre. O caseiro usava a mesma capa de chuva amarela, botas de borracha. Lanterna pequena na mão. Mauro falava alto para mostrar autoridade. Queria que Geraldo prestasse atenção.

— Acho que é preciso organizar essa bagunça. Tomei uma decisão, depois de ponderar bastante. A primeira coisa que temos de fazer é enviar alguém até o alto do monte, ver se há sinal de celular. Não podemos mais andar em círculos.

O caseiro acenou que sim. Mauro mexeu no bolso da calça. Aqui está o celular. Cuidado, é de Isabel, é novo, ela tem todos os contatos aí, tem fotos, acabou de habilitar. Cuidado para não molhar nem sujar de lama. Você aperta aqui. Ela colocou essa senha porque Cauã estava entrando na internet, a senha é simples (recitou quatro números). O aniversário dos nossos filhos. Vou discar o número da polícia aqui, veja, para te mostrar como funciona. Se essas luzinhas estiverem azuis, é porque há sinal. Aí é só apertar o botão verde, aqui, para rediscar o número. Depois disque também para nossa casa, minha mãe está lá com as crianças e vai ficar preocupada se acordar e souber que não ligamos. A babá dorme ao lado do telefone. Diga que está tudo bem, estamos bem, mas houve um imprevisto e voltaremos mais tarde amanhã. Peça para a babá não acordar minha mãe. Não quero assustá-la. Não diga nada do acidente, entendeu?

Apenas o maxilar do caseiro se moveu. Tomou o celular na mão, tocou algumas vezes a tela negra com o dedo inconsciente e nada aconteceu. Me perguntei se mantinha uma garrafa escondida na cozinha.

— Você já subiu a montanha, não subiu?

O caseiro comentou, a voz rascante, que muito tempo atrás. Com toda aquela chuva...

— Dá sinal?

— Eu não lembro de dar.

— Vá e volte rápido, que a noite vai ser agitada.

Ele coçou o crânio. Mauro o esperou sumir pela copa. Não sei como dr. Ricardo ainda mantém esse traste aqui. Eu teria demitido no dia seguinte. Sentou-se na mesa. E a história do roubo, vocês ouviram?

Eugênio assentiu. A cruz de prata, disse. Ana acha que ele ainda tem dívidas na cidade, por isso a roubou.

Carlos, na ponta da mesa, falou: Como vocês esperam que ele venda um negócio desses?

— Então, Sherlock, talvez tenha sido sua namorada, disse Mauro. Você pensou nisso? E depois: vocês não estão bebendo nada? Preciso de um trago.

Me sentei perto do garoto. Ouvíamos quietos a chuva, que voltara a sitiar a casa. Muito barulho perto do silêncio chapado de antes. Notei então que o escritório estivera vazio todo aquele tempo. O chão molhado, a vassoura apoiada, o balde. Como se Fátima houvesse abandonado o serviço no meio. Abandonou, disse Carlos. Ana veio chamá-la com urgência. Estão tramando algo para a pobre garota.

Pobre garota? Comentei que andavam falando mal dele, aquelas pobres garotas. Ele sorriu contra a vontade. Foi Dalva?

Concordei. Ele se aproximou, o hálito ocre da madrugada em sua boca. O quarto de Carla está trancado. Como? Trancado. Depois que descemos até lá. Levaram a chave. Querem esconder algo de nós.

Ouvimos então o tropel para fora dos quartos. Quando desabalaram na sala, Fátima ia na frente, contra a vontade, empurrada pelas irmãs como uma bruxa.

15.

Eu me lembro de LaBotta, meu colega de escola, e do sobrado em que morava com a mãe desquitada. A falta de um pai nos unia. O dele, gerente de uma loja de carros novos e usados, trocara a mulher pela secretária. Aparecia em alguns finais de semana para levar o LaBotta em longos passeios em veículos que não eram seus. A mãe era loira e alta, um sorriso duro e curvado para baixo, fixado ali como um rugido. Tinha uma pirâmide no quarto, onde se encolhia para recarregar as energias. Havia também se tornado espírita, depois umbandista, a notícia de alguma forma chegara aos jesuítas, que ameaçaram tirar-lhe a bolsa de estudos. Os repetentes o chamavam de LaBosta. Numa aula de educação física enfiaram seu saco na trave do gol, ninguém viu nada. Meu avô me proibiu de ir à casa dele ao saber que eu havia participado de uma das sessões que a mãe do LaBotta fazia com qualquer convidado: um copo de uísque do ex-marido virado para baixo, correndo na mesa polida em direção às letras, prevendo nossos infortúnios.

A mesa na copa, a luz das velas, olhares solenes. Eu aguardava um copo emborcado. Geraldo apareceu nesse momento enlameado e frágil, as mãos tremendo. Disse que *quase* chegara até o topo, estava escuro porque a lanterna caiu no meio do caminho. Conseguiu telefonar? Não... não tinha sinal. Foi difícil descer no meio do breu, houve um momento em que achou que não encontraria o caminho de volta. Tampouco víamos o celular de Isabel, ele falou que quase morreu quando uma árvore desabou perto dele. Você reclama muito, disse Mauro. A força da chuva arrancava tudo, matava tudo. A seguir, Mauro mandou o caseiro lavar o rosto, tomar uma água e voltar em cinco minutos, porque tinha mais uma coisa a fazer lá fora. Cadê a lanterna? Você perdeu a lanterna? Como um ser humano é capaz de perder uma lanterna ligada (porque presumo que estivesse ligada) no meio da noite? Onde está o celular? Como? Colocaram Fátima despenteada na cabeceira, as mesmas roupas úmidas, e Julia voltou da cozinha com um caderno em espiral. Deram-lhe uma esferográfica destampada. Ela protestou timidamente; era o caderno de receitas de Dalva, as primeiras páginas preenchidas com um traço anguloso e vincado. Julia procurou uma página limpa e falou que depois compravam outro — Dalva havia se refugiado na cozinha, esperava a água do chá ferver. Não se deve mexer com os mortos, mesmo que eles mexam primeiro conosco.

Fátima ainda tentou resistir. Disse que não fazia aquilo havia muito tempo, sua igreja não permitia. Ana, curvada sobre ela, havia mudado as feições desde o crime. Auréola negra ao redor dos olhos, mais atarracada, mais recurva. Os dedos de couro duro apontando o caderno, dizendo que tudo o que Fátima tinha a fazer era escrever ali, e as batidas no forro, impacientes sobre nós, tornavam seus atos mais urgentes.

Alguns de nós sentamos à mesa. Outros ficaram em pé, os

braços cruzados, como uma junta de médicos do século XIX. A empregada demorou a pegar a caneta. Ana alisou bem a página pautada à sua frente, bateu com o indicador como se fosse tomar um ditado. Fátima disse mais uma vez que não conseguia. Ana recomendou que começasse logo, para o seu próprio bem. Quer que a gente reze?

Jorge Alexandre saiu do quarto azul e se sentou ao meu lado, olhos vermelhos, observando Ana com incredulidade. Era como se fosse outra mulher, uma hiena, que tampouco o reconhecia: ele era um bichinho paralisado, os dedos trançados sobre o tampo. Ele me olhou, transmitiu algo naquela mirada ansiosa. Estão todos loucos, há um assassino entre nós, estão loucos e mesmo assim fazem esse tipo de brincadeira.

— Vamos nos dar as mãos!

Peguei a sua, quente e suada. Não me dei ao trabalho de segurar a de Eugênio, debruçado ao meu lado, olhos presos no caderno. Mauro estava em pé com um copo de uísque. Felipe ao seu lado, braços cruzados e o olhar divertido. Comentou que era impressionante como a humanidade, nos momentos de crise, se voltava ao misticismo, ao sobrenatural. Julia, curvada do outro lado de Fátima, concordou, sem tirar os olhos do papel.

— Vamos rezar!

Passos grosseiros de Isabel pela sala de jantar. Despontou na copa, nos viu todos ali, reunidos. Era um absurdo perdermos tempo com aquilo enquanto a mãe agonizava, sua pressão havia baixado muito com os remédios, estava com medo de terem aumentado demais a dose. E uma criminosa à solta — Então, Mauro, já a encontraram? — Viu o uísque na mão do marido, olhou-o em desafio, perguntou que brincadeira era aquela. Brincadeira nenhuma, querida. Estou apenas esperando o Geraldo voltar da cozinha para mandá-lo atrás dessa garota. Ele perdeu a lanterna, você acredita?

169

— Mauro, esse caseiro não consegue nem andar em linha reta.

— É o que eu digo.

— Por que *vocês* não fazem isso? Por que não se organizam? Se ele sair do jeito que está, é capaz que a gente tenha de procurar *duas* pessoas lá fora, não uma.

— Sim, eu estava pensando, já organizei tudo: se montarmos grupos de busca de no mínimo três pessoas... que cara é essa? Não precisa ficar tão agitada.

Ela se voltou a Felipe. E você? Que sorrisinho é esse? A namorada é *sua*. Você trouxe ela até aqui. Você é o *responsável* por isso. Mexa-se!

— A ideia dos grupos de busca foi minha, disse Felipe.

— Podem fazer silêncio?, gritou Ana, ainda curvada sobre Fátima. Isabel gritou de volta, a irmã devia deixar de ser louca, devia fazer alguma coisa prática em vez daquelas bobagens. Cada um acredita numa coisa, disse Ana; se você não acredita em *nada*, o problema é seu. — Não venha me falar em crença numa hora dessas; você sabe muito bem que eu acredito *sim* em um monte de coisas. Preciso de Fátima *agora*. Fátima, levante daí, feche esse caderno e vá colocar uma toalha na mesa de jantar. Vou tentar trazer mamãe para ela espairecer um pouco; está há muitas horas naquele quarto.

— Fátima, fique onde está. *Escreva logo nesse caderno.*

— *Fátima!*

— *Fátima!*

A empregada ergueu o beiço e chorou. Espremeu os olhos. Seu rosto fazia um péssimo conjunto. Isabel grunhiu e se enfiou pela cozinha, disse que tinha de fazer tudo *sozinha* naquela casa. Bando de incompetentes.

— Vejam!

Fátima descrevia um círculo gordo sobre o papel, lentamente, mantinha os olhos abertos, lágrimas paralisadas na face sulcada.

— Vamos rezar.

Ana e Julia fecharam os olhos. A mais velha os abriu de novo, incomodada. Silêncio!

Felipe e Mauro pararam de discutir. Jorge Alexandre tossiu.

— Fechem os olhos.

— Vejam!

Abri os olhos e as chamas açoitaram o ar, duas se apagaram. A chuva batia com força. Fátima tinha os olhos enrugados de tanto fechar e fazia circunvoluções no papel pautado. Ana virava a página, ela prosseguia com os círculos, Ana virava outra página. A caneta quase furava a superfície.

Nos inclinamos para ver o que rascunhava.

— Faça uma pergunta!, disse Julia.

Ana estalou os lábios, tão ansiosa que não soube por onde começar. Mauro gritou da porta: *Espírito*, quem é você? Felipe riu. Julia riu e ficou séria. A caneta ganhou velocidade. Eu sou o espíritu da caza que mora na caza. Ah, não é possível, falou Mauro. Fátima está fingindo. *Acorde*, Fátima. Não, espere, falou Ana. Espírito, você desencarnou há muito tempo? Sim.

— Não é papai, disse Julia.

— Claro que não, quanta bobagem, disse Felipe.

— Pode ser um dos antigos donos da casa, falou Ana. Espírito, você é o espírito do antigo dono dessa casa?

Sim.

— Qual o seu nome, espírito?, gritou Mauro. Vamos ver se ele sabe a história.

Novamente os círculos largos no papel. Ana disse, Não o provoque. Carlos perguntou se não podia ser *uma* espírito. Vocês não estão levando isso a sério, falou Ana. Se comportem. É importante para mim. Para *nós*.

Mauro tomou um gole gordo e a examinou. Puxou o ar para dizer algo mas desistiu no meio do caminho. Ana prosseguiu, mirando a mesa, curvada como se houvesse um microfone invisível, Espírito, você está na casa há muito tempo?

Sim.

— Você viveu nessa casa quando encarnado?

Sim.

— Você quer nos dizer algo?

Novamente os círculos.

Isabel saiu da cozinha. Não acredito que ainda estão nisso. Ao marido: Por favor, tome alguma providência. Dalva não quis me dizer onde está Geraldo, acho que não vai voltar tão cedo. Vá lá, chame ele, arrume alguém para ir junto. *Por favor*, me ajude a organizar isso. — Tudo bem, tudo bem, já vou — mas continuava com os olhos pregados no caderno. Tomou outro gole. Vocês me *enlouquecem*, disse Isabel, pisando com força para a sala.

— Silêncio!

Jorge Alexandre sussurrou ao meu lado; queria saber se eu acreditava naquilo. Franzi os lábios, não disse nada de minha experiência anterior — nem de meus pesadelos, abraçados à insônia da infância: um copo com vida me perseguindo numa escola, numa rua deserta; uma casa habitada por sombras, metamorfoseando-se a cada novo aposento, e o copo ali, pousado numa mesa plácida; eu sempre fora muito suscetível aos eventos sobrenaturais. Jorge quis saber se podia fazer uma pergunta. Faça logo, disse Ana, antevendo uma questão aborrecida. Espírito, como você morreu?

A mão correu no papel. Quemado.

Minha barriga gelou, não sei se os demais sentiram. Sim: nossas barrigas gelaram; nossos braços gelaram. O sorriso pueril do personal trainer se apagou. Dalva afastou a porta com uma bandeja de chá e nos olhou com desdém. Isabel esperava ali perto (talvez nos ouvisse), começou a dar ordens — uma toalha limpa, em metade da mesa; mover o castiçal para lá, pegar algo que a mãe pudesse comer; preparar também um café para ela e para quem mais quisesse.

— Será que alguém pode ir lá pedir que ela cale a boca?

— Espírito, onde você está enterrado?, disse Mauro.

Círculos. Ana virou outra página. As letras eram infantis, desproporcionais. Eles mi colocarom aqui para descanssar em paz do senior jesu cristo.

— Onde?, disse Julia, num espasmo de expectativa.

A caneta engasgou. No semetéreo.

— Como podemos ajudar você a ver a luz, espírito?

Voces tem di resar para eu qui tenhio de ver a luz que brilla do senhior jesus e de deus que olia os homenes e as muleres que fasem o pecado nao encherga a luz de deus.

Felipe disse que não compreendia. Estava enterrado na casa? Era Christiano Avellar? Por que cometia tantos erros?

— Não nos desconcentre.

Ana perguntou se o espírito havia acompanhado os desdobramentos recentes naquela casa.

Sim.

— O que você viu?

Ese senhior era um senhor muitio bom com as pessoa ele nao resava mas tinia a lus da oressao e importante se juntar a deus no cel, ele o homem fasia a coisa acerta mais eu vejo que tem mutio odio no corassao desa familia.

— O quê? O quê?

— Espírito, seja mais específico.

Voceis tem di rcsar na capela para chegar perto di deus e do santo antonio que ora por nois os pecadores e ouve tudo o que as pessoa fala e pença. Jesus olia tudu us que os pescadores fasem na terra e em todus os lugar e nos cuartos quem entra na capela penssa e ve.

— Alguém entende esse garrancho?

— O que têm a ver esses pescadores?

— Vocês não podem dar ouvidos a essas crenças populares, disse Felipe.

— Quem matou dr. Ricardo? Dê um nome, espírito.

Todos se viraram. Carlos havia soltado a frase como um tiro.

Novos círculos, nova página. Ana comentou que estava ficando com dor nas costas de manter aquela posição curvada. Julia perguntou se queria trocar com ela. Disse que não, gemeu, massageou a lombar. Tinha de fazer aquilo até o fim, e fechou por um momento os olhos de mártir.

— Espírito, dê pelo menos a primeira letra, você que tudo vê, disse Julia.

Mais círculos.

Eu.

— Você?

Os óculos de Eugênio ficaram opacos de neblina.

— Está vermelho por quê?, perguntou Julia.

Duro na cadeira, ele queimava o meio-irmão com o olhar. Felipe tinha o maxilar travado, braços muito apertados contra o peito, defendendo-se de um ataque iminente, mas mantinha a atenção em algum outro ponto abstrato, como se aquilo não o tocasse.

Mais círculos, círculos mais profundos no papel, novas páginas. Violenssa das pessoa que nao teim cristo no corassao.

— Espírito, Pilar, essa menina que veio aqui com Felipe, tem algo a esconder?, perguntou Ana.

Sim.

— Ela... matou papai?

Não.

— Como morreu papai?

Assecinado.

Julia pôs a mão sobre os lábios; Mauro gritou:

— Mas por quê, meu Deus?

Muitio dineiro e siúmes do dineiro nao tras felissidadi para os homenes. So tristesa e muitia tristesa que trais.

— Você podia dizer de novo pra gente o nome do criminoso, já que essa parte ficou um pouco confusa?

Círculos.

— Ele ainda está nessa casa?

Círculos.

— Entre nós?

Sim.

Uma porta distante bateu. Julia gritou. As velas se apagaram e desta vez a batida no forro foi como a de um corpo caindo.

16.

Não se podia perder tempo, e Carlos caminhou apressado pela sala escura, a arrumação da mesa pela metade — Dalva correra para acudir Fátima e Ana, que haviam desfalecido uma sobre a outra no chão da copa, os homens estavam embolados sobre elas — Estou bem!, gritou Ana, mas se desequilibrou —, discutiam se deveriam transportar a empregada para o quarto azul e preparar uma água com açúcar —, e Carlos avançou ao escritório, perguntei (a respiração entrecortada) por que fazia aquilo, ele disse que seria rápido, precisava checar um detalhe. Minha cabeça queria ter lhe dito que *também* reunia evidências, como a dele, peças que pareciam se encaixar mas saíam de foco, eu talvez andasse em círculos e queimava em saber o que ele tanto supunha e eu não compreendera.

O lampião brilhava na estante. O chão ainda úmido, a vassoura e o balde largados no canto; cheiro de sabão, de água, mas também do sangue nas reentrâncias, nas dobras do tapete enrolado num canto. A mesa de centro arrastada para o lado, as poltronas afastadas, mas o sofá continuava ali, contra a parede, logo abaixo do quadro de Christiano Avellar.

— Essa parede, disse ele. Essa parede se não me engano dá para a capela.

Puxou a extremidade esquerda do sofá, pediu que eu vigiasse a porta, disse que seria rápido e se debruçou atrás do móvel. Eu no entanto já dera a volta pela sala e fui até o minibar, onde notei que Fátima não havia removido o copo do tampo. Comentei que dr. Ricardo tomava apenas guaraná. Pobre coitado. Uma cascata imóvel e escura se formara sobre a madeira, sumindo numa gaveta entreaberta onde provavelmente guardavam porta-copos, colheres, abridores. Puxei a gaveta (entregavam a mim os segredos da casa), ali estava a caixa de munição. Carlos gritou atrás do sofá. O quê?, perguntei. Falei que encontrara algo: Veja. Mas ele havia se deparado com uma coisa maior, mais impactante que minha óbvia pista. *Encontrei*, disse Carlos, agitado. Contornei os móveis até onde estava. Eu via apenas as listras escuras do papel de parede, o assoalho fosco de poeira. Ele pediu que afastasse mais o sofá. Puxei-o com ímpeto para o meu lado e corri de volta até ele: a luz do lampião bateu desimpedida na parede, marcando nossos vultos negros. O garoto se pôs de lado e tateou as listras, o brilho âmbar as deixava onduladas, tridimensionais. Esticou os dedos, rígidos na mão espalmada, e agora os enfia pela listra, depois a mão atravessa o papel como se fosse uma sombra. Enfia a outra mão; a fenda se revela muito mais ampla do que havia parecido inicialmente, um vácuo para dentro da parede. Ele retorna com as mãos e puxa as abas para si, lascas de reboco caem no assoalho escuro. Ele as abre, mais farelos de parede se desprendem do papel. Volta a enfiar a mão lá dentro e peço que tenha cuidado. O papel o engole até perto do ombro, o garoto sua, a fenda é larga, a parede toda oca, a cabeça está colada à superfície mas poderia também se afundar ali.

A parede é uma membrana viva e rasga-se mais nas extremidades para lhe dar passagem, é capaz que Carlos não tenha opção, e que a parede o esteja *sugando*, como se alimentou dos escravos nesta casa; ela não está satisfeita, parece puxar sua orelha, agarrar seus cabelos, vejo em seu rosto os sinais de cansaço, Mauro grita atrás de nós e eu me viro assustado.

Parou gelado na porta, perguntou o que fazíamos ao mesmo tempo em que tentava entender aquele meio corpo contra a parede, e ouvimos passos rápidos atrás dele. Carlos agora usava a mão livre para se desprender do buraco, com mais esforço, e parecia puxar *algo* dali. Um objeto reluzente, ele arfava, se endireitou nos joelhos e o ergueu no ar. O que brilhava na luz do lampião era um cabo de madrepérola. Mauro deu um passo para trás, boquiaberto diante de uma estatueta nefasta, e se apoiou no batente para não ser lançado no vazio da sala de jantar. Os meios-irmãos apareceram atrás dele, embarreirados a contragosto, e seus olhos brilhavam como besouros. Felipe tocou seu ombro, era um toque nervoso. Comia os lábios e por um momento achei que pudesse fazer algo impremeditado. Não sabia onde estavam as pistolas de Eugênio, as horas corriam com rapidez na madrugada e era difícil seguir o rastro de todos. O que nos salvou, ou acho que nos salvou, foi Isabel. Eu desejei aqueles passos duros, meu coração bateu com seus gritos, com o ímpeto com que esticou os braços em flecha e abriu caminho entre os homens para nos ver sentados naquele chão salpicado de lascas de reboco. Carlos entregou a Castelo.32 sem resistência, ela aproximou a arma do rosto e ofegava como um peixe, os olhos voltavam a se encher de lágrimas, parecia queimar nas retinas cada linha daquela arma, o cano reluzente, o tambor arredondado onde, constataríamos alguns minutos depois, faltavam duas balas.

Eu me sentia estatelado, nossa conversa foi por um momento incompreensível, o garoto havia se erguido e respondia mal às perguntas porque ainda trabalhava furiosamente, olhava ao redor sem dizer nada. Mauro também se aproximou e o tomou pelo ombro esquerdo — não uma reprimenda, antes um aperto quente, quase amigável —, e o garoto, os olhos apalermados de uma criança vidente, esticou o braço e indicou algum ponto acima da porta. Mauro e Isabel se viraram. Os meios-irmãos se afastaram da porta e tentaram seguir a linha imaginária. O que víamos era irreal, eu pisquei os olhos pensando que o lampião me ofuscava: no final da parede, sobre a porta, uma estrela de prata brilhava entre as lombadas escuras.

Felipe pretendeu pegar o lampião, Isabel o quis para si, enfrentaram um momento de impasse até que Mauro tomou o recipiente de vidro chiando em suas mãos. Ergueu-o pela alça até a porta — uma estrela pálida e perfeita, marcando a metade de uma história ilustrada da Segunda Guerra Mundial em doze volumes. Que nada mais era, sob a forte luz, do que a carne branca do papel despontando da cobertura arrancada pela bala.

Pediu uma das poltronas; Eugênio a arrastou pelo chão. Carlos ainda pediu que não estragássemos a evidência, mas Mauro dera o lampião à mulher e subiu na almofada, uma das lombadas arrebentadas pelo tiro saiu em sua mão, ele a deixou cair. Depois puxou outro volume. Disse, a bala deve estar aqui. Deixe aí, falou o garoto. Mauro folheava as páginas, Eugênio queria um também, Mauro ordenou que Isabel não se distraísse, continuasse a iluminar, e ela mandou que o marido descesse. Ele sacudiu um segundo volume. Ouvimos o som metálico da pequena pecinha de chumbo quicando no assoalho, e todos agachados até encontrar a bala retorcida.

— Veja se não caiu debaixo da sua poltrona, falou Isabel. Desça daí. O marido falou: Felipe, não toque *em nada* até eu descer. Eugênio havia se agachado e Mauro falou, *Você também*.

Colocou-se de cócoras. A mulher reclamou que era muito afobado, muito cabeça-dura, havia destruído uma prova importante do crime. Que prova, mulher?, você não sabe do que está falando, e se ergueu de braços cruzados. Felipe tampouco ajudava nas buscas. Foi Eugênio quem a encontrou. Me dê ela aqui, falou Isabel. Não encoste muito por causa das digitais. (Mauro riu, sem paciência.) Todos para fora. Já. Para fora. Deu o lampião a Mauro, continuou com a arma. Saímos em fila indiana, ela afastou o balde e a vassoura com os pés, bateu de novo a porta do escritório atrás de si, um pouco desajeitada, e girou a chave num clique sutil. Mauro interrogava o garoto, queria saber onde o buraco ia dar. Carlos parecia absorto em alguma outra coisa nova. Depois falou, hipnotizado, que dava provavelmente na capela.

Mauro, Isabel e os meios-irmãos discutiram. Mauro queria abrir mais o buraco e ver onde ia dar. Isabel disse que não queria vê-lo estragar outras pistas. O que você entende de pistas, idiota? As vozes cessaram por um momento, como uma onda em retrocesso. Os olhos de Isabel brilharam. Não vai chorar *de novo*, falou Mauro. Felipe disse que concordava com ela; preferia esperar a polícia antes de qualquer outra medida. Você diz isso porque está muito encrencado, rapaz. Encrencado? Por que encrencado?

Só então notei que Julia e o personal trainer nos vigiavam da mesa. Ela sentada na ponta, curvada, e o sujeito musculoso quase sobre ela. Julia disse, a voz rouca: Agora eu me lembro; Eugênio, o que você estava fazendo na capela hoje à tarde? Ele tremeu os lábios. Eu? Viu que esperávamos uma resposta. Falou que a porta estava aberta, ele entrou porque a cruz...

— Já sei. A cruz roubada. Essa história de novo, disse Mauro.

— Você estava na capela?, falou Isabel. Fazendo o quê?

— É por isso, querida, que eu quero entender *exatamente* o que aconteceu, antes que —

Geraldo despontou da copa, passou por Jorge Alexandre e pela pequena. A família se fechou num silêncio, sempre que falavam da cruz pensavam nele. Seu estado aliás era deplorável. Não havia se lavado. Usava a mesma capa reluzente, mas seus olhos estavam baços, a testa toda suada. Mauro, que segurava o lampião, o acomodou na mesa, longe de nós, com medo, talvez, de que Geraldo pegasse fogo. Aquele cheiro de cana-de-açúcar. Que ótimo que está aqui, disse Mauro. Quero que encontre a colombiana. Sabe quem é? Se lembra? Aquela mocinha que estava hoje na piscina, isso, que veio com Felipe. Se lembra? O caseiro tentava identificar as figuras à sua frente. Parecia não ouvir. Mauro disse que seria fácil; ela não estava armada. Poderia levar a marreta se quisesse. Pode até levar o lampião. Isso. Eugênio, dê a ele o lampião.

A cozinheira havia seguido o marido até a sala e cobria a boca com as mãos. Chorava. Viu Geraldo fazendo o caminho de volta, ele passou por ela sem dizer nada e se enfiou pela copa. Seu próprio pesadelo. Meu Geraldo, ela murmurou. O que vocês vão fazer com ele?

— Depois precisamos ter uma conversa *séria*, disse Isabel. Depois que tudo isso *acabar* — ela também chorava. Perguntou onde estava Fátima.

— Desmaiada no quarto azul.

— E Ana?

— Cuidando de Fátima.

Isabel se apoiou num encosto. E quem está com mamãe? Quase se desequilibrou. Mauro pediu que tomasse cuidado, ergueu a mão para pegar a arma que ela, sem saber, ainda carregava. A mulher hesitou um pouco antes de estendê-la, sentou-se confusa. Mauro teve alguma dificuldade em abrir o tambor, Eugênio o ajudou. Constataram a falta das balas.

A discussão passou então para o revólver. Eugênio continuava perplexo sobre como fora retirado do tampo de vidro. Mauro fechou o tambor e o enfiou no cós traseiro da calça. Ah, não, isso não, disse Felipe. Não o quê? Você não vai ficar com a arma, disse Felipe.

— Alguém precisa estar pronto.

Eugênio murmurou que carregar uma arma pressupunha seu uso. Quanta bobagem, disse Mauro. Eu só vou usar numa *emergência*. Jorge Alexandre disse que não ficaria nem mais um minuto naquela casa com um homem armado. Havia se afastado da pequena, estava perto da porta.

— Então vá logo embora, valentão.

— O que faz de você a escolha natural para ficar com o revólver?, perguntou Felipe.

— A idade. Meu cargo na empresa. Minha *senioridade*.

Felipe disse que a senioridade apenas o tornava mais suspeito, agora que ia perder *tudo* na empresa. Mauro retrucou, Quem vai perder é você, depois de tantas burradas, amigão. Quando os americanos colocarem o prejuízo na ponta do lápis, você e seu irmãozinho estão fora. Felipe disse que aquele não era o melhor momento para discutir negócios. Mauro falou que não, ele tinha razão, Temos de falar de outro assunto: o que há na capela? Felipe disse não saber do que ele estava falando. Eu vou até lá sozinho, então. Olhou para Carlos. Garoto, quer ir comigo? Aposto que descobriremos algo interessante. Carlos acenou que sim. Felipe ponderou, depois disse que iam juntos; não queria vê-lo desmanchando mais evidências. Que evidências? Não há evidência nenhuma, disse Felipe. Mas, se *houvesse* alguma, não gostaria que você destruísse, como vem fazendo sistematicamente.

Eugênio olhava de um lado para o outro. Felipe, disse ele, vamos esperar a polícia.

— Achem a espanhola!, gritou Isabel. É pedir demais?

Ergueu-se cambaleante, sussurrou a Dalva que terminasse

de arrumar a mesa, ela tentaria trazer a mãe do quarto. Mauro, eu lhe peço. Faça *algo*.

— Estou fazendo, querida. Mas eles se recusam a cooperar.

Passaram ainda alguns minutos discutindo as minúcias da operação. Julia, na ponta da mesa, estava sozinha. Ela olhava um ponto na madeira escura, era uma estátua de açúcar, tão indefesa na meia-luz. Sua mão estava gelada no toque, gelada e inerte. Carlos perguntou se eu iria com eles. A chuva lá fora caía suavemente quando apertei a cabeça dela contra o meu peito.

17.

Peguei dois biscoitos amanteigados de uma lata importada. Julia havia chorado. Depois me empurrou para longe, depois deixou que eu a afagasse como um bichinho. Depois chorou de novo, enfiou o rosto sob meu ombro e procurou se livrar de mim. Eu a envolvi. Quando Isabel se ergueu na outra ponta para ficar um pouco no quarto com o pai, Julia foi para perto da mãe. Cruzou com muito esforço as cadeiras enfileiradas, desabou ao seu lado e agora mexia eternamente o açúcar no chá (a porcelana estalando).

A mãe parecia ter encolhido. Alguém a enrolara num quimono florido, um pouco folclórico, e ela continuava com frio. A pele do rosto se esticara ressecada, deixando as próteses e enxertos sobressaltados como cânions azuis por onde as lágrimas corriam até chegar ao pescoço. Respirava a contragosto, gania, fechava os olhos e quando os abria parecia ter dificuldade em levantar as pálpebras.

A casa estava silenciosa; a todo momento eu julgava ouvir

algo do escritório trancado. Eu queria ouvir algo; eu não queria. O cansaço bifurcava meus sentimentos. Estava exausto de pistas desconexas, exausto de descobri-las, de caírem no meu colo, de não saber por onde começar a encaixá-las. Estávamos apenas nós três. As gotas nos baldes estalavam esparsas, a água se espraiava vagarosamente pela madeira. O silêncio quebrado por meus dentes triturando a cobertura crocante do biscoito. Gostaria de calcular quanto tempo havia se passado desde que desceram à capela, o que faziam. Talvez eu devesse estar com eles; Julia parara com a colher em meio ao movimento no chá. Talvez. Eu me sentia cansado e ao mesmo tempo desperto. Era difícil definir meu estado. Uma espécie de insônia de olhos abertos. Nesse espaço imóvel e sozinho na ponta da mesa, algo rugia dentro de mim. Algo que falava de traições, de corpos presos às paredes, de verdades históricas e vigias ocultos, de todos esses indícios que a casa aos poucos revelava. Suas paredes porosas vibravam numa linguagem própria, agora que o espírito silenciara (os forros misteriosamente calados). O rugido que eu sentia me deixava inebriado. Eu tentava ouvir o murmúrio que pretendia contar, apenas a mim, uma longa história.

Dalva veio dos quartos, perguntou se dona Yolanda queria mais chá. Nem a velha nem a pequena responderam: a mesma posição de cera. A cozinheira estalou os lábios, comentou que estava preocupada com Geraldo, ia esperá-lo na cozinha. Silêncio de goteiras. As mulheres não disseram nada, e a cara de Dalva não foi das melhores — nos olhos, o esboço daqueles ódios sociais que não podem terminar bem. Ela disse muito formalmente que estaria aguardando na cozinha e cruzou a mesa fitando o chão. Seus passos duros, ao fazer ranger as tábuas, rangeram também os canos acoplados uns aos outros na estrutura escura à minha frente. Era a primeira vez que eu *ouvia* o andaime, ele talvez tivesse tentado se comunicar durante todo aquele tempo, mas estávamos absorvidos primeiro pela chuva, depois pelo drama.

O que eu queria? Minha mente começava a juntar as peças da memória. A velha tomou um gole do chá que Julia ergueu até sua boca. Julia virou um pouco a xícara, aquele som chupado, viscoso, escorreu pelos meus ouvidos, respingou no cérebro. Mamãe, quer um biscoitinho? A velha, reduzida em seu quimono florido a um samurai enfermiço (seu rosto uma máscara cenográfica), começou a se lamentar. Um homem tão honrado, um homem tão justo, que sempre quis o melhor para a família e agora estava ali, debaixo de um cobertor, nunca mais ia falar nada, nunca mais tossir... os médicos tão otimistas... o próprio dr. Fancuollo, nem ele podia acreditar numa recuperação tão boa... morto assim, a sangue-frio, bem na nossa frente.

Caminhei até perto delas e peguei mais biscoitos amanteigados, enfiei um na boca. O barulho da moagem dos maxilares fazia tremer toda a caixa craniana, era um alívio. Não pensar em mais nada. Comi outro biscoito. Eu podia me fechar naquilo: uma câmara amniótico-hiperbárica. Minhas ideias pareciam embranquecer quando Julia perguntou se eu pretendia continuar a noite inteira com aquilo. O quê? Essa mastigação. Bem ao lado de mamãe. Você veio até aqui perto, agora está fazendo de propósito, para nos irritar?

Peguei mais dois biscoitos e me afastei. Disse que não ia mais incomodá-las. Nunca mais, se fosse o caso. Me postei à frente do jardim negro, onde a chuva se transformara em garoa e o vento gordo não conseguia passar pela porta aberta. Andei a seguir um pouco por ali, contemplando nas paredes, entre as janelas fechadas, os vasos pintados sobre pilares gregos, as borboletas com suas sombras projetadas no fundo mostarda, um besourinho avançando sobre uma maçã polida. Heras verdejantes. Olhei de novo pela porta, onde a brisa apenas estendera seu braço cansado. Em breve, pensei, o rio ia baixar. Eu chegava a sentir saudades de minha quitinete, dos gatos, do computador, onde poderia naquele exato momento escrever uma história que aniquilasse Julia. Ri para mim: a ficção não acreditaria nela. Olhei de novo o andaime, cuja estrutura fazia força para chamar atenção, me hipnotizar. Encostei a mão em seus canos ásperos, estranhamente mornos, como se por eles corresse sangue. Depois olhei os patamares sucessivos de acoplagens até o alto, onde as tábuas desiguais faziam o papel de estrado. No teto, ao longo das sancas, Carla vinha refazendo os padrões dourados em alto relevo. Da copa até mais ou menos metade da sala, o dourado realmente se fazia notar, mesmo na penumbra. Me perguntei se ela trabalhava deitada como Michelangelo; se, como dissera Eugênio, era preciso ter a loucura artística dos mestres para ser um bom restaurador. Pensava o que mais seus dedinhos ágeis saberiam fazer. Antes de sorrir, um frio se estampou no meu corpo, soltou fagulhas ao descer pelos pés. Tirei a mão do ferro, como se o ferro houvesse apertado, ele, a minha mão.

O andaime não estava posicionado no mesmo local em que a restauração terminava. As circunvoluções douradas, reluzentes à luz do candelabro, pairavam a cerca de dois metros *antes* do andaime. Dei três passos para trás. Carla poderia ter movido a estrutura para trabalhar no trecho seguinte? Poderia. Quis acreditar que sim. Mas o deslocamento era grande demais para supor uma continuidade.

Agora os ferros gritavam; agora os frisos grossos de madeira que contornavam a janela acenavam por atenção. Eu os segui com os dedos, constatei que o andaime pressionava a madeira a ponto de machucá-la.

Tateei a pintura. Ao se aproximar da moldura esquerda, era como se a parede se enrugasse, inchasse com protuberâncias sutis. Corri os dedos até a madeira, apertada com tanta força pelo ferro que o verniz lascara. Parecia descolada da parede; na realidade, parecia ansiosa para *saltar* da parede. Minhas unhas percorreram a aresta entre a madeira e o reboco, raspando pedaços mostarda que se desfaziam ao toque.

A adrenalina zunia quando me afastei, e o cesto de frutas pintado naquele trecho estava diferente: as maçãs podres, as bananas com manchas negras, os vermes com suas sombras projetadas no mármore carcomido. Pedaços de polpa respingados no chão ilusório, onde moscas verdes se banqueteavam. Me lembrei de um gato, mas não dos *meus*. Seu miado. Me lembrei dos surtos epiléticos de Poe.

Empurrei o andaime — tentei empurrar o andaime — e só então notei os calços sob as rodinhas. Me abaixei bufando e atirei um deles para longe. Ouvi que Julia dizia algo, parecia muito distante. Atirei outro, perguntei o que ela queria. Me inclinei ao terceiro calço. O quê?, perguntei. Sua vozinha era o eco num funil, O que você? Em paz? Não se pode? Em paz? O que você?

Lancei o último e falei que seria rápido, ver aqui um negócio, só um tempinho, não era nada, o quê?, nossas frases truncadas se embolavam na sala. O andaime me encorajava; o assoalho clicava; o madeirame do batente esquerdo se inflou num estalo rachado. A miríade de pedrinhas de areia tilintou pelo chão. O que você? O quê? Alguém! Ao me levantar, eu talvez devesse ter pedido que as damas gentilmente deixassem o aposento, ele se abria num fogo vermelho que era preferível não verem. Elas no entanto gritavam num coro de vozes novas.

Quando por fim empurrei o andaime, o revestimento de madeira se soltou e uma fumacinha azul se elevou em sopros ondulantes. Uma xícara se estatelou. Pronto, pensei. Senti nesse momento o cheiro.

Ainda hoje acordo no meio da noite enjoado. É algo súbito, que aparece no meio do sonho, e a seguir abro os olhos com a boca cheia de rolhas secas e não sei onde estou. Eu pensava ter rompido um cano de esgoto. Achei, depois, que alguma comida havia caído nas reentrâncias e estragado ali. Um rato morto, meu Deus, era isso. Eu não sabia. Não era só o cheiro da morte. Era o cheiro da morte e também do desgosto.

Puxei com força a folha de madeira. Os pregos saíram da parede como insetos negros dos casulos. É incrível que eu tenha pensado apenas no serviço malfeito de alguém. Os pregos em revanche rasgaram minha palma, o cheiro ganhou densidade e temperatura. Acho que tossi. Talvez não fosse eu, e sim as vozes múltiplas. Alguém me puxou por trás com braços de ferro e lutei como se sonhasse. De maneira fantástica me desvencilhei do aperto e avancei de novo contra a parede, onde meus dedos se depararam com uma superfície gelatinosa, que raspei, tentei furar, agarrei, era escorregadia, muito esticada, e no entanto encontrei um ponto de apoio, enfiei meus dedos pela membrana, tentando rasgar aquele casulo gigante, e tenho consciência de que Julia estava ao meu lado e gritava. Ela, curiosamente, parecia nervosa *comigo*, não com o que brotava de maneira insultuosa da parede. Ela não vira a parede; a parede era invisível; ela pensava apenas na mãe; queria ocupar um espaço de autoridade, por isso me agredia. Todas essas irrelevâncias me passaram pela cabeça.

Os braços me pegaram de novo, desta vez numa chave de pescoço que me fez cuspir saliva, eles não me soltavam, fui puxado para trás, ainda tentando reagir, e levei comigo aquela superfície oleosa, ela *realmente* brotava da parede como um útero maligno, sei disso, sei que era *real* porque Julia fez um silêncio de engulhos e os braços por trás de mim perderam momentaneamente a força. Então investi de novo e, quando voltaram a me puxar, trouxe o tecido brilhante comigo, ele se esticou ao ponto da ruptura, alguém gritou que parássemos. Nos detivemos. A bolha ficou um tempo em equilíbrio suspenso, era a chance que eu tinha de recuperar a sanidade, mas finalmente estourou num esforço de maternidade que ainda reverbera naquelas paredes ocas: um esguicho com todos os seres mortos e triturados num caldo morno, uma correnteza negra que se abriu e eu a vi, gritando para mim, a língua autônoma como um ouriço e os dois olhos ovos cozidos, o cabelo de Górgona com infinitas bocas estalando, a pele cor de goiaba madura (ou era o brilho das velas), o jorro negro entre os dentes translúcidos, secreções como um rio e, antes que a correnteza me levasse, antes que me tragasse, humilhasse, me fizesse esquecer de tudo, agarrei Julia como se ela fosse um galhinho à beira do precipício e a arranquei da terra úmida com tamanha facilidade que, apesar de ela se debater em horror, pela primeira vez um horror verdadeiro, desadornado, quando mergulhei na água ela afundou comigo.

18.

Nunca regressei do abismo mais profundo do rio. Eu lembro de lutar para subir à tona, e a cada batida de pernas afundar mais, enquanto vozes que julguei estarem na superfície gritavam por mim. Fui levado não sei por quanto tempo, em suspensão, sem ver nada — apenas as últimas bolhas prateadas de ar escaparem até uma altura impossível, e sumirem sem nunca varar a fronteira da água. Respirei líquido; meus pulmões se fecharam como se os tivessem grampeado. Comprimi os olhos, me apertei numa concha, achei que estava tudo terminado.

Depois veio o barulho. Rocei paredes de pedra. A correnteza ficou mais forte, abri de novo os olhos sem ver nada, tentei me segurar às superfícies que se afunilavam, mas o redemoinho me puxou mais para baixo. Respirei, ainda no escuro. O ar gelado ao meu redor; tossi. Poderia me sentir aliviado de não estar mais na casa, mas rastejei sobre uma areia pastosa como um náufrago e quando abri os olhos estava numa praia estreita, a seguir num bosque desfolhado, depois diante de uma mansão de luzinhas piscando. Do alto de um andaime na entrada o pescoço degolado de um pássaro negro fazia borbulhar um sangue espesso, que caiu em mim em placas de coágulo quando passei, e afastei um portão duplo de bronze com figuras demoníacas de ligeiro mau gosto esculpidas em alto-relevo. Um vestíbulo com tapete felpudo, as paredes cor de carne. Os quadros me olhavam com reprovação; a mesa polida tinha no centro um copo emborcado. Me desequilibrei num corredor até um cômodo recoberto de chaves, com uma enorme poltrona esverdeada e vazia. Escadas. Eu ia contra minha vontade, e no entanto avançava, cada vez mais para baixo.

A água negra gotejava ali também, e aos poucos vi o forro inchar, a casa parecia se partir em duas. Santo Antônio girou o pescoço atarraxado em minha direção, rios de verniz escorrendo dos olhos do menino em seu colo. Uma sombra grudou em meu ombro se alimentando do coágulo. Ela girou no ar, cruzou os móveis, disse que nunca havia matado ninguém, nunca havia traficado nem ido contra a lei dos homens, fora punida injustamente e ainda sofria. Havia à minha frente uma porta, que a sombra me desencorajou de abrir — Eles vêm para beber o sangue e para reclamar; como reclamam —, mas eu só podia seguir para baixo e girei a maçaneta (a maçaneta se cravou em mim). A porta se escancarou, ouvi o grito de todos os mortos, passando como morcegos. Me rodearam, perfuraram, lamberam e tentaram me tirar do chão. Meu avô sorria numa plantação de crisântemos; eu não queria mostrar a ele minhas mãos, apertadas nas costas, de onde escorria a gema de um ovo que ele encontrara num ninho e pedira que eu guardasse.

A luz piscou, caiu, quando se firmou, uma figura me observava encurvada, cabelos flutuando como algas. Ouvi um ganido que era seu choro. Não sei o caminho de volta e não consigo respirar, ela disse. Apertou meu antebraço com força e ele pegava fogo, ela dizia que não tivera tempo de contar sua história, não sabia o que eles andavam falando mas ela nunca *quis* nada, eles insistiam, Eles me *importunavam,* eles me prometiam uma série de coisas e eu nunca pedi nada, eles me visitavam cada um a seu tempo e me prometiam as mesmas coisas. Um deles dizia que iria largar tudo para ficar comigo, mas eu só descobri tarde demais que estava mentindo. Foi isso; eu me virei de costas para pegar alguma coisa, depois tudo ficou escuro, tudo esfumaçado, não consigo recordar. Agora estou aqui, disse ela, nesse espaço exíguo e sem ar, onde um plástico me prende e não posso respirar, não posso me mexer. Ela chorou e apertou mais, pedia que alguém fizesse alguma coisa; alguém a vingasse. As humilhações. *Elas* batendo panelas no andar de cima enquanto eu tentava dormir. Me servindo sobras estragadas e rindo. E os pregos se afundando no cimento, disso eu me lembro. Afundando como se fosse na minha *carne.* Você tem de voltar, disse ela. Você tem de voltar e contar tudo àquele senhor, àquele velho... mas eu não consigo lembrar mais nada, onde estou? Que lugar é esse em que me colocaram?

O velho está morto, tentei dizer.

Abri espaço na casa que se desfazia, tentei seguir um velho pelo buraco na parede. Desci atrás dele por uma escada; corremos pelo alto de um forro, martelando a mansão de sons espantosos. Ele gritava, chorava, forçava as portas, tentava abrir janelas, e os dedos se cortavam nas persianas. O rosto era familiar, ainda que parecesse cem anos mais velho. Quem me colocou aqui?, ele gritou, arranhando o rosto. Me mataram como um porco e eu preciso voltar. Me traíram. Minha própria família. *Traído.* Eu matarei todos e depois vou tirar um a um da minha empresa, ele disse. A *minha* empresa. A minha empresa de— mas como se chama? *Como se chama a minha empresa?* — Ele parecia desesperado, sacudiu meus ombros e nos desequilibramos. Afundamos no assoalho, seu hálito era horrível, ele me dizia que *ainda* tinha lembranças e ia voltar, gritou, Vou me vingar. Todos querem se vingar por aqui, falei. Depois implorei que me soltasse. Um longo murmúrio. Nos levantamos num prado de asfódelos, batendo a poeira branca dos braços. O sol era uma moeda de prata. Onde está o meu irmão?, ele disse, olhando ao redor preocupado. Eu o procuro mas ele foge. A morte é solitária (voltou a chorar). Eu preferia ser um gerente. Não; uma assistente de recursos humanos. Não; o subalterno do almoxarifado. Um empacotador, a mocinha da limpeza, mas não isso. Morto como um porco. Bem quando eu tentava salvar a família. Eles dependem de mim, esses ingratos, esses —

Um rio negro inchava em nossos tornozelos. O velho parecia se desfazer naquela água. Ele se lamentava. Não era assim que eu queria. Não era. Nesse lugar onde tudo é diferente quando a gente olha. Veja isso (a água em nosso peito). Eu queria um leito, uma cama branca reclinada. Lençóis limpos; o que eu não daria por lençóis limpos. Uma junta médica. É pedir demais? Veja só isso (a correnteza começava a nos arrastar). Um velório concorrido, um bom anúncio no jornal. Velas naturais na cabeceira. Eu queria — a água o puxou num tranco, eu primeiro tentei nadar em sentido contrário, depois me agarrar aos arbustos da margem, mas pedaços inteiros de reboco cediam ao toque.

Agarrei-me a pedras na forma de dentes. Num promontório, um velho que julguei ser o mesmo mas era outro se arrastava pela areia, tentava chegar até a margem. Ele perguntou quem eu era. Depois disse que buscava os filhos. Você é um deles? Não sou seu filho, respondi. Não posso ser. Ele me fitou de olhos vazios. Tossiu poeira. Meu irmão, ele falou, cuspindo dentes para fora. Quer me pegar. Aquele ladrão de galinha, ele veio comer as minhas tripas, eu tenho certeza. Mas meu irmão vai pagar. Ele sabe que estou aqui, mas eu me escondo. Ele vai pagar. *Vai pagar.* Eu vou me vingar.

A pedra a que eu estava agarrado estalou como uma rolha de champanhe. Depois se desprendeu, tornou-se instável. Pedi ajuda à figura, mas ela ainda se lamentava e queria saber se eu vira seus filhos. Você falou com eles? A pedra vibrava, iria soltar-se a qualquer momento. As sombras reapareceram e tentei enxotá-las. O velho não parava de falar de uma criança tímida, que chorava por qualquer coisa... Tinha medo de mim, muito medo, disse ele, eu passava todo o tempo na empresa, ele quase não me via, ele se agarrava na perna da... como era mesmo o nome dela? Da mãe?

Eu gritei que me ajudasse; as sombras haviam se enfiado na correnteza e tentavam mover a pedra de seu encaixe precário. E o mais novo, o que foi feito dele? Meu bebê gordinho... Ele cresceu? Falou as primeiras palavras? Ganhou uma bicicleta? Eu sinto que *algo* aconteceu. Por que você não me diz nada? Veio até aqui e não me diz nada. Sempre que eu sonho com ele, não consigo ver sua risada, não consigo ver seus olhos. Há algo estranho que não posso identificar, ele não quer me dizer. Eu...

Não pude ouvir mais. A pedra estalou de novo e começou a girar na força das águas. As sombras passavam vitoriosas e me davam encontrões. Algumas tentavam guiar a pedra pela correnteza, mas não era mais necessário nenhum esforço, e Humberto deixou de ver, deixou de raciocinar. A pedra desencaixou da base num solavanco, e ambos mergulharam no precipício da água negra, que tudo fazia esquecer.

PARTE 3

Das cartas

19.

O calor provocava um mal-estar que o acolchoava, tomava o quarto e era possível cortá-lo de tão denso. Ele não sabia dizer onde estava. Deitado numa cama estranha, não escutava a chuva, apenas o rugido de fornalha que, ao escalar um pouco mais sua consciência, revelou se tratar do rio. Piscou, e o suor que se acumulara nas pálpebras ardeu a retina. Esfregou os olhos e tentou distinguir as formas ao redor. Dependia da luz vazada pela porta fechada, um amarelo tênue percorrendo o retângulo de frestas. Ouviu um gemido ao seu lado direito e sentiu o colchão ceder no movimento de alguém pesado. Ele viu: a forma rombuda como um morro, coberta por uma faixa branca que supôs ser o lençol. Havia uma terceira pessoa ali, sentada ao lado do vulto. Humberto se mexeu, tentou falar, mas a figura na cadeira ordenou que fizesse silêncio. Era a voz da cozinheira, que se impunha, áspera, e o subjugava. Dalva disse, Isso logo vai acabar. Eu percebo que está ficando claro; logo amanhece e vai acabar. Não se dirigia a ele. Os olhos de Humberto se acostumaram um pouco mais à escuridão. Ela fungou, talvez tivesse chorado; deu tapinhas no topo da montanha, que gemeu de novo. A cabeça de Humberto latejou com violência — a fornalha era *também* a dor — e ele se virou de lado, puxou com força a ponta do lençol na tentativa de se cobrir. Parou um momento numa acomodação precária, tentando esquecer a nova realidade. A mulher tomou de volta o lençol; ele não conseguia pensar. Morcegos assombraram seus olhos fechados e ele voltou a abri-los. Tentou, no silêncio difuso, recordar o que havia acontecido. Depois se ergueu nos cotovelos, mas o corpo todo doía.

— Você vai ver uma coisa, disse Dalva. Todos vocês serão julgados no momento certo.

Humberto sentiu uma náusea subindo da barriga à glote e desabou de novo na cama. O rangido no estrado fez a figura ao lado se lamentar.

— Não se mexa, ordenou Dalva, com repugnância na voz. Você se movimenta e vem esse cheiro de esgoto, esse... tossiu com tanta força que Humberto achou que ela fosse vomitar. Mas a mulher era forte. Deu mais tapinhas no ventre da figura deitada. Como está a perna, Geraldo?, quis saber ela, a voz agora incerta. Estalou os lábios. Disse que não eram cachorros para serem trancados daquele jeito. Eu juro, eu pego as minhas coisas e vou embora daqui, a gente nunca mais volta. Tratados como bichos, é isso o que estão fazendo. Meu Geraldo precisa com urgência de um hospital. Estamos nessa casa desde que a mais nova era pequena, eu pegava ela no colo, cuidava dela quando a mãe não estava. A mãe, ela...

Parou no meio da frase, engoliu um soluço e cobriu a boca. Apertou o nariz enquanto gemia, curvou-se. O marido estendeu um braço escuro para tocá-la. Ela sussurrou que era horrível, *horrível.*

— Eu também estou preso?, perguntou Humberto. Por que estou preso? Não fiz nada para estar aqui.

O esforço de falar foi demais, e esfregou a cabeça para que a agulha perfurando seu cérebro não avançasse pelo olho direito. Dalva dizia algo sobre dona Yolanda, que se estivesse bem teria impedido aquele absurdo. Agia de forma estranha conosco nos últimos dias, não sei o que as filhas enfiaram na cabeça dela. Mas isso que aconteceu, meu Deus... ninguém merece ser punido *a esse ponto*. Humberto sentiu o cheiro do medo escapar entre os dentes da mulher. A cozinheira soltou o ar. Disse que ouvia as conversas naquela casa, mesmo sem querer. Naquela casa se ouvia de tudo nos momentos mais inesperados, era como se as paredes ecoassem as falas. Ela *sabia* o que andavam dizendo de Geraldo, que o ligavam ao sumiço de uma cruz. Meu Geraldo já teve seus problemas com a bebida, todo mundo sabe, e num período esteve tão endividado que teve de ir até dr. Ricardo pedir ajuda financeira. Mas isso não torna ele um criminoso. E sabe o que dr. Ricardo fez? Sabe? Ajudou sem perguntar nada. *Nada.* Porque dr. Ricardo sempre foi um homem íntegro. O que vai ser de nós agora? Se ele está *daquele jeito*, lá naquele quarto... e se aconteceu isso com dona Yolanda... Tenho certeza de que as irmãs estão acusando o meu Geraldo pelo que fizeram com essa menina... de forma tão violenta...

— O que aconteceu com dona Yolanda?, perguntou Humberto.

Dalva afundou o rosto no peito, deixou que os soluços escapassem por um lencinho que usou para cobrir a boca. O marido tentou roçá-la de novo, mas o esforço era enorme, ele se retraía de dor. A mulher fungou e se reacomodou na cadeira. Olha o que fizeram com ele; olha o que *vocês* fizeram com ele. Primeiro foi obrigado a sair no meio da tempestade atrás do maldito sinal do celular. Meu Geraldo quase morreu ao descer o morro, uma árvore caiu perto dele. Isabel disse que vamos ter de pagar outro aparelho, nem que a gente tenha de usar o nosso salário do ano, você acredita? Será que ela não sabia que havia um risco? Depois, nem bem chegou, nem respirou, mandaram ele fazer *o que fosse preciso* para pegar a menina, porque eles, os homens desta casa, são incapazes de fazer qualquer coisa por conta própria. Deram a ele até a marreta. Pra que a marreta? Meu Geraldo não faz mal a uma mosca. Se *eu* não tivesse saído na chuva à procura dele, ele ainda estaria lá, no barranco da obra... e Isabel ainda insinuou que a gente estava tentando fugir pelo rio. Fugir a nado. Mas como? Será que ela não viu a perna do meu Geraldo? O osso branco saltando pra fora da calça? Se eu não tivesse saído à procura dele (foi quase um sinal, não sei nem explicar), ele ainda estaria lá... com essa *perna*. Jogado no buraco, com água no pescoço, rouco de tanto gritar por ajuda.

Humberto perguntou se alguém tinha um maldito remédio para dor de cabeça. Aqui eles só têm calmantes, disse a cozinheira. Pergunte às irmãs. Dona Yolanda estava gritando de dor até um tempo atrás e sabe o que deram? Mais calmantes. Só de pensar nela... (de novo o pano na boca). O que você *fez*?

— Que diabos aconteceu com ela?

— O osso dele saindo pela calça, meu Deus. Quando me ajudaram a trazer Geraldo pra cá, aquele professor de educação física disse que tinha feito um curso de primeiros socorros e que a primeira atitude a tomar era colocar o osso para dentro — foi o que ele disse, parecia entender do que estava falando —, ah, meu Deus, como meu marido gritou. O sujeito mexia com o osso de um lado e de outro, depois começou a suar, depois começou a ficar branco, dava para ver que ele não tinha a menor ideia do que estava fazendo, ia *arrancar* a perna do Geraldo. Agora, se o problema piorar, quem paga a conta? Se eu não tivesse gritado, mandado todo mundo se afastar, não sei o que seria dele. E o sujeito depois ficou se desculpando, dizendo que o caso de Geraldo era *diferente*, dando a entender que era muito grave e não deixavam ele trabalhar em paz. Depois pareceu ofendido, falou que não ia ficar nem mais *um minuto* aqui. Eu disse, é isso mesmo, então vá logo embora, e Ana me chamou de *atrevida*, Isabel gritou também, foi aí que decidiram nos trancar. Primeiro Mauro trouxe a gente até aqui, para descansar um pouco, e só depois ouvi o barulho da chave. Estamos presos, *presos*, acusados de roubar, de sumir com a menina, de tentar fugir pelo rio, de tudo.

Geraldo gemeu e disse à mulher que as coisas iam ficar bem. Ela suspirou, falou que em algum momento a polícia havia de aparecer e veriam quem era o culpado de quê. Parou um pouco, soltou o ar. Humberto via na penumbra seus olhos vidrados. O que fizeram com a menina, disse, amortecida. O que fizeram. A gente tinha os nossos problemas, ela não era fácil, ficava dando *risadinhas* na nossa cara, tentou nos acusar de roubar a despensa, era egoísta, mau-caráter, falsa, interesseira, mas o que aconteceu com ela eu não desejo a ninguém, Deus sabe que meu Geraldo seria incapaz de fazer uma coisa dessas, mas eles dizem: e quem foi que pregou as molduras de madeira nas janelas? Quem estava recolocando tudo aquilo depois do restauro? Está certo, foi Geraldo, mas madeira é uma coisa, menina é outra.

Ouviram o ferrolho estalar. A porta rangeu, e o brilho amarelo, ainda que tênue, invadiu o aposento e quase os cegou. Humberto derretia de dor, mesmo assim se inclinou para ver a silhueta de Carlos postada na claridade, acostumando sua visão. Humberto não entendia por que ele, Humberto, havia sido mencionado tantas vezes como tendo feito algo a dona Yolanda, e perguntou ao garoto. Ele hesitou antes de dar o primeiro passo, não respondeu. Fechou a porta atrás de si, tateou até a cama. Curvou-se, parecia procurar algo no bolso da bermuda emprestada. Ouviram uma caixinha chacoalhando, depois um fósforo riscado, e a explosão de luz muito perto de seu rosto, revelando pontos de uma barba nascente, óculos de aro dourado, brinco, pele pardacenta brilhando de suor. Do outro bolso tirara uma vela, alinhou pavio e chama com cuidado, manteve a vela inclinada enquanto o fogo subia. Colocou-a no lugar de outra que havia se extinguido no pires da cômoda. Humberto era uma criança impaciente e perguntou mais uma vez de dona Yolanda. O garoto hesitou. Foi Dalva quem respondeu por ele.

— Dona Yolanda está cega.

O frio deslizou pelas costas de Humberto. Aparentemente ficara tão nervosa com a cena na sala de jantar, disse Dalva, que os músculos se revoltaram. Deixara a xícara cair de suas mãos. Em seguida, sozinha na mesa, começara a *chorar*. Mas um choro estranho, pegajoso, no instante seguinte a pobre mulher não conseguia abrir as pálpebras e gritava não só de espanto, também de dor.

— Julia disse que ouviu um estalo vindo do rosto da mãe, falou a cozinheira. Um estalo diferente de tudo.

— Mas Julia estava no chão, disse Carlos. Foi quando bateu a cabeça com força.

A cozinheira assentiu.

— Achamos que foi o botox, disse Carlos. Ou os implantes de silicone nas bochechas, que estouraram com a pressão dos músculos. Mas isso os médicos vão dizer melhor.

Humberto falou que era impossível. Nada é impossível a essa hora da madrugada, disse o garoto. Agora o botox escorre dos olhos como verniz. É curioso. A família me mandou aqui para saber onde Geraldo guarda a aguarrás.

— Você acha que ele vai contar?, falou Dalva. Cruzou os braços em desafio.

Humberto tentou explicar a Carlos o mecanismo de sons e sinais que o fizera descobrir a restauradora. O garoto não parecia ouvi-lo; o rosto virado para o chão, mãos na cintura. Humberto falou de como observara o andaime, e de como notou o descolamento da madeira, e de como — era tudo uma cortina de bolor em sua cabeça, e teve de parar com um enjoo súbito. Dalva queria saber do garoto por quanto tempo mais continuariam presos. Carlos falou que não sabia; a família só sussurrava essas coisas. Me deixam na sala porque ficaram tão assustados quanto eu, quando Humberto achou… quando ele…

Dalva disse que se não fosse o garoto, que desceu na lama para ajudar Geraldo, ele ainda estaria no buraco. Não é verdade, disse Carlos. Como não? Quando eu chamei você e os outros até onde Geraldo estava, eles—

— Geraldo estava bem perto da casa, e ainda assim não o víamos, tamanha era nossa excitação de entrar na capela, disse o garoto, voltado para Humberto. Mas eu tenho certeza de que ele não gritou. Talvez estivesse desmaiado. Talvez dormindo.

— Meu pobre Geraldo; no escuro não viu o barranco que descia até o estacionamento de ônibus… e agora o lampião também se foi.

— Ele talvez gemesse, mas não ouvíamos por conta da chuva.

— Eu corri desesperada até a capela, onde vocês ainda estavam *discutindo*—

— Quem ia subir primeiro a escada. A passagem na parede, atrás do—

— … desesperada que me ajudassem a carregar Geraldo de volta para dentro, e quando a gente saiu de novo para a chuva vimos o *vulto* parado ao lado do buraco, e depois, quando nos viu, saiu correndo sem rumo…

— Ela deve ter ouvido os gritos do caseiro, disse o garoto.

Geraldo voltou a se mexer no buraco, a tentar sair, quando viu que podia ser salvo.

— E ninguém da família quis ajudar.

— Não é verdade. Eles foram atrás de Pilar.

— *Mentira*. Eles fugiram. *Você* nos ajudou. Você é nosso amigo; você vai nos ajudar de novo a sair daqui, não vai?

— Quando Pilar correu para se esconder na capela Mauro deu um tiro. Sem nem avisar.

— Quem deu a arma a ele?, falou Humberto.

— A sorte, disse o garoto, é que tem má pontaria. Acertou alguns palmos acima da garota, furou a parede na entrada da capela, ele —

Parou um momento, as costas rígidas. Humberto pensou se tratar de um momento de horror íntimo, mas os olhos de Carlos estavam vivos demais para qualquer mecanismo irracional. Depois o garoto repetiu: Sorte. Má pontaria. Não sabíamos até aquela hora que *ainda* estava com a arma do crime.

— Como deixam acontecer uma coisa dessas?, disse Dalva.

— Ele falou que era o mais graduado, eu acho. Ou o mais velho.

— A pobre garota não teve como se defender.

— Ela gritou que estava desarmada, ergueu os braços, disse Carlos. Depois tentou correr quando Felipe avançou sobre ela e a pegou, acho que ela tentou arranhá-lo e nesse momento foi atingida por um soco.

— Eu digo, os homens dessa casa são todos canalhas e covardes, falou Dalva.

— Um murro na cara. Ela caiu de cabeça no cimento e achamos que podia ter morrido. Depois, estava respirando.

— Graças a Deus. Eu não aguentaria uma nova morte.

O garoto meneou a cabeça, um pouco atordoado.

— Tiraram a arma dele?, perguntou Humberto.

— Ele pediu desculpas, disse o garoto.

— Ficaram mais preocupados em arrastar a menina, quase morta e desmaiada, do que socorrer o meu Geraldo, que estava *vivo e gritando*.

Carlos assentiu. Pensava em outra coisa. Seu olhar era duro ao fitar Humberto. Quando ele e Mauro entraram no porão com o caseiro nos braços, estranharam que todo mundo estivesse ali embaixo, e que as mulheres se empilhassem umas sobre as outras, arranhando-se, arrancando os cabelos, gritando. Estava escuro, muito escuro, Jorge Alexandre segurava a única vela, a mão livre à frente, como se tentasse conter uma manada de touros que houvessem perdido subitamente a razão. Ele nos viu aliviado, também em desespero, e nos mostrava, por meio daqueles olhos, que algo no andar de cima tinha dado muito errado. Nessa hora eu entendi *exatamente* o que havia acontecido, disse Carlos. Não sei se me explico bem.

— A gente só ouvia os gritos, disse Dalva. Até dona Yolanda, que não é de erguer a voz, estava louca, coitada. Ainda está. Fátima me abraçou e não conseguia nem começar a contar o que tinha visto.

Humberto quis saber onde ele, Humberto, estivera todo esse tempo. Temia o pior — esquecido na sala de jantar, a falta absoluta de amigos. Carlos desconversou. Disse apenas que a casa parecia sentar sobre as pessoas ali embaixo e as esmagar. Foi o que pensei assim que vi elas emboladas, disse o garoto.

— As irmãs não quiseram ceder o sofá para o meu Geraldo…

— E o trouxemos para cá, para o quarto de Eugênio, ainda que Eugênio reclamasse. Assim que entramos com o caseiro no porão, ele e Felipe vieram atrás, arrastando a pobre garota pelo chão, como um tapete enrolado. Você precisava ver. Entraram na sala atrás de nós e não sabiam onde jogar o corpo. Eugênio só pensava em amarrá-la, para não fugir, mas não tinha certeza se havia cordas. Geraldo sabe onde está tudo nesta casa, e eles perguntaram.

— Em nenhum momento pensaram em saber se ele estava *bem*. Só se aproximam de nós para pedir coisas, para ordenar.

— Jorge Alexandre bloqueou instintivamente a escada quando fiz menção de subir, disse o garoto. Ele na verdade queria me proteger. Sentiu-se um pouco embaraçado quando viu que eu não iria mudar de ideia. Você sabe, eu *precisava* ver, eu queria ver com meus próprios olhos.

— A escada toda vomitada, meu Deus.

— Mas eu tinha de subir.

— E ainda acusam o meu pobre Geraldo.

Carlos fitou-a. Ficaram um tempo encarando-se, até que a cozinheira baixou os olhos, disse que não, não queria voltar àquele assunto, ela já tinha dito a verdade, ela—

— *Eu preciso saber o que aconteceu.*

Dalva voltou a chorar. O garoto disse que com a polícia seria muito mais difícil, então era bom ela contar naquele momento. Não queria ajuda? Ele poderia ajudar se soubesse a história verdadeira. Eles precisavam de dinheiro, era isso? Ela falou que não, não precisavam, dr. Ricardo já havia ajudado uma vez, ele sim era íntegro.

— Você roubou o crucifixo?

Ela trocou olhares com o caseiro.

— Eu não roubei nada.

Geraldo havia se colocado de cotovelos na cama e, apesar de a perna exibir uma estranha refração sob o lençol (Humberto agora a via), ele parecia ter força suficiente para esmagar uma cabeça com as mãos. O quarto esquentara. Os lábios se mexeram na face de pedra para dizer — a voz enferrujada pela falta de uso — que não admitia que acusassem a mulher, ou acusassem ele. Os olhos da cozinheira queimavam, ela riu de uma forma que gelou a espinha de Humberto. O que você sabe da sua restauradora, moleque? Você não sabe nem um décimo do que ela aprontava aqui. A gente não deve falar mal dos mortos, eu sei que não, mas me diga: por que ela não poderia ter roubado? Carlos soltou uma risada nervosa, disse que não acreditava que Dalva agora colocasse a culpa em Carla, que obviamente não tinha como se defender. Ah, é?, disse a cozinheira. Mas o que eu iria fazer com uma peça de igreja? (O garoto hesitou.) Ia vender como? Mas a sua namorada poderia, você sabe que poderia. (O garoto balançou a cabeça que não.) Você não tem ideia, moleque, não sabe nem o começo. Pergunte aos homens dessa família. Pergunte por que na festa de Ano-Novo Eugênio quis derrubar essa porta — essa *mesma* porta — a socos. Pergunte o que Isabel *viu*. (Os olhos da cozinheira saltavam das órbitas.) Eu já tinha ouvido risadas de madrugada, disse ela, vindo pelas paredes como um fantasma. Mas essa casa não tem fantasmas; pergunte a Fátima. Depois dessa maldita festa de Ano-Novo eu *soube* que não havia fantasmas. Os barulhos começaram a fazer sentido. Os passos no assoalho, os copos desaparecidos, o nível mais baixo das bebidas de uma noite para outra. Você acha que ela restaurava?

O garoto esmagado. Você não sabe o que diz.

A mulher riu de novo. Não sei? Do basculante do meu banheiro eu vejo a piscina. A lua estava forte nos primeiros dias do ano, se a gente forçasse os olhos via bem o gramado. Foi aí que numa madrugada acordada eu vi os vultos, dois vultos, correndo para longe da casa. Na semana antes de ela sumir. Pergunte a eles, pergunte aos *homens*, antes de nos acusar. Pergunte a Isabel, que também deve saber. Um *roubo*, veja bem, não explica metade da história.

20.

Seguiu o garoto ao aposento principal e entendeu que não fora colocado naquele quarto por ser um dos suspeitos, mas como forma de proteção contra a família. Um cheiro pontiagudo de comida mal digerida e quente flutuava no ar. Apesar das portas abertas, a brisa que vinha de fora não tinha força para mover a umidade e o decaimento. As mulheres se agrupavam no centro da sala — a mãe deitada no sofá verde-azeitona, um pano branco dobrado sobre os olhos, Julia sentada segurando sua mão — Isabel e Ana desabadas nas poltronas. Fátima em pé, braços cruzados, a dois passos delas. Mauro e os meios-irmãos haviam trazido os bancos acolchoados do bar e se acomodavam ao redor da mesa de bilhar, onde haviam improvisado um jogo; as mesmas fichas coloridas, chamativas sobre o revestimento verde, o mesmo distribuidor de cartas, a garrafa de uísque e os copos sem gelo soavam como uma provocação, mas ninguém se opunha — a sala rescindia a desistência e liquefação.

Haviam sido vencidos pela noite, não reagiram quando

Humberto despontou atrás de Carlos. Ana, a muito custo, se moveu na poltrona como um leão-marinho e o acusou de ter feito *aquilo* com a mãe. Apontou à figura desmilinguida no sofá. A mãe, semidesperta, ao notar que falavam dela, passou a gemer com mais força, e Humberto viu, quando Julia ergueu com cuidado a compressa, as pontas do pano se prenderem aos olhos como cola. Julia redobrou o pano, mergulhou-o numa travessa de água no chão e voltou a pousá-lo sobre a face da mãe. Isabel, apesar da expressão derretida, do rímel ter secado no rosto como rios marcianos, impressionou Humberto com sua voz precisa: disse haver testemunhas e, se o caso da mãe fosse grave, se fosse *irreversível*, iriam processá-lo. Temos os melhores advogados. Eu juro, você vai perder o pouco que tem, e riu, antevendo sua desgraça. A pequena apenas o fitou e baixou os olhos, passou de leve a mão nos cabelos da mãe. Humberto queria se aproximar, ver onde doía (o leve inchaço violeta em sua testa — tratá-la a beijos curtos), mas se manteve escudado por Carlos.

— Onde está a aguarrás?, perguntou Isabel.

Estamos nos dissolvendo, constatou Humberto. Ele, particularmente, se sentia repugnante. Pensou a seguir em como as mulheres estavam maltrapilhas sem a ajuda de maquiagem e de ar fresco. As roupas, estampadas, caras, de seda (a imprecisão estilística de Humberto), eram uma massa empapada de suor e vincos oleosos. Agora a mãe gemia alto, sonambulamente, como um bebê que dorme e no sono se recusa a dormir.

— Dói, mamãe?

Ela começou a chorar fino, um gritinho agudo se erguendo na sala, enfiando-se pelos ouvidos. Os homens pararam com as cartas na mão. Mauro fitou o teto, como se pudesse ver o som batendo nas tábuas. Esperavam a cena que, Humberto entendeu, se repetia ao longo da madrugada. Ela falava do marido, de como havia sido abandonado lá no quarto, *sozinho*, enquanto eles ficavam aqui bebendo e fumando (como poderia saber?, perguntou-se Humberto). Mamãe, não podemos fazer nada nesse momento, disse Isabel, mas tudo vai se resolver quando a polícia chegar. Dona Yolanda tentou se mover; as irmãs se ergueram para contê-la. Procure se acalmar, falou Ana. Você vai ver, mamãe. Dra. Ana Beatriz vai resolver esse problema num piscar de olhos.

— Eu poderia perder a visão para ter meu Ricardo de volta...

— Ora mamãe, não fale uma coisa dessas.

— Tudo é escuridão e desconforto! Eu queria me jogar de um penhasco nesse momento.

— Mamãe, deixe de bobagem.

— Dona Yolanda, todos nós estamos chocados com a perda, disse Mauro da mesa.

— Dr. Ricardo era um ser humano insubstituível, ponderou Felipe.

— Insubstituível?, disse dona Yolanda, erguendo-se de novo, indignada. Era um Homem na acepção da palavra.

Fátima tentou contê-la; as irmãs discutiram por um momento se podiam misturar calmantes. Depois, se convinha tirar Dalva do cativeiro para preparar um chá.

— Ainda temos gelo?, perguntou Mauro.

Ouviram um solado de borracha rangente nas escadas. Todos se viraram para ver primeiro os tênis cinzentos, levantando fios de gosma dos degraus de madeira. A seguir, o toco de meias brancas e as pernas peludas, bronzeadas. O shortinho deixando à mostra as coxas; uma pochete de neoprene de onde saíam fios brancos que passavam por baixo de uma camiseta amarelo-limão, furinhos do tecido especial para tornar a transpiração menos molhada. Jorge Alexandre fechava a pulseira do relógio de corrida no pulso, os fones pendiam oscilantes da gola. Raspou os pés na cerâmica ao completar o último degrau, cara de nojo.

Depois observou a sala com aqueles olhos claros, uma ponta de desafio. A morte batia e ricocheteava em sua roupa sintética.

Ana foi até ele e ergueu os braços como se fosse perdê-lo. Ele apertou um botão do relógio (seu bipe alto), analisou o visor e respirou fundo. Ela disse, Se você virar à esquerda na estrada principal e percorrer cerca de quarenta quilômetros, vai chegar a Bananal. Depois, com vozinha de choro: Mas você tem certeza disso?

— Ele não vai conseguir passar o rio, disse Mauro.

Jorge Alexandre virou o rosto para a mesa, considerou falar algo em resposta, soltou profundamente o ar. Era como um semideus. Mexeu na pochete com os dedos quadrados (o som do velcro rasgado) e puxou um iPod, escolheu uma seleção musical e o guardou de novo.

— Se alguém passar por você, pelo amor de Deus peça pra parar, pegue uma carona, disse Ana. Não decida chegar até a cidade correndo só para provar que consegue.

Indignação; Por que você acha que eu sempre tento provar alguma coisa?

— Ele não vai passar o rio, já disse.

Jorge avançou até a porta do gramado. Ana deu mais dois passos na sua direção, apertou a própria blusa em desespero. Meu amor, não foi o que eu quis dizer, eu— parou no meio, os braços estendidos de novo no ar. O personal trainer falou, ainda um pouco ofendido. Assim que eu conseguir ajuda, voltarei. Olhou cada um naquela sala. A Humberto, mais próximo, os olhos pareciam dizer que não ficaria mais nem um segundo naquela casa de loucos e assassinos; ele acabava de abrir mão de seu cargo de gerente, de sua própria rede de academias. Caminhou até a noite lá fora, ajustou os fones nas orelhas, deu três ou quatro respirações fundas, soltou os braços e sumiu pela porta.

— Ele se foi... disse Ana.

Afundou a mão no rosto para chorar e deixou um rastro de silêncio e pigarros, que cada familiar interpretou a seu modo. Depois revelou o rosto inchado, mas sem uma lágrima sequer. Tanto ela quanto as irmãs, agora ficava claro, sobreviviam no borrão viscoso de psicotrópicos. Humberto fixou os olhos em Julia, as mãos cruzadas ao lado da mãe, e imaginou se ela guardaria alguma memória daquela madrugada. Depois pensou: Provavelmente está drogada assim pelo que fiz com ela; o que fiz com ela? A vontade de se achegar e apertar aquele corpinho nos braços.

Da mesa, Felipe disse: Geraldo não foi muito inteligente ao enterrar o corpo ali. Em breve sentiriam o cheiro e ele seria descoberto.

— Eu bem que sentia algo como um rato morto, disse Eugênio. Mas nunca contei a ninguém porque não tinha certeza.

Felipe acenou com gravidade. Isabel se lamentou: por anos haviam mantido um assassino na casa. Por décadas. Uma família de ladrões...

— Querida, só teremos certeza depois que a polícia checar todas as pistas, falou Mauro.

— Os assassinos serão punidos, disse Felipe. A justiça vai ser feita.

Ele olhou primeiro os companheiros de mesa; depois as mulheres. Por fim os visitantes ainda em pé. Carlos sustentou seu olhar. Humberto tentou entender, a seguir sussurrou: A capela.

Os homens eletrificados. Cartas na mão, mas não fariam apostas. Carlos deu alguns passos e sentou num banco vazio. Comentou, pegando algumas fichas da caixa, que, em meio a tantos acontecimentos inesperados, ainda não haviam conversado sobre a capela.

Mauro olhou os meios-irmãos. Disse: Talvez *eles* devessem falar algo em sua defesa. Querida, você sabia que eles nos espionavam? Escutavam tudo o que falávamos no escritório? Riu.

Era por isso que não insistiam mais em ficar entrando nas conversas sem ser convidados. Eugênio deitou as cartas na mesa, olhou o irmão e esfregou as mãos suadas na calça. Felipe disse em seu lugar, Você não vai nos caluniar tão fácil, tão impunemente. Nunca fizemos nada de errado e, se você insistir em nos ameaçar, ou em levantar falsas suspeitas, esta nossa discussão vai acabar na justiça.

— Está me ameaçando? — O riso na boca estreita de Mauro.

— É apenas uma advertência. Tenho testemunhas.

— E eu tenho testemunhas de que vocês sabiam da parede na capela.

Felipe voltou a dizer que não seria incriminado. Nós *ouvimos falar* da existência de uma *parede mais fina*. Carla havia mencionado isso a Eugênio, que comentou comigo. Apenas *mencionado*. Se *ela* ouvia, aí não é problema nosso.

— E, mesmo que tenha nos mostrado, nunca fizemos nada para ouvir, falou Eugênio.

— Deixe que eu falo, disse Felipe.

— Eu quero que Eugênio diga por conta própria, interrompeu Mauro. Ele não é criança. Você não manda nele.

Eugênio olhou as próprias mãos agarradas à calça de moletom. Carlos contou, o rosto curvado na direção de Humberto, o que haviam visto: na escuridão, santo Antônio deslocado para o lado. O altar um pouco torto. A escada, que se encaixava exatamente entre o altar e o retábulo.

— Era o que ele estava fazendo quando o encontramos à tarde, acusou Humberto. Mauro perguntou se era verdade. Então você espionava, Eugênio? Não diga nada, interrompeu o meio-irmão.

— A parede era fina, falou Eugênio. Quase que sustentada só pelo papel da parede do outro lado...

— *Fique quieto.*

— Mas nunca ouvimos nada. É verdade, a gente só *sabia* da parede. E nunca a furamos, nunca.

— Nós?, perguntou Mauro.

Felipe esfregou o rosto, mandou o irmão calar a boca, ou iria até lá calar por ele. Ana e Isabel haviam se aproximado e os fitavam descabeladas. Ana queria saber que buraco era esse. Mauro falou, Uma passagem da capela para o escritório. Eles não só ouviam, como abriram o buraco e—

— Não é verdade! Nunca furamos nada. Eugênio agora parecia verdadeiramente assustado.

Humberto falou de novo, um pouco afoito, que ele e Carlos tinham visto o buraco no escritório; era estreito, mas alguém poderia passar por ele, Não é, Carlos? Alguém *pequeno.*

— E o tiro cravado nos livros veio exatamente daquela direção, falou Mauro. E a arma, não preciso nem dizer—

— Então não diga.

— Mas é verdade que a gente ouvia, Felipe. É melhor falar.

— *Cale a boca.*

Mauro esboçou um leve sorriso. Estamos chegando a algum lugar.

Julia, a cabeça da mãe no colo, parecia confusa, e disse: Estou confusa. Geraldo não assumiu a culpa? Como ele iria passar pelo buraco? E a venezuelana? Foi ela quem passou? Não é nada disso, falou Isabel. Carla provavelmente descobriu que Geraldo tinha roubado o crucifixo. Deve ter ido falar com ele e pagou caro por isso. Eu sinto náuseas só de pensar. Mas não entendo o que um buraco na parede tem a ver com isso.

— É uma parte da história, disse Mauro, que estamos apenas começando a entender. Eu queria saber, Felipe, por que você trouxe a venezuelana até aqui, e como ela se encaixa nesse seu plano. Foi você quem se enfiou pelo buraco? É hora de contar a verdade.

Julia gritou que o primo não tinha nada a ver com aquilo. Tinha? Felipe bufou. Claro que não. Ele admitia, havia cometido um erro em trazer Pilar, não a conhecia o suficiente. Mas nunca faria mal a ninguém. Muito menos ao tio Ricardo, que sempre admirou. Pior, nunca espionaria ninguém. Eu gosto de questionar as pessoas face a face. Não faço nada pelas costas.

— Há quanto tempo vocês ouviam pelas paredes?, perguntou Mauro.

— *Não responda.*

Carlos quis saber então de Eugênio desde quando mantinha relações com Carla. Uma pergunta sem preâmbulos, e Eugênio saltou no banco.

— Relação?

— Relação.

— Que tipo de relação?

Silêncio.

— Estamos andando em círculos, disse Mauro. Faça seu amigo puxar um banco e vamos tirar um pouco mais de dinheiro dele.

— Você não me respondeu, disse Carlos.

Eugênio mexia nas fichas. Isabel perguntou a que relação se referiam. Eugênio, você tinha *algo* com a restauradora? Eugênio a fitou com olhos compridos. Não acredito, ela disse. Não acredito nisso. Mas você não é capaz de manter *nenhum* tipo de relação com as mulheres. Elas se aproveitam de você, querido.

Ana riu sem vontade. Falou que era um disparate; Eugênio não teria um caso logo com ela, uma garota ambiciosa, de gênio forte. Depois pareceu em dúvida; o olhar de Eugênio o delatava. Não acredito. É mesmo verdade?

Eugênio afundou o rosto no peito. Não é possível, disse Ana.

Carlos falou, A questão é que não era o único.

As mulheres com as mãos na boca. Os homens na mesa pálidos. Mauro olhou para os lados. Olhou a mulher. Depois, Eugênio. É mesmo verdade? *Você?* E a restauradora? Mas por quanto tempo? Parecia até ofendido, depois mirou Felipe. E quem mais? Você também? Felipe o encarou de volta, surpreendido e um pouco confuso. Carlos falou: Na festa de Ano-Novo, Eugênio tentou derrubar a porta de seu quarto a murros. Esperou do lado de fora até se cansar. Estava bêbado. Você não viu quem saiu, viu? (Eugênio ainda com o rosto baixo.) Esperou do lado de fora mas... dormiu, é isso? Estava bêbado e dormiu? (Eugênio mascando os lábios.) Ou viu e prefere não dizer? Eu mesmo dormi, relatou Carlos, e quando abri os olhos na manhã seguinte Carla estava comigo, inconsciente na cama, nunca me disse onde estivera e naquela época eu nunca poderia imaginar...

Mauro, boquiaberto, disse que não acreditava naquilo. Seria engraçado, se não fosse *nojento*. Vocês dois, dividindo a mesma garota. Quero dizer (e encarou Carlos), vocês *três*. Depois fitou Isabel. Ela havia coberto os olhos, apoiado a outra mão na mesa. Está vendo?, disse ele à mulher. Está vendo? Sua idiota. Você agora pode engolir cada palavra do que disse. Para Carlos: Ela teve um ataque histérico, achou que era *eu*, imagine, *EU*, que tinha algo com essa moça, gritou que tinha me visto, iria contar ao pai... que papelão. Todo mundo comia essa mulher, menos eu.

Isabel correu de volta à poltrona protegendo o rosto. Idiota, repetiu Mauro, olhando as cartas. Agora engula. Me desculpe pelas palavras um pouco pesadas, disse a Carlos, procurando soar ameno. Quando eu falei *comer*, na verdade quis dizer *manter uma relação*. Mirou a seguir os meios-irmãos. Eu não acredito que vocês fizeram isso. Vocês são de outro planeta. E a Carlos, de novo: Sei que deve ser difícil, entendo sua situação, garoto. Todas essas histórias da sua namorada, e ela lá em cima, na parede, naquele estado... Felipe, acho que você está escondendo algo mais grave.

Felipe o interrompeu; disse que não chegara a ter nada muito longo, só um pequeno... (Felipe, é verdade?, disse Julia. Você e... *ela*?) Não é o que você está pensando, ele disse à pequena. Me encontrei duas ou três vezes, só isso, nunca mais tive nada com ela. Nunca mais depois desse dia.

— Primeiro Eugênio teve uma *relação* com Carla, continuou Mauro. Depois você. Pelo que entendo, ela contou aos dois da parede da capela, e vocês passaram a ouvir *juntos*. Depois ela some. Depois você traz Pilar... que também bisbilhotava. Está enroscado, Felipe.

— Você quer me implicar nessas mortes, é isso? Meu caso com ela foi breve. Ela que insistia.

— Como, insistia?, disse Julia. E você não disse não?

— Disse, claro que disse! Não houve nada mais *sério* entre nós.

— Como assim, sério? O que você chama de *sério*?

— Não acredito que vocês nem ao menos acharam estranho o sumiço dela, disse Ana. Essa mulher desaparece e vocês não nos contam nada do que acontecia nessa casa? Não têm coragem de admitir que tinham *algo* com ela? Isso é um caso de polícia.

— É o que estou tentando dizer há mais de uma hora, falou Mauro.

Eugênio ergueu o rosto. Tinha os olhos vermelhos, mas ainda não chorava. Falou que vinham escondendo essa história, Ana tinha razão — Felipe, chega, a gente *precisa* contar a verdade —, mas pelo menos ele, Eugênio, estava preocupado, *muito* preocupado. Não era sempre que a gente... que a gente se *via*, tudo tinha de ser feito escondido na madrugada e ela nem sempre podia, e eu às vezes não a encontrava em nenhum lugar da casa (só fui saber mais tarde o porquê). Nos últimos meses...

— Mas quanto tempo isso durou, meu Deus?, perguntou Ana.

— ... nos últimos meses ela não falava mais comigo, simplesmente não falava, eu não sei o que estava acontecendo, e Felipe... eu comecei a desconfiar, mas Felipe também não me dizia nada, então eu resolvi que iria descobrir *de qualquer* jeito no Ano-Novo, mesmo que toda a casa também ficasse sabendo — conte, Felipe, conte sua versão e vamos mostrar que não fizemos nada tão grave quanto um *crime*.

— Cale a boca.

Isabel gritou do sofá, não queria passar nem mais um instante com eles naquela sala, *Assassinos*. Grunhia, ofegava, acordou a mãe, que voltou a emitir o mesmo som agudo de antes. Julia queria saber por quanto tempo Felipe seguira com aquilo. Ele *jurava* que até o final do ano, não mais. Os homens na mesa discutiram, e Carlos ali, chocado com o monstro que ele próprio desenterrara, olhava o feltro sem esboçar reação. Demoraram a ouvir um novo barulho, do vestíbulo, que a Humberto pareceu um animal rastejando. Ele esfregou os olhos irritados, foi o primeiro a se levantar — a cabeça vibrou de dor com o súbito movimento. Deu passos lentos até aquela sala de artefatos futuristas. Uma única vela ardia sobre a maquete em corte. À sombra da mesa, no chão de pedras irregulares, um par de olhos brilhantes o fitava. Um bicho de terra e cabelos como raízes. As mãos e os pés atados com lençóis encardidos, era uma cobra que virara uma mulher e fora devorada por uma cobra e agora descamava numa mulher. Pilar o olhava com curiosidade, a boca uma mancha seca de sangue.

21.

A vela no centro do vestíbulo o transformara em um mausoléu à memória de Ricardo Damasceno. Filtros empoeirados e solenes; troféus de um dourado antigo; placas ISO 9001:2008, ASME, NR-13, pontuavam retrospectivamente seus momentos de voo sublime. A maquete em corte era seu próprio corpo presente. Humberto olhou um dos pôsteres na parede e agora podia identificar dr. Ricardo como o *segundo* homem posando na fábrica, diante da linha de montagem. Na foto antiga, bigode e cabelos esféricos, esboçava um sorriso que naquele momento transmitia escárnio. Mas o impressionou o outro, ocupando o espaço central, capacete branco e jaleco, braços cruzados de líder, e sentiu frio ao notar que era o mesmo sujeito de seu devaneio — mais enérgico, mais jovem, mais fornido que o velho preso às areias —, e ainda assim era ele, Mario Vítor, o primogênito.

No chão, Pilar se esfregou contra as pedras e cuspiu; as irmãs deram um passinho para trás, chocadas com o sacrilégio. Mauro ordenou que tivesse modos e ela tentou chutá-lo — uma tentativa canhestra, contorcendo-se no chão, batendo a cabeça em um movimento desconjuntado. Cuspiu de novo e reclamou do barro na boca, ordenou que a soltassem. Rilhava os dentes, abria os lábios para rir e depois chorava. Disse que os punhos doíam, estavam sem circulação, ela não sentia mais os dedos, molhada havia horas e não passava bem, por favor a soltassem, não tinha feito nada.

Felipe se curvou a alguma distância. Quem é você?, perguntou, a voz profunda. O que veio fazer aqui? Por que veio atrapalhar nossas vidas?

Ela se debateu e riu. Felipe se ergueu num salto quando notou que todo o esforço que a garota fazia era para se arrastar até *ele*, e dali cometer algo vil (mordê-lo, apertá-lo). Ela riu, chamou-o de medroso. Felipe fechou a cara, deu um passo adiante como se tomasse impulso para chutá-la, e ela começou a gritar antes mesmo do golpe, que ele se afastasse, que o tirassem dali, ia bater nela (Não vou bater), ia pular em cima dela, já havia tentado antes, à tarde, ela estava saindo do banho e ele a agarrou à força, queria violentá-la ali mesmo, no chão do banheiro, e por isso ela tinha *fugido*.

— É mentira, disse Felipe, e se aproximou com nova determinação. Pilar gritou como se houvesse sido esbofeteada. Esta mulher, disse ele acima dos gritos, está fazendo *intrigas*.

— Tentou me estuprar, depois me bateu.

— Que bateu é verdade, disse Mauro.

— Eu apenas *encostei* nela.

— Belo eufemismo.

— E você? Você *atirou* nela.

Mauro estendeu as palmas para cima, disse que se desculpava; fora um erro de cálculo. Ao vê-la ali, no meio da tempestade, pensou que a garota tivesse feito algum mal ao caseiro, afogá-lo no buraco de lama ou algo assim. Olhou as irmãs, que se comprimiam em pavor. Eu juro, não era minha intenção. Foi por isso que atirei. Mas vejam, o tiro passou longe.

— *Eu queria ajudar*, disse Pilar, e se sacudiu de novo. Os lençóis de algodão egípcio pareciam bem firmes nos punhos e canelas. O caseiro estava gritando havia horas naquele buraco, disse ela, eu estava molhada até dentro dos ossos e *não aguentava mais*. Eu achava que ia morrer; que *ele* ia morrer. Ninguém aparecia para ajudar, então eu resolvi agir.

— É incrível, realmente, que não tenhamos ouvido nada, disse Eugênio.

— Pilar, você corria na direção da casa quando a pegamos, falou Carlos. O que pretendia fazer?

Ela respirou fundo, aqueles olhos opacos ganharam alguma lucidez. Falou que ia se entregar. Ajudar o caseiro a sair do buraco e depois voltar para casa. Ela não tinha feito nada, estava apenas *fugindo*. Era inocente, sabia que era inocente, podia provar. E já tinha ficado tempo demais na chuva. Primeiro no jardim interno da casa—

— *Ah, você estava nos espionando*, gritou Isabel.

— Foi você que avançou pela sala de jantar com os passos molhados, falou Carlos.

Ela parou de novo, ganhou fôlego. Tinham tentado matá-la no escritório, quando ela abriu a porta. Dado um tiro no escuro, ela apenas correu para longe, longe daquela família, mas depois se viu presa porque não conseguia cruzar o rio, não tinha as chaves dos carros, não queria voltar ao casarão, com um assassino à solta, e se escondeu entre as mesas da cabana de palha (Que petulância!, disse Isabel. Na área reservada às crianças!), mas mesmo ali chovia, ela estava muito mal, devia ter contraído pneumonia, ela—

— O que aconteceu com seu sotaque?, perguntou Julia.

Puxamos o ar viciado. Pilar riu e chorou. Sacudiu-se. Disse

que só idiotas realmente achariam que era estrangeira, e vocês são uns idiotas, me soltem, seu bando de idiotas, não sei como fui me misturar a vocês.

— Me diga, falou Carlos. Você caminhou molhada e parou na soleira do escritório. Você estava armada.

— Claro que estava armada. Esse idiota tentou me estuprar.

— Se você nos chamar mais uma vez de idiota, vai se arrepender, disse Felipe. Mauro o interrompeu. Disse que nada era justificativa para ela carregar uma arma.

— Aquela velharia?, falou Pilar. Você chama aquilo de arma?

— A velharia *funciona*, disse Eugênio.

A garota pediu que a soltassem; fez outra cena de mágico numa cuba de água forçando correntes, bateu de novo a cabeça, era desesperador, era como se fizesse de propósito. Implorou que a tirassem dali. Mauro, agachado, sorriu como um proctologista e disse que a soltariam se contasse o que tinha feito no escritório. Isabel falou que aquilo era um absurdo; era claro que *nunca* a soltariam. Cale a boca, disse o marido. Já estou por aqui com seus escândalos. Fale, Pilar. Fale logo e a soltamos. Ela suspirou; pegara a arma porque achava que tinha de dar um susto no velho. Queria seu dinheiro de volta, o dinheiro da *sua família*, e tinha de ameaçá-lo de alguma maneira. O tampo estava trancado, não dava para pegar o revólver prateado. Então, quando voltou a descer ao porão, viu aqueles trambolhos no bar. Não sabia nem se estavam carregados. Só um *susto*. Só queria que ele me visse, escutasse minha história.

— Todo mundo tem uma história, falou Ana. Garanto que papai não daria a mínima para a sua.

— E precisou de uma arma para falar com ele?, perguntou Isabel. *Uma arma?*

Pilar disse que não pretendia usá-la. Estava confusa e nervosa. O velho parecia tê-la reconhecido antes, no meio da tarde, quando ela avançou para a sala de jantar e ele saía do escritório. Estava com medo de ser vista de novo por ele, portanto *não subiu mais*. Felipe entrou no quarto e queria saber o que ela tanto escondia. Ela acabara de sair do banho, disse que não se sentia bem. Ele a jogou no chão, no mesmo chão *montou* em cima dela. Negue agora, seu cachorro. (É mentira.) Eu não tinha um plano claro, estava agachada no jardim, encharcada, e já não sentia as pernas. Tinha visto gente entrando e saindo do escritório. Gente na sala de jantar. Estava escuro, eu tinha me escondido ainda mais para que não me vissem. Tentava apenas ouvir. Para meu desespero, quando finalmente julguei que poderia ir até lá, ouvi os pigarros de dr. Ricardo; estavam tão altos que achei que ele *saía* do escritório. Respirei fundo, não pensava em mais nada. Me escondi de novo, decidindo o que fazer. Um pouco depois, eu tinha quase certeza de que dr. Ricardo voltara ao escritório, pelo jeito pesado como ainda tossia, e estava *sozinho*. Esperei um pouco mais, achei que era o momento. Mas estava tudo quieto e vazio demais. Quando voltei a olhar, a porta do escritório estava fechada, eu não sabia se dr. Ricardo permanecia ali. Eu talvez tivesse ficado muito tempo agachada no escuro, talvez tivesse esperado tempo demais, tive medo de ter caído no sono. Eu não acreditava no tamanho do meu azar, do meu descuido. Perdê-lo assim, depois de tanta espera. Eu me achava uma idiota. (Você é uma idiota, disse Isabel.) Mas então ouvi um tiro. Claramente.

— E decidiu cruzar a sala, falou Carlos.

Pilar cuspiu saliva e terra. Disse que estava com sede, ninguém se moveu para atendê-la. Ande logo com a história, ordenou Isabel. *Algo* me levou até lá, falou Pilar. Eu não devia ter ido. Ao mesmo tempo, não tinha como não ir. Cruzei a sala com a arma na mão, mas a mão tremia, eu nem sabia que estava com ela. Continuava tudo muito quieto. Lembro que cheguei perto da porta e tentei ouvir. Alguém se movia lá dentro, eu fiquei mais gelada. Chamei pelo nome de dr. Ricardo, e os barulhos cessaram. Perguntei se ele estava bem. Passei a mão pela porta, e a porta estava quente.

— Não exagere.

— Abri a porta devagar. Eu *abri* a porta. Não estava trancada. Chamei por ele. Senti cheiro de fumaça e carne queimada. Estava tudo escuro. Eu lembro que chamei de novo, abri a porta um pouco mais. Tudo escuro, mais fumaça, mais cheiro de carne. Cabelo queimado. Então o barulho, o tiro, um clarão e eu me abaixei, gritei, não sabia direito o que havia acontecido mas *alguém* tinha tentado me matar, eu saí correndo para a copa—

— Deixou a arma no caminho, disse Eugênio.

— Deixei a arma. Desci para o meu quarto mas havia pessoas lá dentro, vozes de homem e mulher, sussurros, não sei ao certo, achei que estavam *roubando* as minhas coisas. O tiro ainda vibrava em meus ouvidos e não sei muito bem o que ocorria, as pessoas se deslocando, todas ao mesmo tempo, em todos os cômodos, era essa a minha sensação, eu saí para o gramado, tinha medo de encontrar alguém, corri pela escuridão sem saber que caminho tomar. Eu só queria falar com ele!

— Mentira!

O grito de Isabel acordou a mãe na outra sala. Ouvimos seus gemidos, os pedidos de Fátima para que se acalmasse, de novo os lamentos, se ainda não tinha morrido queria subir e deitar com o marido, no mesmo leito, e morrer ao lado dele.

Isabel encarou a pequena, colada à parede do vestíbulo como uma menininha. Faça alguma coisa de *útil*, pelo amor de Deus. Julia demorou a perceber que era com ela. Haveria tomado outro calmante?, perguntou-se Humberto. A mãe gemeu de novo. A pequena disse, Está bem, está bem, e se deslocou pisando em nuvens.

— Por que você não está mais falando com sotaque?, quis saber de novo Ana.

— *Quem é você? Por que nos atormenta assim?* Felipe soava épico.

Pilar se mexeu, disse que já havia contado o que sabia, que a soltassem. Mauro comentou que ainda faltava dizer quem era. Depois a soltavam. Ela pediu garantias. Ele disse que sim, as garantias que ela quisesse.

Ela se sacudiu num espasmo. Querem saber quem eu sou? Querem? Vão ficar satisfeitos? Mexeu-se de novo, como se não coubesse nos próprios lençóis. Disse que havia nascido em Santos. Olhou as irmãs em desafio; as irmãs não pareceram dar a atenção devida. Uma família batalhadora, muito diferente da de vocês. Meu avô era espanhol, de um pequeno vilarejo na Galícia, veio ao Brasil depois da Guerra, sem um trocado no bolso. Meu pai nasceu aqui, cresceu com poucos recursos. Começou a trabalhar desde cedo, fez sua vida do nada. Falava espanhol em casa, falava conosco, aprendi com ele. Tinha sotaque forte quando falava o português. Gostava das máquinas. Montava e desmontava motores com os olhos vendados. Era chamado de Galego. Um homem simples, um pouco rude, mas trabalhador e honesto. O Galego, é. (Pausa dramática.) Já sabem então quem sou.

Silêncio. Ana disse: Sabemos que não é colombiana.

Pilar se desesperou. Eu não acredito. *Eu não acredito.* Me soltem, já falei quem eu sou. Quando papai conheceu Ricardo e Mario Vítor — esses vocês *sabem* quem são —, quando os conheceu, eram apenas uns distribuidores vagabundos daqueles inúteis filtros Parker para ar comprimido. Vendiam carapaças de polipropileno e cartuchos de filtração. Sem papai, eles não seriam nada, nunca teriam tido nada.

— *Você?*

— É, eu. Eu era aquela menina careca de vestidinho florido que passava as tardes na loja de *meu* pai, porque não tinha onde ficar, mamãe saía cedo para a tecelagem, vocês se lembram? É claro que lembram. Brincando comigo como se eu fosse uma boneca, costurando roupas e me vestindo, me maquiando. Colocaram fogo nos meus cílios um dia; quase me afogaram num tanque de água suja.

— Mas então você é bem mais velha do que aparenta... passou dos trinta e cinco, disse Ana. No mínimo. Felipe, quantos anos você dava pra sua namoradinha?

Felipe fez cara de nojo.

— Nem bem conservada está, disse Isabel.

Pilar cuspiu de novo, disse que os pais deles eram uns vendedores de porta em porta que se aproveitaram de um sistema de filtragem criado pelo *meu* pai. Na época, ele já fazia algumas coisas maiores em Santos; clubes, marinas, uma ou outra escola. Estava se tornando *grande* em Santos. Podia ter continuado sozinho. Mas não; ele acreditou na conversa dos irmãos, de expandir. De fazer uma sociedade e vender o sistema também em São Paulo. Vender o sistema em *escala nacional*. Papai acreditou. Assinou tudo sem ler. Ele podia ser grosseiro às vezes, mas acreditava nas pessoas. Por culpa de vocês, deixamos Santos e nos instalamos em São Paulo; em Guarulhos, perto da primeira fábrica. Papai trabalhava dia e noite para construir os filtros, que depois os pais de vocês vendiam. Papai não sabia que a cada dia estava mais perto de ser expulso da sociedade. Papai não lia contratos.

— Já sei, disse Mauro. Ele acreditava nas pessoas.

— *Acreditava.*

Ana ergueu o indicador. Mas espere. O seu nome não é Pilar. O seu nome era Lídia.

— Lena, disse Isabel.

— Laura, falou Pilar. O meu nome é *Laura*, pelo amor de Deus.

Julia voltou ao vestíbulo. Perguntou quem era Laura. Eu tentei me aproximar, mas tive medo; seus olhos estavam foscos agora, irradiavam ondas de sono, fazendo-nos desabar com aquelas emanações, como se muito calmante e álcool houvessem virado seu sono *do avesso*. Pilar falava.

— Eu tinha seis anos quando papai se foi. Ele morreu de *desgosto*, saibam vocês. Um ano depois de ter sido expulso da sociedade, por uma cláusula de saída que ele não conhecia, e de perder a patente da própria invenção.

— O método de purificação dupla por UV, em canos de PVC adaptados em paralelo, disse Eugênio.

— Mamãe teve de trabalhar como camareira, cozinheira, doméstica. Ela chorava *todas* as noites. Eu, que dormia numa caixinha debaixo da pia numa pensão infecta, esperava que a respiração dela ficasse mais calma, me levantava em silêncio e a cobria. Todas as noites assim. Eu rezava para que alguém nos salvasse. Mas sabia que não poderia contar com orações. Aos sete anos, resolvi me vingar.

— O que nós temos a ver com isso, querida?

— Papai sempre me disse que sem os estudos não se ia longe. Vi o que aconteceu com ele. Decidi que faria uma faculdade. Foi difícil; tudo conspirava contra mim. Trabalhando durante o dia numa tecelagem, como minha mãe anos antes; estudando à noite. Mas eu me formei. Em quatro anos, recebi meu diploma de secretária trilíngue. Eu queria me vingar. Eu fazia planos, mas minha mãe sempre pediu que eu não fosse atrás dos Damasceno. Vingança, dizia ela, só gera mais vingança. Você nunca terá seu pai de volta. Mas eu estudei. Eu perseverei. Quando minha mãe faleceu, eu me vi livre do —

— Querida, não estamos interessadas.

— Não querem saber como vim parar aqui?

— Nós já sabemos, disse Mauro. Esse pamonha achou você numa banca de frutas.

— Não admito que use esses termos com a minha pessoa, disse Felipe, dedo em riste.

— Tudo começou cinco anos atrás, quando eu—

— Querida, *não* estamos interessadas. Amarrem a boca dela, disse Isabel. Vejam onde Fátima guarda os lençóis.

Pilar havia se esvaziado e jazia de lado nas pedras frias, rios de lágrimas cortando a lama seca do rosto. Nada de raiva, apenas impotência. Todos esses anos perdidos. Soluçou, bateu a cabeça no chão repetidas vezes.

— Mas como você se deixou enganar por essa estúpida?, perguntou Isabel.

— Pelas roupas daria para saber que é uma pé-rapada, falou Julia.

— E o espanhol dela... disse Ana. Desde o início eu sabia, pelo sotaque; havia algo de *muito* errado.

Felipe tentava não ouvir as irmãs, mas algo o atingira. Agachou-se perto de Pilar. O que você queria? Que tio Ricardo fizesse outro contrato? Que dividisse a casa com você? Não entendo.

Ela mal conseguia falar: tremia. Pediu que tirassem aquele estuprador de perto dela. Nos inclinamos um pouco, porque gaguejava entre os soluços. Tinha lido sobre as negociações no jornal, sabia do grupo estrangeiro. Você queria parte do dinheiro da venda?, falou Eugênio. Ou bloquear o processo?

— Querido, não confio nesses nós. Veja se estão bem firmes.

Mauro obedeceu e ajoelhou na altura dos tornozelos atados. Pilar gritou como se fizesse birra, bateu os pés no chão, esfregou-os. Haviam prometido soltá-la, disse. Tentou rolar para longe das mãos de Mauro. Felipe a conteve com a sola do sapato. *Tire os pés de mim*, ela gritou, depois o acusou de ser o assassino. Ouvira quando falava com o irmão da capela, ele *sabia* da parede, os dois se revezavam para escutar na escada. Assassino. *Assassino.* Vou arruinar sua vida. *Tenho provas.* Ele se abaixou, ela cuspiu, a saliva se ergueu no ar e voltou, abriu-se como uma flor em seu próprio rosto. Ela gritou. Felipe estava muito vermelho, e essa última indignidade, ainda que não o tivesse atingido, era uma ofensa no nível mais profundo de sua honra. O que ocorreu a seguir foi confuso. Exigiu primeiro que se calasse, ela gritou mais alto, olhando-o fixamente. Antes que Carlos pudesse se aproximar, ouvimos ruídos desconexos, o corpo de Pilar se arqueou e ela gemeu. Depois o punho de Felipe se ergueu de novo no ar, Isabel gritou que parasse com aquilo. A pedra rebateu a cabeça de Pilar com o som de um coco vazio, suas pernas tremeram espasmodicamente. Estávamos cansados demais para protestar. Eu não poderia ter gritado, de qualquer forma. Quando ergui os olhos, grudei-os no pôster desbotado, e o velho em primeiro plano — sim, porque agora era um velho — me fitava com os mesmos olhos penetrantes no fundo da caveira de cabelos prateados, eu via a areia escorrer de seus dentes sobre o jaleco desfeito enquanto ele ria.

22.

Sentei anestesiado na mesa de bilhar, o crânio parecia desabrochar de dor e mostrar meu cérebro pulsante. Os ombros duros, as costas travadas, não adiantava pressionar as têmporas, enfiar as unhas na pele, puxar a raiz dos cabelos. Eu virava os olhos e os miolos giravam comigo. Ninguém sabia informar se tinham remédios para dor; quase todos fumavam e bebiam naquela hora final da madrugada. Eu ainda tinha um dedo de uísque no copo, os vapores alcoólicos subiam no bafo parado. Cartas cruzando o ar, fichas estalando umas contra as outras. Aquele porão: abafado com uma camada espessa de fumaça, a chama baça das velas iluminando nosso suor, olhos vermelhos de peixes no gelo. Era como se estivéssemos num cassino pré-histórico. No sofá, Ana abanava a mãe com uma antiga revista de hipismo.

Pelas portas abertas, ouvíamos mais claramente o rufar do rio arrastando animais mortos. Talvez tenhamos pensado na mesma coisa ao mesmo tempo porque, sem descolar os olhos das cartas, Mauro disse, A essa hora o corpo do professor de ginástica deve estar no Rio de Janeiro. Os meios-irmãos riram, Ana disse que ele não só não tinha consideração, como não conhecia a força de vontade de Jorge Alexandre. Era muito inteligente; poderia escrever um livro motivacional, se fosse estimulado.

Carlos se sentava à minha direita num dos bancos de latão. Observou Mauro fixamente, na ponta da mesa. Mauro disse, Acabou garoto. Cada um contou sua parte dos fatos, a espanhola tentou se defender com sua história esfarrapada, os suspeitos estão aí, presos. Em algum momento o rio vai baixar. Aí você volta pra casa.

— Isso se conseguir tirar o carro da lama, disse Felipe, e sorriu. Eugênio perguntou ao irmão se ele achava possível que o rio tivesse força para arrastar um carro; ele, pessoalmente, não acreditava ser viável. Talvez fique preso nas árvores. Mauro falou, Vai ter problemas sérios com a mamãe. Riram de novo. Eugênio venceu a rodada, puxou as fichas para si.

Felipe amassou o cigarro no cinzeiro e soprou a fumaça para cima. Quando baixou a face, notou que eu o fitava detidamente. Seus olhos eram uma mistura de morgue e ar-condicionado; riu divertido. Uma voz que não era a minha disse do fundo da garganta que também pretendia jogar. Você já perdeu seu salário lá em cima, disse Felipe.

— Do que você está rindo?, falei, um pouco alto. Me inclinei no banco e puxei a carteira volumosa. Perguntei de quanto precisavam, sem esperar resposta. Atirei o bolo de notas e Felipe notou nesse momento que eu mantinha nossa pequena disputa pessoal, de regras distintas. Baixou a cortina do sorriso, ajeitou-se no banco e entrelaçou os dedos sobre a borda de madeira. Eugênio, enquanto isso, contava o dinheiro que eu havia lançado. Quinhentos reais, disse. Falei que ainda tinha cinquenta do jogo anterior e Eugênio checou o maldito caderninho. Adicionou uma pequena coluna de fichas azuis às que empilhava para mim. Senti a respiração de Julia deslocar volutas de fumaça nas minhas costas. Eu mal a ouvira se aproximar, e lá estava ela, parada atrás de mim.

Eugênio falou, a aposta é de duzentos reais. Felipe e Mauro estavam fora. Distribuiu as cartas, eu olhei as minhas. Um nove e um rei, que imediatamente virei sobre a mesa.

— Um natural, disse Julia.

Sorri, sorri mais do que tinha boca para segurar. Puxei as fichas, era um homem no lucro. O distribuidor de cartas passou a Felipe. Julia roçou a mão gelada em meu ombro, para dar sorte.

— Duzentos reais, disse ele.

Mauro tomou um gole do uísque, olhou distraído as mulheres na sala. Eu estava impaciente e aceitei de novo a aposta, as cartas correram pelo feltro. Peguei-as e, antes de vê-las, falei: Vocês sabem, o tiro no alto da porta, no escritório, apenas comprova que Pilar falou a verdade ao afirmar que alguém atirou nela.

Felipe examinou suas cartas, baixou-as na mesa. Disse: É mesmo? Você acredita em tudo o que ela fala?

— Nesse ponto, sim. A marca dos passos de água ia apenas até a soleira. Eu e Carlos vimos isso, podemos testemunhar. Alguém atirou nela *de dentro*.

— Muito bem, Watson, disse Mauro. Olhei nesse momento minhas cartas. Um sete e um três. Por muito pouco não tinha outro natural. Meus dedos coçavam com aquela *quase* avalanche de sorte. Falei, O candelabro caído, o cheiro de queimado, que nada mais era do que pelos chamuscados no fogo; isso indica luta; alguém além de Pilar (ela, afinal, *não* entrou no escritório) brigou com dr. Ricardo.

Indiquei o distribuidor de cartas. Isabel e Ana haviam se aproximado da mesa; pareciam interessadas no que eu dizia. A terceira carta voou até minhas mãos, a face para cima. Um valete. *Bacará*. Zero. Felipe virou as suas. Um cinco e um dois.

Minha cabeça voltou a vibrar ao ver as fichas trocando de lado. Felipe organizou sua pilha. Falou, Um *banco* de quatrocentos reais.

Minhas mãos, sem que eu quisesse, tremiam quando contei as fichas e arrastei-as ao centro da mesa. O aposento, falei, agora sabemos, não tinha uma entrada única. Quando batemos na porta, e a porta estava trancada, pensamos por um momento que o criminoso, de alguma forma, cometera o impossível crime de quarto fechado. Entrara e saíra magicamente de um local cujas únicas escapatórias — a porta, as janelas — estavam comprovadamente bloqueadas. Mas não. Havia uma *outra* passagem, atrás do sofá.

Felipe me atirou duas cartas sem nem consultar Mauro; Mauro tinha os olhos vermelhos e me encarava, pude ver, pela primeira vez com expectativa. Começava a me respeitar, pensei. *Watson*; ele nunca mais diria aquilo. Felipe puxou duas para si e as olhou imediatamente. Estalou-as de volta no feltro e cruzou as mãos sobre a madeira envernizada. Quando me fitou, não pude identificar nenhuma reação naqueles olhos. Um bom jogo? Ele me aguardava. Eu desejava apenas que aquele rosto de plástico se desfizesse na frente de todos; era uma questão de tempo, pensei. Disse: Pilar afirmou que dr. Ricardo saiu do escritório por um momento. Ora, foi a oportunidade que o criminoso teve de *passar* pelo buraco na parede e aguardá-lo ali, calmo, preparando um copo de uísque enquanto dr. Ricardo não voltava. O criminoso nesse momento estava armado.

— Vai olhar suas cartas?, disse Felipe.

Mirei as cartas, mas ao fechá-las não me lembrava mais do que tinha. As palavras me atropelavam. Dr. Ricardo entrou no escritório e fechou a porta. Achava que estava sozinho, e no entanto havia outro ali. Tiveram uma conversa tensa, se desentenderam por questões da divisão da empresa. Essa *pessoa* iria

235

perder pesadamente com a venda ao grupo americano. Suas ações seriam diluídas, ela não teria voz na nova diretoria. Nesse momento, suponho, sacou o revólver. Dr. Ricardo estava muito próximo e tentou desarmá-la. Brigaram. O velho caiu sobre o castiçal, antes ou depois de levar o tiro. Um tiro fatal. Depois, num ato de desespero, o criminoso (vejam, não é um profissional) tentou limpar as digitais da arma com os guardanapos de papel que posteriormente encontramos espalhados pelo chão. Poderia ter arrumado melhor o quarto, desorganizado as demais evidências, mas nesse momento Pilar bateu na porta. A pessoa voltou a se esconder, provavelmente atrás do sofá. Quando a espanhola entrou, deu o segundo tiro, errou, Pilar bateu a porta atrás de si e saiu correndo. Agora ele sabia que tinha pouco tempo; o segundo disparo havia sido um ato impensado, como todo o crime até ali. Com a porta aberta, o tiro havia reverberado pela casa (e nós, na sala de jogos, o ouvimos claramente). Trancou a porta do escritório a chave e, no mesmo momento em que batíamos do lado de fora, e que dr. Ricardo agonizava (quanto sangue-frio, meu Deus), passou novamente pelo buraco, deixando a arma no caminho — um esconderijo engenhoso. Só não contava que descobriríamos o buraco. Na pressa, cometeu um único erro, um erro grave: puxou de volta o sofá contra a parede, mas o tapete, exatamente no local em que havia arrastado o móvel, permaneceu enrugado. Na cena do crime, era como uma placa de trânsito indicando o caminho.

Respirei com dificuldade, fitei Carlos em busca de confirmação. Senti um leve redemoinho no estômago ao notar que ele olhava *apenas* as mãos espalmadas no feltro. Eu havia dito algo errado? Não, pensei; ele é que não havia se dado conta inicialmente do tapete enrugado, era isso. Não mostrei mais hesitação. Encarei de novo Felipe. Eugênio, ao seu lado, falou que o vão era muito pequeno para alguém atravessá-lo.

— Não. Não se a pessoa *também* for pequena.

— Mas Carlos admitiu que ele mesmo aumentou o buraco ao puxar de lá a arma, falou Eugênio. Não é verdade?

Carlos me olhou. Fez menção de falar mas eu ri. Silêncio. Suspiros. Tensão. Sinos tocando. *Placa de trânsito*, pensei. Eu estava feliz com minha pequena metáfora. Felipe era uma estátua prestes a desmoronar. No entanto ele disse, a voz plana: Está me acusando de algo? Se estiver, diga logo. Tenho ótimos advogados. Posso arruinar você com a mesma facilidade com que estalo os dedos. Estalou os dedos. Meu silêncio pontuado de inquietações e advogados incorpóreos; ele falou: Vai jogar ou não?

Olhei de novo as cartas e só então me dei conta. Estalei os lábios vagarosamente, a saliva espessando como se eu tivesse rolos de algodão debaixo da língua. Não sei se minhas cartas podiam ser piores — um rei de copas e um ás, o ás de espadas, rindo para mim, piscando os olhinhos como uma tarântula. Tentei mostrar retidão ao esticar meu dedo e pedir uma carta.

Mauro perguntou o que a morte da garota tinha a ver com tudo aquilo.

Eu disse, Provavelmente ela descobriu o que os irmãos estavam tramando; a espionagem, os planos de atravessar para o escritório. — Eu também estou nessa?, disse Eugênio, surpreso. Eu seria incapaz de... com Carla eu nunca—

— Ela mostrou a passagem a vocês, falei. Ameaçou contar tudo a dr. Ricardo. *Teve* de ser silenciada.

— Para sua informação, disse Felipe, se você está insinuando que eu a coloquei na parede, saiba que não faço ideia de como misturar cimento.

— Eu sei que você não domina a técnica. Isso apenas o incrimina mais. Há toda uma confusão de sacos abertos e cimento seco num canto da garagem.

Carlos pareceu interessado no cimento; quis saber onde

eu tinha visto aquilo exatamente, e o *teor* da desorganização. Enquanto eu procurava explicar, Felipe esboçou um sorriso. Sem que eu pedisse, virou suas cartas. Um dois e um três. Cinco pontos. Fui vencido pela expectativa e caí num silêncio que aos observadores era autoexplicativo, apesar de eu ainda não ter mostrado as minhas. Ele encaminhou os dedos ao distribuidor. Esfreguei bruscamente o suor que descia pelos olhos. Felipe atirou a carta na minha direção, face para cima. Uma boa carta; um cinco de copas, mas para Bond era uma impressão digital difícil no sangue seco. Agora tinha seis pontos. O oponente, um a menos. Felipe se dirigiu de novo ao distribuidor. Dois, três ou quatro; essas cartas lhe dariam a vitória. As outras o enterrariam vivo.

Travaram olhares. Felipe moveu os dedos delicadamente até o distribuidor, sem tirar a mirada de Humberto. Tateou, puxou a carta. Ainda olhando-o, virou-a para cima: queria deduzir seu valor a partir do rosto adversário. A expressão de Humberto primeiro atingiu o tom de uma parede caiada; depois começou a descascar, e formigas correram pelas fendas, pedaços inteiros desmoronaram. Felipe cruzou os braços e sorriu.

— Um *natural*, disse Julia, por sobre o ombro curvado de Humberto.

Quatro de paus. Humberto não poderia ter sido derrotado de maneira mais contundente.

Tentou se recostar na cadeira, mas afinal estava num banco e seus dedos se prenderam com esforço à borda da mesa. O vinil queimava, o constrangimento dos outros apenas o comprimia mais contra o assento. Carlos, ao seu lado, mantinha o olhar rígido no feltro. Humberto não conseguia deixar de mirá-lo. Queria esquecer as cartas como um sonho ruim, queria um apoio, mas quando o garoto finalmente se virou, sua expressão era severa. Duas crianças sob vigia em suas carteiras escolares, ele sussurrou como se estivessem numa prova. Você esqueceu detalhes importantes.

O quê? Que detalhes? Carlos sussurrou algo sobre um assoalho limpo, que a Humberto pareceu uma piada de mau gosto. Que assoalho? O garoto se calou. A seguir Eugênio disse, muito claramente aos seus ouvidos: Temo que agora Felipe irá destruir a segunda parte da sua noite.

Humberto virou o rosto, disposto a confrontar aquele irmão miserável. Mas a face queimava, o pescoço se recusava a erguer-se até uma posição digna. Felipe, ao lado de Eugênio, ri. Puxa as fichas com tranquilidade. Monta a primeira torre. Monta a segunda. Está separando as fichas pretas das azuis. Puxa as rosas, retardatárias. Aproveita cada segundo daquela vitória, tem duas fichas na mão, que passa entre os dedos e estala. Por fim diz que Humberto se enganou em vários pontos. Não vai entrar em detalhes, mas um, pelo menos, vale a pena ser mencionado. No momento do crime, lamento informar, eu estava em meu próprio quarto. Pilar não disse que desceu e, ao se dirigir ao nosso quarto, ouviu vozes, achou que alguém *roubava* suas coisas? Pois bem, a voz era minha. *Claro* que eu não roubava nada. Você nunca vai descobrir o que eu fazia. Eu, é claro, nunca lhe darei o prazer de contar.

Cliqueticlaque.

Humberto ergue um pouco mais a face desfeita, solta uma bravata frouxa. Ah, é? Os dentes amarelos despencam na mesa quando abre a boca para rir. Ele já entendeu que sua argumentação é falha em *algum* ponto, está exausto, é o turbilhão em sua cabeça e não se lembra mais por que começou com tudo isso. Em seu ombro, sente, de maneira quase imperceptível, a mão de Julia se erguer como um pássaro negro. Nota a seguir o leve deslocamento de névoa às suas costas quando a pequena dá dois passos para trás, distanciando-se dele. Carlos parece querer se enfiar *debaixo* do feltro. O maxilar de Humberto está rígido, cada célula de seu corpo estoura, liberando uma sopa de toxinas. Felipe não precisou dizer nada. É ela quem fala, ao dar mais um passo para trás.

— Ele estava comigo.

23.

Os homens voltaram a jogar. Aprenderam a conviver com a metamorfose de Humberto, uma estátua curvada sobre a mesa, olhos enfiados numa caçapa vazia. Carlos ganhou uma aposta baixa. Venceu outra, moderada. Esperou duas rodadas pensativo. Do lado de fora, o céu ganhara uma luminosidade difusa. Isabel circulou a mesa, ordenou que o marido deixasse o que estava fazendo e fosse até o rio, ver se já podiam passar. Ele disse que sim, iria terminar apenas aquela sequência; sentia a sorte do seu lado. Perdeu. Sugeriu que as rodadas seguintes não baixassem a cada nova troca de banco; aquilo o estava tirando do sério. Os meios-irmãos concordaram. Qual era a expressão de Carlos? Nenhuma. Ele havia mergulhado cegamente no jogo. Isabel se ergueu da poltrona, se movimentou inquieta ao redor do marido, perguntou, afinal, quando iria ao rio. Agora não, daqui a pouco. Mais uma rodada. Voltaram a especular sobre o estado do carro encalhado de Carlos. Falaram de novos modelos; Mauro pensava em trocar o seu. Passaram das compras às viagens.

Felipe comentou algo sobre a promiscuidade dos banhos turcos. História: Eugênio lia a biografia de Hitler, era muito grande. Mas já tinha aprendido bastante sobre liderança. A Segunda Guerra é passado, disse Mauro. Se quer aprender sobre isso, há vários livros melhores. Por exemplo? Eu sempre recomendo um livro muito bom, mas não lembro agora o nome do autor — um especialista em motivação que vendeu milhões de exemplares, usa uma série de exemplos marítimos para— Sim, eu sei que autor é, disse Felipe. Vou ler também. Posso sugerir outros ainda melhores. Esqueça Hitler, disse ao irmão. Ele perdeu a guerra.

Risos. Fichas. O distribuidor estava com Felipe. Olhou a luz cinzenta pela porta antes de anunciar a aposta. Disse que em breve aquilo tudo ia acabar. Poderemos finalmente retirar tio Ricardo daqui. Circunspecção, mais silêncio. Sim, disse Mauro, erguendo as sobrancelhas. E aí todo o martírio se encerra; dr. Ricardo finalmente poderá descansar em paz. Ele merece.

— Um homem que nos ensinou muito, disse Eugênio. Sempre me pareceu mais vivo do que um livro.

— E nos passou mais ensinamentos, disse Felipe.

Eles concordaram. Isabel se levantou outra vez da poltrona. Disse que ia ao rio. Mauro suspirou. Ouça o barulho lá fora, criatura. Você acha que a gente tem alguma chance?

— Oitocentos reais, disse Felipe.

— Acho que essa cola nos olhos de mamãe está secando, falou Julia.

— Então *molhe mais* o pano. O que você está esperando?

Mauro recusou a aposta. Pularam Humberto (ele se mexeu vagamente), fitaram Carlos. *Banco*, disse o garoto. Mais um que vai perder tudo, falou Mauro. Carlos esticou as costas como um gato, bocejou. Recebeu as duas cartas, olhou-as pelas bordas. Olhou Felipe enquanto ele pegava as suas, falou: Vocês todos dependiam muito de dr. Ricardo. Disputam o poder na empresa, acusam-se, mas no final era ele quem tinha a última palavra, e nunca foi questionado em nenhum momento. Vocês não saberiam o que fazer sem ele.

Mauro pareceu ofendido, perguntou o que ele queria dizer com aquilo. Quero dizer que, nesse sentido, a morte é uma catástrofe para vocês três.

— Jogue, disse Felipe.

O garoto virou as cartas. Sete pontos. Venceu. Mauro pediu de novo explicações. Quem era o garoto para dizer o que a família pensava ou deixava de pensar? Carlos puxou as fichas para si. Vejam, disse ele, Humberto entendeu algumas coisas dessa noite corretamente. Mas alguns detalhes confundiram sua conclusão — Humberto ergueu os olhos vermelhos da caçapa. — Em primeiro lugar, ele não devia ter dado tanto crédito a vocês, quando deixaram transparecer as intrigas da empresa. Acabou entendendo que os negócios tinham *algo* a ver com o crime. Em segundo, ele não deveria ter confiado em fantasmas, que indicaram caminhos que não eram necessariamente fiáveis. Por um momento (falando a Humberto) eu tendi a pensar como você. Os indícios nos levavam a crer que o assassino passara pela parede. Que, enquanto tentávamos abrir a porta, ele ainda estava lá, terminando o serviço. Que os últimos dias da família vinham sendo muito tensos, já que todos, de uma forma ou de outra, se opunham à venda da empresa — em especial Eugênio e Felipe, que se sentiam ameaçados e precisavam agir rapidamente. O assassino foi também muito ajudado pelos esforços, intencionais ou não, de apagar as provas conforme a noite avançava: Mauro deslocando os livros acima da porta; Fátima limpando o escritório; eu *mesmo*, levado pela urgência, ao abrir mais o buraco na parede assim que o descobri, e puxar de lá a arma, que depois passou de mão em mão. Realmente, até o final dessa noite, todas as pistas teriam sido alteradas, e não haveria como a polícia encaixar as peças. Provavelmente, por falta de provas melhores, ou de bons advogados (sei que os de *vocês* são muito competentes), o caseiro e Pilar se veriam incriminados em algo difuso, do qual, creio, não tiveram a menor participação.

— Não acredito que você está voltando a essa discussão, interrompeu Felipe. Já disse, não *entrei* pelo buraco.

Carlos concordou. Comentou que Humberto, ao montar sua hipótese, se esquecera de pistas cruciais. Quatro, mais precisamente, que indicavam a ocorrência de algo distinto no escritório. Fez uma pausa em que arrumou com cuidado as fichas. Uma pequena fortuna. Seu rosto havia se transformado; ganhado em idade, diria Humberto.

— Após conversar com dr. Ricardo, eu o deixei no escritório, com a porta aberta, e fui diretamente ao meu quarto. Pilar acha que ele também saiu, mas está enganada. O tom dos pigarros e tosses só mostra que a porta do escritório *continuava* aberta. A primeira pista que Humberto negligenciou é o copo esquecido no minibar. Adocicado, não havia só uísque. Guaraná, concluí, depois de Humberto ter comentado isso comigo no escritório. Dr. Ricardo batizara o refrigerante, acho que precisava de uma dose depois do que eu lhe dissera (mas já vamos a isso). A segunda pista é a caixa de munição, descoberta pelo próprio Humberto na gaveta do minibar. Para estar ali, significa que o revólver foi carregado no escritório, provavelmente pelo próprio dr. Ricardo. Estava desconfiado de que havia algo de errado na casa, pegara a arma e a munição e as deixara escondidas no minibar.

Mauro segurava o distribuidor de cartas. Que algo de errado? Não havia *nada* de errado. Quero dizer, não sabíamos de nada naquele momento. Carlos respondeu que o velho reconhecera Pilar ao vê-la mais cedo. Não sei se entendeu imediatamente que era filha do ex-sócio, mas algum alarme deve ter disparado dentro de si, e *nesse momento* pegou o revólver. Sabia que funcionava;

Eugênio mandara restaurar todas as armas da casa e praticava tiro com elas.

— Não é motivo suficiente para tio Ricardo pegar uma arma. Ele nunca foi disso, falou Eugênio.

— Sim, acho que você tem razão. Mas creia, não foi apenas a aparição de Pilar; ele estava muito preocupado com o sumiço de Carla, e desconfiava de que alguém na casa estivesse envolvido.

— Como você sabe?, perguntou Mauro. Ele nunca deu a entender nada.

— Não, porque achava que alguém *muito próximo* a ele podia ter feito algo. Ele desconfiava. Em anos de trabalho, Carla nunca saíra tanto tempo sem avisar. Haviam criado um certo laço afetivo; dr. Ricardo se acostumara a ela, nunca deu ouvidos às intrigas de Isabel. (*Como? Como?*, gritou Isabel ao fundo.) Depois, no início desta longa noite, quando mostrei a ele o anel, me pediu para contar tudo o que sabia. Ficou preocupado. Nesse momento eu percebi que algo *realmente* grave podia ter acontecido a ela.

— Mil e seiscentos reais, disse Mauro. Eu não aguento mais ouvir suposições de um lado e de outro. Vai jogar?

Carlos acenou que sim. Empurrou todas as suas fichas para o centro da mesa, esperou pacientemente enquanto Mauro buscava as cartas no distribuidor.

— Mas e a terceira pista?, perguntou Ana.

— A terceira pista é curiosa, disse Carlos. Diz respeito ao buraco na parede. O tapete enrugado, numa das extremidades do sofá, era de fato uma *placa de trânsito*, como disse Humberto. Uma placa tão chamativa que nos faria em algum momento arrastar o sofá e descobrir a fenda. Na pressa, o criminoso poderia ter deixado para trás essa pista tão aparente. Mas acredito que ela foi plantada ali, de forma proposital; como uma seta que indicasse o elemento incriminador de Felipe e Eugênio. Mas havia outra coisa, *peculiar*, quando arrastamos o sofá.

Recebeu duas cartas, ergueu-as para ver o que tinha. Seu rosto era uma sala sem pistas. Quando puxamos o sofá, disse, o assoalho logo abaixo da fenda estava limpo. Quero dizer, cheio de poeira, mas não havia o menor sinal de pedaços de reboco. Ora, se alguém realmente tivesse conseguido passar por ali, teria rompido o papel num esforço *de dentro da parede para fora*. Da forma como estava, era como se houvessem aberto *de fora para dentro*, ou seja, a partir do escritório, não da passagem da capela. Vocês podem dizer: o criminoso limpou o chão. Se o houvesse feito, a poeira debaixo do sofá *também* teria sido arrastada junto com o reboco.

Ana se colocou entre Humberto e Carlos. Quer dizer que o assassino abriu o buraco para *fingir* que alguém havia passado pela parede? Carlos concordou; Além disso, o buraco que encontramos era muito pequeno para alguém atravessá-lo. É o que *você* afirma, disse Mauro; quando vi você puxar a arma dali, o buraco me pareceu grande o suficiente. Eu o alarguei, disse Carlos; sei que não deveria tê-lo feito. Por que iríamos confiar nessa sua explicação?, prosseguiu Mauro. Se bem me lembro, você também é um dos suspeitos. Foi a última pessoa a ser vista com ele. Pode estar mentindo para acobertar Pilar. Você tem algo com ela?

As mulheres se entreolharam. Ana disse, Mauro tem razão. Se não fosse pela fenda, como o assassino sairia do escritório, se estava totalmente trancado?

— Essa é a quarta pista. Uma pista curiosa. O que sabemos até agora: dr. Ricardo entrou no escritório. Carregou a arma. Preparou um copo de uísque com guaraná. Uma pessoa entrou para vê-lo, fechou a porta atrás de si, sem trancá-la. Vejam bem, a pessoa, ao decidir confrontar dr. Ricardo, não poderia prever os acontecimentos seguintes; não pôde prever a briga. Não pôde prever que tomaria o revólver e iria disparar. O velho caiu sobre o candelabro, queimou os pelos, daí o cheiro forte de carne, e a fumaça. A partir de então, essa pessoa tinha de ser rápida, e começou a preparar a cena do crime. Ela *sabia* da parede muito fina. A primeira coisa que fez foi limpar as impressões digitais do revólver com os guardanapos de papel; em algum momento abriu o buraco a partir do escritório, provavelmente com um chute. Ouviu alguém bater na porta. Apagou a vela — a vela que encontramos caída no sofá — e se agachou. Quando Pilar abriu a porta, ela disparou.

— Isso já sabemos, disse Mauro. Você está reproduzindo o que disse Pilar. Eu, aliás, duvido muito das declarações dela. Vai querer carta?

— Fale logo da quarta pista, disse Ana.

— Estou chegando a ela. Tudo começou quando descobri que o quarto de Carla, no qual havíamos entrado horas antes, tinha sido trancado. Por que trancado, se não havia mais nada a ser descoberto ali? Suponho que o assassino, ao ver as provas que eu havia reunido, quis se certificar de que nada mais seria encontrado. Ele já havia retirado as roupas com pressa, como se ela houvesse partido sem avisar. Sem saber, deixara uma série de evidências para trás. Eugênio estava conosco no quarto, mas quase todos nessa sala viram minha conversa com dr. Ricardo, antes de eu e ele entrarmos no escritório. Souberam, por exemplo, do anel. Poderia ser então qualquer um. Essa pessoa desceu sorrateiramente (teve tempo de sobra para fazê-lo), trancou o quarto de Carla e guardou a chave consigo. Entendo que sua intenção era, em algum momento da madrugada, entrar sozinha em busca de alguma nova evidência que pudesse destruir. Mas Humberto encontrou o corpo de Carla, tivemos de nos mudar ao porão, essa pessoa não pôde mais seguir com o planejado, e o quarto (vocês podem ver) permanece trancado.

— Essa é a pista?

— Vai querer carta?

Carlos acenou mecanicamente que precisaria de mais uma carta. Passou a mão no rosto suado; seus óculos tinham uma fina camada de gordura. Ora, a quarta pista... talvez vocês lembrem que Isabel teve dificuldades em fechar a porta do escritório logo depois da morte de dr. Ricardo. Como ela tentou algumas vezes e não conseguiu, achamos que a fechadura estivesse arrebentada. No entanto, mais tarde, ao nos expulsar de novo do escritório, o trinco deslizou com suavidade. O que aconteceu? Isabel estava nervosa da primeira vez e não conseguiu fechá-la? Não. Na verdade, a chave era *outra*. Era anteriormente a chave do quarto de Carla, não a do escritório. *Esta* é a quarta pista.

Resmungos, suspiros; a fumaça entrava e saía das narinas. Ana disse que não estava entendendo. O assassino de Carla era o mesmo de seu pai?

— Sim, claro.

— Não faz sentido.

— É a solução mais elegante. É a solução que esperamos numa noite como essa, disse o garoto.

Recebeu uma terceira carta, que veio a ele sorrindo. Um nove de copas. Um *nove*. Um sussurro de amor. Um sussurro de ódio. Mauro, na ponta da mesa, mostrou os caninos. Carlos estava provavelmente liquidado com aquele nove adicional. O garoto olhou a carta em silêncio, mãos cruzadas, mas não virou as suas.

— Quanta tolice, disse Mauro. Pegou uma carta para si, abriu-a sobre o feltro: um cinco de ouros. Sorriu de novo; o bigode de suor e a ponta brilhante do nariz formaram uma máscara cômica com os dentes recobertos de saliva. Virou afoito suas outras cartas, para que todos vissem. Rei de ouros e três de paus.

— Um *oito*, disse Julia, em suspensão e maravilhamento.

— Mas por que a menina foi morta?, perguntou Ana.

— Logo vamos chegar a isso. O fato é que a pessoa entrou em desespero ao ver que dr. Ricardo descobrira que ela matara Carla. Vejam, nenhuma relação com o futuro da empresa. Apenas intriga e ciúmes (Ana, mais perto de Eugênio, deu um passo para trás). Sabia que a vida estaria arruinada a partir dali. Ela então lutou com dr. Ricardo e atirou. Atirou de novo em Pilar, quando ela apareceu na porta. Nesse momento, em que tudo parecia perdido, ela teve sua pequena ideia iluminada.

Virou a primeira carta. Uma dama de ouros.

— A pessoa se lembrou de que trazia consigo a chave do quarto de Carla. Todas as chaves dos cômodos desta casa se parecem. Ela colocou então a de Carla do lado de dentro, saiu, trancou a porta por fora e embolsou a chave *real*, do escritório. Mas sua cobertura ainda era muito frágil. Qualquer um veria no dia seguinte que a chave da porta do escritório não era a certa. A pessoa ainda tinha de trocá-la ao longo da noite. Conseguiu fazer isso no escritório, quando ninguém a observava. Por isso o trinco funcionou tão bem da segunda vez. Mas, por uma série de infortúnios, ainda está com a chave do quarto de Carla, e não teve tempo de restituí-la.

O garoto virou a segunda carta. Uma dama de copas. A fumaça baixa rodopiou.

— *Et le neuf*, disse Julia.

O vermelho das rainhas vibrava sobre o feltro. Um rosto pode desmoronar com rapidez cinematográfica. Mauro estava sorridente. No fotograma seguinte, arruinado. Olhava a mesa e não a via. Apertou as mãos na borda polida.

Carlos ergueu o queixo e o fitou. Não piscava, e disse muito claramente.

— Mauro, entregue a chave.

Ele o olhou petrificado. Ainda tomado pelo choque da perda, demorou a se indignar. Isabel, atrás de Carlos, soltou um gritinho abrupto, engoliu ar. Depois emitiu um soluço seco, entrecortado, desequilibrou-se, mas o garoto não se moveu. A fumaça formava nuvens de tempestade. Disse de novo: A chave, talvez no bolso da sua calça; devolva. Isabel se aprumou como um cavalo e perguntou que brincadeira era aquela.

— Havia um terceiro amante de Carla, eu percebo agora, disse Carlos. Ela desistiu de Eugênio no Ano-Novo. Quis ter algo mais longo com Felipe, aparentemente não conseguiu. Felipe pode estar mentindo... por outro lado, Isabel acusou você (fitando Mauro) de ter sumido com *alguém* nessa mesma festa. Ela aparentemente tinha certeza do que vira e estava muito abalada, havia chorado. Dalva me contou que—

— Você acredita em Dalva?, disse Isabel. O que Dalva sabe de mim? O que *você* sabe de mim?

— ... Dalva me contou que viu vultos correndo pelo gramado depois do Ano-Novo, quando supostamente nem Eugênio nem Felipe tinham mais nada com Carla. Vejam, é uma suposição...

Mauro finalmente abriu os lábios. Se é uma suposição, pare antes de se arrepender.

Humberto os interrompeu. Tinha a cabeça entalada entre as mãos, estava muito suado. Falou que Mauro já havia feito aquilo antes; as amantes. *Várias* amantes. Até uma secretária da empresa. Isabel inclusive tentara se matar quando soube. *Na frente das crianças.* Julia me contou. A pequena ficou pálida. Não era para você *ter dito*, idiota! E para a irmã: Não foi bem isso; é *mentira* que eu tenha falado qualquer coisa.

Isabel gritou. As lágrimas correram pelo rosto. Carlos falou a Mauro, Vocês se encontravam na piscina, onde achavam que ninguém os veria. Isabel dorme como uma pedra com a quantidade de calmantes, então você tinha as madrugadas livres. Você inclusive emprestou a Carla um de seus livros de autoajuda (que ela mal tocou, por sinal). O livro estava em sua mesinha de cabeceira. Ela lhe contava tudo. Tudo o que Eugênio dizia, e você soube que eles ouviam as conversas do escritório. Você exigiu que ela tivesse apenas um amante, e ela obedeceu; nessa noite do Ano-Novo, em que já havia se deitado com os dois irmãos. Você achou que tinha tudo sob controle, mas ela o ameaçou. (Carlos baixou os olhos.) Eu amava Carla, é difícil admitir isso, mas ela não conseguia controlar sua ambição. Foi então que ela disse a você que estava grávida.

— O quê?, gritou Isabel.

— Deixe ele terminar, disse Felipe. Ela *também* me disse que estava grávida.

— Como?, perguntou Carlos.

— Eu mandei que provasse. Ela obviamente não provou nada. Foi então que acabei nossa relação. Não suporto chantagistas.

— Ela nunca disse *a mim* que estava grávida, comentou Eugênio.

— Ninguém ia querer engravidar de você, interrompeu Ana. Depois, a Mauro: Você não vai falar nada?

Ele hesitou, olhando as três irmãs. Um absurdo, disse. Carlos prosseguiu. Uma coisa acaba de ficar clara para mim: primeiro Carla ameaçou Felipe, mas não havia como provar. Então aprimorou a estratégia. Há algo que contei somente a dr. Ricardo, quando nos fechamos no escritório. Marcando um dos livros, encontrei a bula com o nome BioEasy. Um teste de gravidez. Achei também a notinha amassada de uma drogaria, medicamentos comprados no que foi talvez seu último dia de vida. Mais de uma caixa de BioEasy, suponho; três ou quatro, provavelmente. Em seus utensílios de restauração, duas fitinhas usadas no teste; uma delas com uma mancha torta, transversal...

— Mas então ela forjou os testes, disse Felipe. Encarava Mauro. E você acreditou quando ela disse estar grávida.

— Ela mostrou a você o teste falsificado, disse Carlos. Provavelmente, quando você foi encontrá-la à noite. Você não acreditou. Ou acreditou, o que é pior.

— Mauro... Querido... Mauro Menezes, me diga que isso é uma grande mentira, sussurrou Isabel.

— Matou-a na capela. Cobriu-a de cal. Enrolou-a no plástico que cobria o chão.

— É um absurdo, disse Mauro.

— Arrastou-a para cima. Os painéis da sala de jantar estavam ajustados mas soltos, Geraldo ia terminar de prendê-los nos dias seguintes, a pedido de Carla. O assassino precisa de um pouco de sorte. Será que você rezou para que ninguém o descobrisse? Você soltou um dos painéis, o que tinha o interior das paredes mais danificado, e a colocou ali, no vão carcomido. Fez o cimento como pôde, cobriu o plástico, ajustou a madeira. No dia seguinte, o caseiro estava bêbado demais para notar. Ele provavelmente terminou o serviço na frente de todos.

Isabel se equilibrou na mesa, olhos fora de foco. Mauro, você reclamou do serviço lento na sala de jantar, eu me irritei, briguei com Geraldo, mandei ele fazer logo o serviço, ele... meu Deus, isso é *horrível*. Geraldo parecia confuso quando viu a parede. Disse que não estava daquele jeito quando terminara o serviço na tarde anterior, ele... não sabia dizer muito bem o que havia de errado, e o que eu ia pensar? Era só um bêbado, um bêbado que papai insistia em manter em casa, então ordenei que fosse em frente com o trabalho, e rápido, eu... minha pressão não está boa.

— É um absurdo, disse Mauro.

— Mauro... você fez isso, Mauro?

— Não, querida, claro que não.

— Mas e a cruz?, disse Eugênio. Geraldo não a roubou?

Ana disse, Se o garoto está falando a verdade, então a cruz deve estar no fundo do rio. Para incriminar o caseiro pelo sumiço de Carla. Minha Nossa Senhora.

— Querido, me diga... o que é tudo isso? Não estou ouvindo bem. Você me fez dar a ordem de cobrir a parede para ocultar a menina?

— Não, querida. É melhor esse garoto se preparar para o processo. Vou enterrá-lo vivo, pirralho.

Silêncio de gritos suprimidos.

— Quero dizer, vou *arruinar* você vivo. Vou *destruir* você. Querida, eu nunca...

— Que horror, disse Julia, e deu passinhos para trás.

— Isabel, *me ouça*; o próprio garoto disse que são suposições. Isso é uma catástrofe. Me acusam de algo absurdo.

— Então mostre que não tem a chave, disse Felipe.

— Mauro, é isso mesmo?, perguntou Ana, confusa. Você sumiu com a cruz? Você está com a chave?

— Que chave? Meu Deus, isso é lastimável. Querida, sobre o processo, o que eu quis dizer é que...

— Mauro querido. Mauro Menezes — Isabel esticava o braço como uma cega. Me diga. Você tinha algo com essa menina? Você *tinha*? *Eu não vou deixar você sair dessa.*

Carlos disse, Você não ia perder tudo por conta daquela *restauradora*, ia? Sabia que dr. Ricardo não iria admitir que você traísse sua filha, e desta vez não haveria como encobrir o caso. Seria expulso da empresa, da família. Você matou dr. Ricardo como uma tentativa desesperada de encobrir o assassinato anterior.

— Ah, meu Deus, Mauro... Nossos filhos... Cauã, Ana Laura... O que os outros vão pensar? Você... não me sinto bem. Meu coração... (Um ricto de dor.)

Felipe apontou o dedo muito esticado. Mauro, conte a verdade *agora*. Eu exijo a verdade.

— A verdade? Que verdade? O que é a verdade? Eu posso provar que não entrei no escritório. Preciso de um cigarro, falou Mauro, olhando ao redor, procurando um maço na mesa.

Humberto disse, Tem um no bolso da sua camisa.

Mauro instintivamente levou a mão ao peito, enfiou os dedos e só notou o erro tático no meio do caminho, com o filtro bege despontando do bolso.

É o cigarro que te dei ontem à noite, disse Julia, e cobriu a boca. Você não tinha ido fumar do lado de fora? Mauro disse que podia explicar. Felipe levantou-se com brusquidão; bradou que encontraria a chave à força, se necessário. Isabel perdeu o movimento das pernas e procurou se agarrar ao marido, que também se ergueu. Julia colou-se à parede, derrubou um quadro de caça à raposa; Ana berrava e acordou a mãe. Quer revistar?, gritou Mauro. Quer revistar? Venha aqui se for homem. *Eu vou mesmo*, disse Felipe. Espere aí que eu vou. Na sala ao lado Pilar gargalhava como uma das fúrias. Felipe deu um passo, Mauro deu outro, contornando a mesa. Eu me levantei, esquecendo por um momento a cabeça latejante. Mauro passou por mim, passou por Carlos. Felipe deu a volta atrás dele, ele se afastou da mesa. Ana tentou agarrá-lo pela gola. Como num sonho inexplicável, estava acuado contra o bar vazio; logo depois, segurava as duas pistolas Wogdon como um bucaneiro. Eugênio gritou que tomasse cuidado, estavam carregadas. Mauro ameaçou atirar em quem se aproximasse. Os braços oscilavam como antenas de barata enquanto ele recuava de costas para o gramado.

— Mauro Menezes, pare com isso. Mostre que você não tem a chave e está tudo resolvido, disse Isabel. As lágrimas desciam obstinadamente, apesar de ela não notar.

Do lado de fora, o céu avançava do cinza-azulado para o

azul-acinzentado. Mauro, na esteira de concreto, tentava explicar que toda aquela história era uma fantasia de mau gosto. Os verdadeiros criminosos estavam ali, presos no quarto de Eugênio (o rosto de Dalva se apertava na penumbra gradeada da janela). Isabel se adiantou. Mauro, Mauro, olhe para mim. *Não*, disse ele. Você *tem* de acreditar em mim. Eu acredito! Mas deixe eles verem!

Olhou para trás, medindo a distância até a cerca viva, e pulou ainda de costas. Enroscou-se nos arbustos espinhentos, deixou cair uma das pistolas, deu um novo pulo e se equilibrou no gramado.

— Você é patético, disse Felipe, e saltou como um príncipe à passagem de concreto.

— Eu vou atirar!

— Vai disparar como fez com papai?, gritou Ana. É isso? Julia gritou, *Não*, que não atirasse. Atire em mim! Mauro ponderou. Deu mais dois passos.

— *Os nossos filhos não significam nada para você?*

— Ele vai fugir, comentou Eugênio.

Nosso devaneio se tornou prodigioso. Carlos pediu licença e passou muito delicadamente entre as mulheres. Caminhou com calma até a cerca viva, agachou-se e sopesou a Wogdon. Levantou-se, ainda examinando a pistola. Como isso funciona?

— Você tem dois tiros, disse Eugênio, nervoso. Puxe o cão para trás e dispare. Um de cada vez. Cuidado com a fumaça.

O garoto fungou, olhou brevemente o céu. Cão, disparo, fumaça. Numa passada, ganhou a grama azulada. Seguiu cabisbaixo a trilha de Mauro, que ainda de costas para o caminho praguejava e gesticulava como um rei louco, mandando os braços pelos ares e gritando que se afastassem.

24.

Circularam afundando os pés na grama encharcada. Um manto branco de garoa voltara a cair com todo cuidado, oscilando no vento, e nos abrigamos sob o parapeito, enfileirados contra a parede mostarda.

Mauro no meio do gramado fitou o céu, apertando os olhos pela claridade abafada. Carlos olhou ao redor, depois olhou Mauro. Olhou de novo ao redor, tangenciou lentamente o homem armado, escolhendo uma melhor posição, até parar no terreno mais baixo, a vinte passos dele. Mauro desceu a mirada das nuvens até o garoto. Mascava saliva, um dos olhos fechados, tentou cuspir mas soltou um chiado seco.

Carlos disse, Então você descobriu que nunca foi um homem de negócios, no final das contas.

— Só um homem, disse Mauro.

— Uma raça ancestral.

Havia amanhecido. A grama tinha o tom da prata escura.

— *Pare com esse joguinho ridículo!*, gritou Isabel.

Mauro a observou num relance; depois viu a casa, toda a sua enormidade, piscou os olhos sem acreditar. A seguir o garoto, o céu acima dele. Voltou a mascar saliva, medindo a luz encoberta do sol e sua posição naquele jogo intrincado.

Carlos disse algo que não ouvimos. *O quê? O quê?*

— Ele ainda está naquela história da chave, disse Julia.

— Acho que vão atirar mesmo, disse Eugênio.

— *Querido, venha para cá, vamos esquecer essa história, está bem?*

Fátima despontou na porta ao nosso lado, um ratinho curioso. Ana a viu e levou alguns segundos para escurecer o rosto e gritar, O que você está fazendo aqui? Vá já para dentro ver se mamãe precisa de algo.

— Vejam! Vejam!

Na distância Mauro soltou o ar, balançou um pouco as pernas, girou o pescoço. Com a mão livre ajeitou o cabelo para trás. Duas expirações vigorosas, estava pronto. Engatilhou os cães de sua pistola e voltou a baixar a arma. Fungou alto. Carlos procurou fazer o mesmo mas teve dificuldade; curvou-se, precisou ajustar o cão entre as pernas.

— *Atire logo nele!*, gritou Isabel.

— O garoto não vai conseguir, falou Eugênio.

— Vai morrer, disse Felipe.

Ana gritou que não disparassem na direção da casa. Mauro respirou fundo, afastou um pouco os pés, tateando com os sapatos na grama. Dobrou levemente os joelhos e procurou uma posição digna, mas parecia prestes a mergulhar numa piscina. Carlos estava ofegante, baixara a arma, a morte parecia fazer cócegas nele, não conseguia ficar parado.

Eu pensava em Púchkin e olhava meus dedos. Era impressionante como pareciam enrugados. Estava perdendo *sais?* A primeira explosão deslocou o ar, meu coração era uma bola pulsante na goela, ergui o rosto e uma mancha de fumaça negra encobria o garoto. Mauro havia saltado para trás e estava todo ele leitoso, podíamos ouvir os chiados de sua respiração irregular. *Filho da puta*, gritou, deu um passo à frente com o braço estendido e disparou também. Nova fumaça escura. Depois outro disparo de Carlos, ele projetado para trás, Mauro gritou desafinado, passou a mão no rosto para se certificar de que estava vivo e depois *sorriu*. O cheiro de pólvora começou a chegar até nós. Ele ergueu o braço com previsibilidade funesta, fechou um olho e mirou, tinha tempo. O cano da arma subindo e descendo. Disparou no garoto. Uma nova baforada de fumaça negra envolveu seu rosto, o garoto continuava em pé. Mauro jogou com raiva a pistola no gramado e buscou algo nas costas.

— O que ele está fazendo?, perguntou Ana.

— Meu Deus, alguém viu se ele ainda estava com a arma do crime?

Estava. O revólver brilhou em sua mão. Mauro tinha a boca preta e escancarada. Atirou uma, duas, três vezes. Rugia, balbuciava, não podíamos entender o que dizia. Desceu o gramado correndo, parecia em câmera lenta.

— Está fugindo, disse Eugênio.

Discutimos quantas balas havia naquele tambor. Duas no escritório... três em Carlos... Felipe se lembrou do disparo em frente à capela. Cabem seis ou oito?, perguntou ele. O meio-irmão não soube responder.

No gramado, o garoto caiu.

Corri desabalado, atabaques de minha própria respiração no ouvido, já o imaginava inerte em meus braços com um filete cênico de sangue nos lábios. Levantou a cabeça antes de eu chegar. Apoiou-se nos cotovelos, ainda deitado, e olhou ao redor. Queria saber o que tinha acontecido. Eu estava sem ar, tive dificuldade em responder e me ajoelhei ao seu lado.

Ele limpou a testa de suor. Você sabe, falou, havia um outro indício, que preferi não mencionar antes. A quinta evidência. Perguntei qual era. O assassino tem péssima pontaria, respondeu o garoto; invariavelmente acerta alguns palmos *acima* do alvo. Sorriu de forma débil, deitou de novo. Eu nunca diria isso a um homem armado, claro. Mas agora sei que foi ele.

A família perdera o interesse e entrava na casa. Eu tinha vontade de chorar e girei os olhos, mirando o céu esbranquiçado. A garoa cessara, eu começava a sentir os primeiros sinais de mormaço, o vapor d'água subia de minha camisa, da grama molhada. Me deitei ao lado dele e cocei os olhos. O sol preso nas nuvens era uma moeda brilhante que me enchia de temor, mas eu tinha certeza de que ainda estava acordado.

Tive um sono sem sonhos.

Só acordaria muito mais tarde, com um coturno em minha têmpora. Está morto? Está vivo. *Esse aqui está vivo.* Foi a última vez que vi o garoto, seguindo algemado a uma viatura.

Quanto a mim, fui liberado no início da tarde. A dor de cabeça ainda perfurava meus olhos e não lembro de sentir tanta fome antes. Cruzei a rua enlameada, o sol raivoso nas costas. Pisei na calçada da praça, parei por um momento, mochila a tiracolo, sem saber aonde ir. Pessoas imundas buscavam desaparecidos. Minhas costas doíam, primeiro pela longa espera num banco de madeira; depois, por um depoimento entrecortado, o escrivão e o delegado insones, o crime era o menor de seus problemas naquele momento. O escrivão teclava com dois dedos um computador amarelado, demorou a entender meu sobrenome. Um soldado com barro no uniforme passou com os olhos vermelhos, disse que o rio tinha levado pelo menos dez casas na comunidade de… Moreira Vidigal, Mauro Valadares, Miguel Vidal (não me lembro do nome). Mas quantas casas tinha lá?, quis saber o delegado. Umas dez, disse o soldado. O delegado o olhou de boca aberta, sem saber o que dizer.

A contagem dos corpos aumentava, ele se irritou com minha pequena história. Eu me atrapalhei um pouco na ordem cronológica, o delegado fazia perguntas que mais complicavam do que explicavam a situação. Enquanto eu falava, ele recorria a outro depoimento impresso, que o policial de plantão tomara de um certo Jorge Alessandro naquela mesma madrugada, na Santa Casa de Misericórdia de Bananal. O sujeito delirava, um louco, mas não só um louco, também um azarado, comentou o delegado — Imagine você, quarenta quilômetros de corrida descalço para ser atropelado na entrada da cidade. Tinha os pés em carne viva, falou o escrivão; o policial de plantão ficou muito impressionado. Insistira tanto em pessoas mortas e tiros que tinha sido algemado na maca. Momento de descontração: delegado e escrivão rindo ligeiramente, espantados com a quantidade de idiotas no mundo.

O delegado leu de novo o depoimento; não entendia quem havia morrido na parede. Foi dr. Ricardo Damazeno? Não, foi a pessoa que fazia a restauração da casa. Qual é o nome dela, por favor? Só sei o primeiro nome, Carla. Mas então você viu o caseiro matando essa pessoa, é isso?, e olhou de novo o papel. Falei que não, o corpo *estava ali* havia mais de uma semana. Senhor... (olhou uma anotação) sr. Maricana, o senhor está se contradizendo. Eu suava. Falei que Carlos poderia explicar aquilo melhor. Ele me fitou com os olhos em branco. Perguntou ao escrivão quem era Carlos. O escrivão tentava resolver um caso de papel contínuo emperrado na impressora. Você me ouviu, companheiro? É o da cela três, disse o escrivão, sentado e vasculhando alguns papéis. Você tem o depoimento dele? Não estou encontrando, doutor; é o elemento que disparou contra um dos membros da família. Ele matou a garota?, perguntou o delegado. Um outro soldado entrou para dizer que todo um morro — dos Macacos, das Araras, dos Veados — tinha ido abaixo na tempestade, os moradores junto. Como assim, abaixo?, disse o delegado. Aquilo é só um tapete de lama, doutor. Como assim, um tapete de lama?

Tirei do ombro a mochila e me esparramei no desagradável banco de concreto da praça. Da camisa subia uma névoa quente como vapor de chá. Estiquei as pernas e olhei o céu. Ao longe, uma cortina escura voltava a se formar. Vai recomeçar, pensei. Tinha de sair dali.

Olhei ao redor, a fome se instalara em meus ossos mas tudo parecia fechado. Dois sujeitos magros com botas de borracha tiravam lama da lanchonete de esquina. Caminhei até a banca de revistas. O velho removia uma pilha de jornais molhados, pedi um exemplar. Ele não havia recebido os de domingo, comentei que o de sábado servia. Abri a carteira; tinha vinte reais. O jornaleiro me deu um exemplar da *Folha de S.Paulo*, o único disponível. Voltei ao banco de concreto, cruzei uma perna sobre a outra e busquei o caderno de cultura, que trazia resenhas de livros. A capa era ocupada por um anúncio de sapatos femininos. Havia espaço apenas à manchete, onde se alardeava um fenômeno português que escrevia somente com minúsculas. Nas internas, a entrevista de página inteira com um escritor e publicitário que afirmava ser necessário abrir os olhos para a realidade. A resenha de seu livro, doze relatos contundentes com ilustrações de um rapper ligado a questões sociais, o apontava como o criador de uma nova modalidade literária, entre a escrita e a ação. Cotação: ótimo. Ouvi duas buzinadas e ergui os olhos do papel corrugado. Estava tão concentrado em meu repúdio que não vira o blindado de Julia fazer a curva na praça e parar à minha frente, no meio da rua. Fechei o jornal sobre o colo. O vidro baixou num zunido futurista para revelar a figura franzina, desfigurada, de óculos escuros. Ela não sorria: quase não mostrava os lábios cinzentos.

Como a pequena continuava a me fitar, deixei o jornal no banco e fui até ela. Deitei os braços sobre a janela e me debrucei na porta; o bafo refrigerado agarrou meu rosto, desceu pelo pescoço, por baixo da camisa úmida.

— Você está horrível, disse ela.

— Você não. Procurei sorrir, produzi apenas cansaço e expectativa. Eu sentia minúsculas vibrações do motor percorrendo os antebraços. Ela mantinha as mãos no volante. Olhou à frente, me olhou de novo. Pensei em tudo o que ela havia passado nas últimas horas e que talvez usasse aquele impúbere vestido florido porque os seus negros estivessem imundos. Eu poderia enfiar meu rosto num deles, sentir nicotina e suor até perder a consciência.

— Você está bem para dirigir?, perguntei.

Ela ergueu as sobrancelhas, meneou de leve a cabeça.

— Se eu não estiver, posso revezar no caminho.

Eu ri, ela riu. Eu ri de novo, ela ficou séria, como se notasse um movimento suspeito, e olhou de relance pelo retrovisor. Meu corpo formigava de felicidade. Falei finalmente, uma voz excitada que não era a minha — eu era uma nova, redundante pessoa quando perguntei, Você vai abrir a porta pra mim?

Pareceu considerar a proposta com surpresa, minha cabeça tentava alertar para detalhes que eu até o momento não dava atenção. Houve um rápido deslocamento de luz atrás do blindado, que não reconheci imediatamente. Dar carona?, perguntou Julia. A sombra se aproximou pelo lado do passageiro. A porta foi aberta. Felipe se deixou cair no assento de couro, alcançou o cinto de segurança sem me ver. Puxou a maçaneta de volta, a porta bateu. Usava óculos de aviador que fazia par perfeito com os da pequena. Ele travou a fivela e me fitou sem curiosidade. Rasgou o plástico de um maço de cigarros comprado na banca de jornais.

262

Ela continuava a ponderar. Seus dedinhos deslizaram pela alavanca cromada do câmbio automático. Disse, Talvez seja melhor você pegar um ônibus.

— Posso te ligar quando chegar a São Paulo?

Suas sobrancelhas haviam quase se unido, entre a surpresa e o riso. Ia falar, mas a boca desapareceu na pele. Eu disse.

— Ainda vamos nos ver?

Felipe ajustou um cigarro na boca e pegou um isqueiro. Era como se eu fosse um fantasma. Nesse pequeno espaço de tempo, baixei os olhos e vi os nós brancos dos meus próprios dedos agarrados à porta. Ela também os observava, e esperou com paciência que eu os descolasse, um a um. No último, ela ergueu o canto dos lábios, como fazia para sorrir nos momentos em que estava sóbria, e disse.

— Por que você não experimenta me ligar, Mariconda?

Ela ainda me olhava quando dei um passo para trás. Ao menos acho que olhava, dentro daquelas esferas negras cobrindo o rosto. O vidro zuniu devagar, se ergueu com solenidade. Do escuro, continuava a me fitar. Dei mais um passo para trás e subi na calçada, esperei. Talvez ela tivesse desistido de partir; talvez, no final das contas, me desse carona. Sei que ela ainda pensava nisso. Uma buzina que era o berro desafinado de um adolescente fez nossos órgãos saltarem: um caminhão azul expelia fumaça e não conseguia passar pelo blindado. Três sujeitos debochados na boleia acenaram que saísse dali. Ela travou os olhos no retrovisor, seu vulto curvou-se defensivamente e acelerou. O veículo revolveu terra no asfalto e saiu rugindo, desviou de dois garis que atravessavam a rua e fez uma curva fechada no final da praça. O caminhão tremeu e começou a se mover.

Alguns segundos se passaram até que a fumaça e os sons assentassem de novo na lama. Procurei meu banco de concreto. Poderia fazer um livro sobre aquilo, pensei. Escritor com pouco dinheiro se envolve com garota rica e materialista. Escritor se aproveita dela e depois a despreza. Não tem interesse em seu dinheiro. A garota se rebaixa. Ela o leva à fazenda da família para um final de semana, os pais ficam chocados com a grosseria desinteressada do autor. Como você pode se envolver com um vagabundo desses? Ela lhe promete a felicidade do mundo. Um bêbado desses? Ela chora aos seus pés. Os pais têm medo. A filha voltou a beber, está cega de amor e pode se matar, como das outras vezes. Humberto Mandini prepara um uísque com soda, fuma um cigarro. Ele não liga.

Voltei a abrir o caderno de cultura. Um artista plástico na Holanda pintava as vacas de roxo. Coluna social: a festa beneficente de Lulu Abdala. No alto da página seguinte, foto escancarada, a resenha sobre um colunista do jornal que lançara pela editora do jornal um livro com suas colunas publicadas no jornal. Cotação: ótimo.

Respirei fundo e observei o trabalho dos garis. Como era simples a vida deles. Ia fechar o caderno quando bati os olhos na pequena resenha de rodapé, espremida por um showroom de poltronas. Minhas mãos endureceram. O inferno de cada dia, dizia o título. Abri mais as folhas semitransparentes para ver meu nome na linha fina. Contos de Humberto Mariconda refletem o medo na metrópole. O meu nome. Tremei, bananalenses. Mateus J. Duarte assinava o artigo. Mal pude me concentrar na sequência lógica das três curtas colunas de texto. Primeiro livro desse autor paulistano — nove contos sobre violência urbana com altas doses de realismo — frases curtas, de impacto — a economia de adjetivos faz de Maricoda um autor ousado. 112 páginas. Cotação: bom.

Dei a volta ao início. Parei um momento em meu nome, o correto, em fonte maior, e li tudo de novo. Virei as demais páginas em busca de algo que não sabia ao certo o que era. Contemplei de novo meu nome. Dobrei o caderno e o coloquei com cuidado no banco. Os garis já estavam na esquina com seus esfregões; pareciam trabalhar, mas apenas varriam com muita delicadeza a fuligem sobre os cobertores de terra.

Eu tinha dezessete reais no bolso. Não era o suficiente para voltar para casa, mas talvez pudesse ligar para mamãe de um telefone público. Olhei de novo a lanchonete: os sujeitos de botas de borracha, apoiados nas vassouras, conversavam sem pressa com uma velhinha. O jornaleiro discutia com o pipoqueiro. A sorveteria havia erguido metade do seu portão de ferro. Um cachorro cego abanou o rabo; eu sentia minha sorte mudar. Estiquei os braços atrás da cabeça e fechei os olhos, sentindo as últimas pontadas de sol. Era preciso fazer algo antes de ser pego pela tempestade.

Agradecimentos

A Leticia Braga e família, por deixar que sua casa fosse ocupada por novos proprietários, espíritos e convidados. A Braulio Tavares, por indicar um livro de autor obsessivo, que em sua primeira edição compila 1280 casos de crimes de quarto fechado e suas soluções (*Locked Room Murders*, Robert Adey). E tanto a ele quanto a Marcos Ribas, por me apresentarem as tramas impossíveis de John Dickson Carr.

Para compor este romance, me apropriei de alguns livros, costurando citações e passagens ao longo da trama. Gostaria de mencionar dois. *Resgate, uma janela para o oitocentos*, organizado por Hebe Maria Mattos de Castro e Eduardo Schnoor, e *Vassouras*, de Stanley J. Stein. A falta de compromisso com a realidade, no entanto, é de responsabilidade do autor.

ESTA OBRA FOI COMPOSTA POR ACOMTE EM ELECTRA E
IMPRESSA PELA RR DONNELLEY EM OFSETE SOBRE
PAPEL PÓLEN SOFT DA SUZANO PAPEL E CELULOSE PARA A
EDITORA SCHWARCZ EM ABRIL DE 2014